SINN UND FORM

BEITRÄGE ZUR LITERATUR

HERAUSGEGEBEN VON DER
AKADEMIE DER KÜNSTE

76. JAHR / 2024 / 3. HEFT

Mai / Juni

SINN UND FORM

Redaktion: Postfach 21 02 50, 10502 Berlin, Akademie der Künste, Hanseatenweg 10, 10557 Berlin, Tel. 030/20057-2220, -2221 oder -2222, Fax 030/20057-2223, E-Mail sinnform@adk.de, www.sinn-und-form.de. ISBN 978-3-943297-77-5. ISSN 0037-5756. Satz: Dörlemann Satz, Lemförde. Anzeigenverwaltung: Agentur Hanne Knickmann, Theaterstraße 7, 69117 Heidelberg, Tel. 06221/67342-50, www.kulturzeitschriften.net. Druck: Thiele & Schwarz GmbH, Kassel. Printed in Germany. Der Chefredakteur ist v.i.S.d.P. Bei unverlangt eingesandten Manuskripten ohne beiliegendes Porto keine Rücksendung. Beurteilungen werden nicht gegeben. Auf den Textseiten erscheinen in der Regel keine Literaturangaben und Anmerkungen. Nachdruck eines Beitrages während der gesetzlichen Schutzfrist nur mit Genehmigung der Redaktion. Die Zeitschrift erscheint zweimonatlich. Jahresbezugspreis einschließlich Versand 45,00 € (Inland) und 60,00 € (Ausland). Einzelheft 11,00 €. Vorzugsabonnement für Schüler und Studenten 34,00 € (Inland) und 45,00 € (Ausland).

Bestellungen von Abonnements und Einzelheften: tableau, Neumagener Straße 27, 13088 Berlin, Tel. 030/4236606, Fax 030/42850078, E-Mail tableau@t-online.de. Zuschriften, die den Inhalt betreffen, sind an die Redaktion, solche, die den Bezug angehen, an die Firma tableau zu richten. Das Abonnement kann spätestens sechs Wochen vor Ablauf des Bezugsjahres gekündigt werden. Die Mindestbezugsdauer beträgt ein Jahr. Die Kundennummer ist unbedingt anzugeben.

INHALTSVERZEICHNIS

ELISABETH PLESSEN

KATIA MANNS UNERWÜNSCHTE MEMOIREN

Der Mauerbau im August 1961 veränderte das Leben in der Viersektorenstadt Berlin radikal. Sie war nun in zwei Hälften zerschnitten. Westberlin war nicht Westdeutschland, war etwas Drittes, der Status blieb in der Schwebe – und die Stadt hing am Bonner Tropf.

Ab 1964 studierte ich an der Freien Universität Berlin Philosophie und Literaturwissenschaft, wechselte aber bald zu Walter Höllerer, der an der Technischen Universität den Lehrstuhl für Neuere Germanistik innehatte und ein renommiertes Doktorandenseminar leitete – ein quirliger, innovativer Geist, der unendlich viel für die Belebung und Erhaltung des literarischen Lebens tat. Er erfand das Literarische Colloquium, schuf wichtige Zeitschriften wie »Akzente« und »Sprache im technischen Zeitalter«, mit seinen vielfältigen Initiativen lockte er internationale Autoren in die eingemauerte Stadt und publizierte ihre Texte.

Ernst Schnabel, von 1951 bis 1955 Intendant des Nordwestdeutschen Rundfunks, danach freier Autor, anschließend mit Rolf Liebermann, den wiederum Hans Werner Henze ablöste, Leiter des Dritten NDR-Hörfunkprogramms, zog 1965 nach Berlin. Wie viele andere Autoren und Publizisten tat er das auch aus Solidarität mit der Inselstadt. Schnabel leitete im Dritten Fernsehprogramm des im Aufbau befindlichen Senders Freies Berlin die »Literarische Illustrierte«. Der Intendant Walter Steigner und Schnabel hatten dasselbe im Sinn: ein offenes, liberal-kritisches, überparteiliches Programm gemäß dem Bildungsauftrag einer öffentlich-rechtlichen Anstalt. Der Vierte im Bunde der damaligen »Macher« war Hans Werner Richter. Halbjährlich residierte er im Grunewald in der ehemaligen S.-Fischer-Villa in der Erdener Straße 8 und moderierte für Schnabels Redaktion den politisch-literarischen »Salon« – direkt nach der Tagesschau, Gespräche *open end*, buchstäblich bis in die Puppen.

Richter lud ein, wer sich aus Politik und Kultur für die diskutierlustige Runde eignete. Schnabel sendete auch Höllerers Veranstaltungen in der Akademie der Künste am Hanseatenweg – Mitschnitte aus der Reihe »Theater auf kleinen Bühnen« oder die Ost-West-Treffen deutscher Lyriker. Fritz J. Raddatz schreibt über die Zeit: »In diesen (...) Jahren waren die Schriftsteller Teil der Gesellschaft, und sei es qua Opposition; sie bildeten ein Netz (...) – bis Willy Brandt Bundeskanzler wurde.« (Tagebücher, 2010)

Vieles im damals noch jungen Dritten Fernsehprogramm war Pionierarbeit: die Themen flexibel, oft spontan, wie die ohne weiteres eingesetzte Kolumne von Sebastian Haffner. Es gab keine Zeitschriften, die das Programm abdruckten und auf Wochen hin festzurrten. Die Arbeit war vergleichsweise experimentell. Und alle machten gern mit. Gesendet wurde in Schwarzweiß. Schnabel sprach die Begrüßungsworte donnerstags um 20.15 Uhr meist selbst. Mit rauchig-warmer Stimme, freundlich zugewandter Miene und offenen Augen, ein sehr persönlicher Touch. Die Themen waren vielfältig. Höllerers und Richters Programme wurden live gesendet. Es gab viele Autorenlesungen, auch Wolfgang Neuss hatte seine letzte Plattform in Schnabels »Illustrierter«. Heute ist diese Freizügigkeit in der Programmgestaltung kaum mehr vorstellbar.

Ernst Schnabel experimentierte nicht nur in eigenen Hörfunktexten gern mit der Form, er erfand im Rahmen der »Literarischen Illustrierten« auch die »Literarische Lesebühne«. Da spielten und lasen die damals besten Schauspielerinnen und Schauspieler Texte der Weltliteratur. Nicht alle lebten in Berlin, ließen sich angesichts des Honorars für die Dauer der Aufzeichnung, nur drei Tage, aber gern einfliegen.

Schnabel suchte für das erste Stück der »Lesebühne«, Thomas Manns »Zauberberg«, jemanden, der oder die ihm den Roman als Serie von fünf oder sechs Sendungen einrichtete. Er erkundigte sich bei seinem Freund Höllerer, der die Doktoranden seines Colloquiums durchging und meinte: »Frag doch die Plessen.« Und Schnabel fragte die Plessen, aber nicht sofort. Er hatte sich nämlich auf Peter Wapnewskis *house warming party* in mein Gesicht verliebt. Mit zwei anderen Studentinnen hatte ich unserem sich in Berlin-Dahlem installierenden Professor aus Heidelberg geholfen, zuerst die Wohnung ein- und dann die Einweihungsparty auszurichten, zu der *tout Berlin* kam: Professorenkollegen wie Eberhard Lämmert oder Jacob Taubes, Hörfunkleute oder Kritiker wie Roland H. Wiegenstein, außerdem Alexandra Kluge, damals verliebt in Wapnewski, Hans Werner Richter und eben auch Ernst Schnabel. Er sprach mich an dem Abend nicht an – in einem meiner Romane habe ich die Szene später festgehalten. Ich kannte niemanden, stand nach getanem Dienst, zu scheu, jemanden anzusprechen, nur herum und war ständig auf dem Sprung zu gehen.

Erst einige Zeit später kam Schnabel auf mich zu, an einem Abend bei Richter in der Erdener Straße. Ich freute mich und sagte tollkühn ja, mache ich! Dabei hatte ich in meinem Leben noch niemals ferngesehen. Ich war aufgewachsen in einem Haus mit vielen Zimmern in Ostholstein, das in den Nachkriegsjahren voller Flüchtlinge war. Das Schloß gehörte meinem Vater. Im meinem ersten Roman »Mitteilung an den Adel« habe ich versucht, diese Zeit bis 1968 einzufangen. Die Kinderschwester, deren Familie aus Ostpreußen stammte – sie selber wuchs in einem Waisenhaus in Stettin auf –, war die einzige Erwachsene, die ich kannte, die Radio hörte. Hauptsächlich den Suchdienst vom Deutschen Roten Kreuz, übertragen Sonntagvormittag im NWDR. Und deutsche Schlager natürlich, sie dudelten unentwegt. Das war Unterhaltung. Doch Fernsehen!? Du lieber Gott. Zu Lebzeiten meines Vaters war das neue Medium im Elternhaus tabu, es galt als geistige Verflachung. Es unterbinde jede Diskussion, hieß es, obwohl es sowieso keine gab. Der einzige Apparat, auf dessen Schirm es meist auch nur schwarzweiß regnete, stand im Keller, dem ehemaligen Gutsgefängnis mit seinen zweieinhalb Meter tiefen Mauern auf einem großen Steinquader. Am Boden lagen noch die Fußketten mit den großen Eisenkugeln. Der Kasten war fürs Personal, die Köchin, die Haus- und Küchenmädchen, den Diener gedacht.

Ernst Schnabel zeigte mir, wie ich die Sache angehen könnte. Also kaufte ich mir eine große Rolle Papier, mehrere Tuben Uhu und zwei Taschenbücher des »Zauberbergs«, schnitt diese auseinander und klebte sie als Leporello auf die Rolle. Mit dem Filzstift strich ich den Roman auf Dialogszenen ein. Einen Sprecher des Erzählers ließ ich stehen und führte einen zweiten für meine szenischen Überleitungen ein. Stundenlang lag ich so auf dem Bauch, ein Kissen unter mir, und murmelte Thomas-Mann-Sätze, bis ich sie in langen Passagen auswendig konnte. Ein großes Vergnügen. Größte Erheiterung auch für andere. Die nächste Frage galt der Besetzung. Bald stand sie fest. Joana Maria Gorvin spielte die kirgisenäugige Madame Chauchat, Kurt Bois den asketischen Jesuitenschüler Naphta, Charles Regnier seinen Widerpart, den Humanisten und Mentor Settembrini; Folker Bohnet war Leutnant Ziemßen, der kranke Cousin, und Hans Castorp – am schwierigsten zu besetzen – der junge Michael Degen. Die Regie übernahm Ludwig Kremer.

Dieser »Zauberberg« brauchte einen Vorspann, der das Publikum neugierig machte. Das gelang mit Hilfe von Erika Mann. Ich interviewte sie am berühmten Schreibtisch ihres Vaters im Thomas-Mann-Archiv der ETH Zürich. Sie erzählte vom Zustandekommen des Romans und Katia Manns großem Anteil daran, denn die so lebendigen, kauzig-vertrackten Schilderungen ihres eignen Kuraufenthalts in Davos arbeitete der Autor weitgehend in den »Zauberberg« ein. Katia Manns Briefe gibt es leider nicht mehr. Das ist schade, sie hatte unermüdlich nach München geschrieben.

Bei meinem Zürcher Aufenthalt lernte ich sie in Kilchberg kennen. Seit Ernst Schnabel die inzwischen Betagte Anfang der fünfziger Jahre bei einem Empfang im Hamburger Rathaus getroffen hatte, war es sein Plan, mehr noch, sein großer Wunsch, daß sie ihr Leben aufzeichnen, wenigstens erzählen möge. Immer hatte sie sich geweigert, mit Inge Jens, der Herausgeberin der Briefe Thomas Manns an Ernst Bertram und später der Tagebücher, die es gern gemacht hätte, stimmte die Chemie nicht, und der Versuch mit einem Studenten der ETH ging nach kurzer Zeit schief.

Als wir uns gegenübersaßen und die Frage wieder aufkam, sagte sie mit ihrer leicht münchnerisch gefärbten Stimme: »Ja, mit der mach ich's!« Also machten wir's. Sie bat im voraus um die Fragen, und so schickte ich ihr eine lange Liste mit Dingen, über die ich von ihr etwas wissen wollte. Vieles davon strich sie gleich aus, alles etwa, das in Richtung Feminismus ging – dabei war ihre Großmutter Hedwig Dohm eine engagierte Frauenrechtlerin gewesen, die für das Frauenstimmrecht gekämpft hatte. Auch von Fragen zu ihrer Selbstbestimmtheit wollte sie nichts wissen. Katia Mann hatte als erste Frau in München das Abitur gemacht und studierte Physik und Mathematik, als Thomas Mann sich in ihren Lebensweg stellte. Und so trat sie mit 88 Jahren zum ersten Mal aus der vollkommenen Zurückhaltung der Öffentlichkeit gegenüber heraus. Aus Gründen der »Ziemlichkeit«, wie sie gleich eingangs betonte, habe sie sich diese Zurückhaltung zu Lebzeiten ihres Mannes und danach auferlegt. Außerdem müsse es in der Familie eine Person geben, die nicht schreibe.

So schnell und hürdenfrei, wie ich's hier notiere, ging es jedoch nicht. Walter Steigner war die ständigen Auseinandersetzungen mit dem Rundfunkrat des SFB, vor allem aber mit den Berliner Zeitungsverlegern leid gewesen, die sich Zugang zum Fernsehen zu erzwingen suchten. Er war im Frühjahr 1968 nach Köln zurückgegangen, um Intendant der Deutschen Welle zu werden. Es war die Hoch-Zeit der APO, der Außerparlamentarischen Opposition. Schnabel kam mit Steigners Nachfolger nicht klar, der in sein Programm hineinzuregieren begann. Sein Versuch, den rebellierenden Studenten einen Fernsehabend zur Darstellung ihrer Standpunkte einzuräumen, scheiterte an der Ablehnung des rechten SPD-Genossen und neuen SFB-Intendanten Franz Barsig. Schnabel kündigte 1970. Es war seine zweite Kollision mit den Öffentlich-Rechtlichen, als Intendant des NWDR war er schon zu Adenauers Zeit für »untragbar« erklärt worden. In Berlin war ich seine Assistentin. Und wir hatten noch so viele Projekte. Was war nun mit den schönen Ideen, von denen Katia Manns Lebenserzählung nur eine war? Schnabel setzte sich mit seinem Kollegen Werner Höfer in Verbindung, der seit 1964 das Dritte Programm des WDR leitete. Wir fuhren nach Köln, und Höfer kreuzte aus der langen Liste der Projekte an, was ihn für sein Programm interessierte. Katia Mann stand an oberster Stelle.

Unser Team für die Januarwoche in Kilchberg war klein: die Brüder Michael und Christian Blackwood, der ältere der Ton-, der jüngere der Kameramann, ich und Schnabel als Redakteur und Supervisor. Katia Mann fand zunehmend Gefallen am »Plausch« mit mir. Am letzten Tag, als wir schon beim Einpacken waren, fragte ich sie, ob sie sich ein Buch aus den Interviews vorstellen könne, bearbeitet, redigiert, erweitert durch zusätzliche Gespräche, nur per Tonbandgerät. Sie sagte ja. Und Erika Mann fand die Idee hervorragend und unterstützte sie. Nur Golo Mann bremste sofort und erklärte mir rigoros: »Wir sind eine schriftsprachige Familie, Parlando kommt uns nicht unter.«

Ich verfolgte den Plan trotzdem weiter. Die Interviews wurden abgetippt, ich entfernte meine Fragen, so daß Katia Manns Antworten eine durchlaufende Erzählung ergaben. Zu meiner Vorbereitung auf die weiteren Gespräche gehörte Anfang Januar 1971 eine Reise nach Venedig, genauer an den Lido, zum Hôtel des Bains, dem Schauplatz des so folgenreichen Zusammentreffens von Gustav Aschenbach und dem Hermes-Knaben Tadzio im »Tod in Venedig«. Ich war auf der Suche nach den realen Vorbildern der Novelle und wollte wissen, wie es heute dort aussah, wo Aschenbach seinen Tod fand. Im Notizheft hielt ich fest: »Eine Fahrt zum Lido, ein Gang vorbei am Hôtel des Bains an einem wolkenlosen Frosttag: Schnee, vereister Asphalt, kein Mensch auf der Promenade am Lungomare Marconi. Das Grandhotel steht da, einsam auf weite Sicht, stattlich in spröder Helle mit seinen heruntergelassenen Rouleaux und grünen, verrammelten Portalen. Ein Ding aus einem anderen Jahrhundert, für den Winter geschlossen. Auch am Strand kein Mensch, wo Aschenbach, die Reisemappe auf den Knien, in seinem Sonnenstuhl saß, vom trägen wie laut sich tummelnden Treiben um sich herum abgelenkt, und wo der halbwüchsige Knabe mit seinen Genossen vor seinen Augen spielte, bis er ins Meer entschwand …«

Ich fuhr nochmals nach Kilchberg, um Lücken im erzählten Lebenslauf aufzufüllen. Im August 1969 starb Erika Mann nach einer zweiten Hirn-OP. Danach war ich ohne Fürsprech innerhalb der Familie. Katia, der ich das Buchmanuskript zur Freigabe geschickt hatte, konnte sich gegen das Veto des Sohnes nicht durchsetzen. Auch im Fischer Verlag herrschte Skepsis. Der zuständige Lektor, der aus dem kalifornischen Exil zurückgekehrte J. Hellmut Freund, wünschte sich ein Katia-Mann-Buch wie Alma Mahler-Werfels aufregendes und wildes »Mein Leben«. Ich solle die alte Dame abermals besuchen und ihr Leben in einem Wurf mit dem Tonbandgerät festhalten. Wie das gehen solle, schrieb ich zurück, die beiden seien so diametral verschieden, hätten daher auch ganz unvergleichbare Biographien, außerdem habe die Erinnerungsschärfe und damit die anfangs so pointierte und lustvolle Formulierungskraft der immerhin Achtundachtzigjährigen inzwischen so nachgelassen, daß dergleichen falsch und sinnlos sei.

Mit S. Fischer wurde es also nichts. Ich schickte das Manuskript daraufhin an andere deutschsprachige Verlage, auch in der Schweiz. Keiner wagte sich an das gleich dreifach heiße Eisen: S. Fischer, Thomas Mann und sein Familien-Clan

waren unantastbare Größen. Und Katia Mann selbst, unter dem Oktroi des mit ihr im Haus lebenden Sohnes Golo, unterstützte mich nicht weiter. Ich hatte den Plan eigentlich schon aufgegeben.
Da kündigte sich 1973, als *deus ex machina*, Michael Mann zu einem Vortrag in der Akademie der Künste in Berlin an. Nach der Veranstaltung bestürmten ihn Schnabel und ich. Im Nu hatte er – ein geradezu spitzbübischer Einfall – die Lösung gegen das Veto seines Bruders parat. Dann solle das Buch doch zuerst bei Thomas Manns amerikanischem Verlag Alfred Knopf herauskommen! Er werde dafür sorgen. Es werde ein *coup* – zu Manns hundertstem Geburtstag 1975 das Buch seiner Frau als amerikanische Erstausgabe, Vorausgabe! Großartig!

Thomas Manns Verlag S. Fischer kam 1974 in neue Hände. Der Holtzbrinck-Verlag hatte ihn gekauft, Monika Schoeller war die neue Verlegerin. Unabhängig von Michael Manns Aktivitäten in den USA, die erfolgversprechend verliefen, traf ich mich mit ihr in Stuttgart im Haus des Verlagsjustitiars, Ferdinand Sieger, der zwischen allen Fronten zu vermitteln anbot. Schoeller hörte mir aufmerksam zu, griff aber in der Folgezeit nicht zugunsten des Projekts ein. Auch Schnabel als ehemaliger S.-Fischer-Autor, der »in das Manuskript verliebt« war, vermochte nicht zu schlichten. Zwischen ihm und dem Verlag »hing der Haussegen« wegen einer eigenen Buchveröffentlichung und seines darauf erfolgenden Weggangs »schief«. Michael Mann hatte unser volles Plazet für weitere Entscheidungen.
Er verfolgte eine Zwei-, gar Dreifrontenstrategie, und dies hartnäckig, wohlgemut und unbeirrbar. Während seines Europa-Aufenthalts im Sommer 1973 arbeitete er mit seiner Mutter das Manuskript nochmals um, wie er Schnabel und mir schrieb, »ziemlich beträchtlich (...), zur Befriedigung des Verlags, der das Buch nun also doch bringen will und zwar soll er sich damit (wie aus der beigelegten Korrespondenz ersichtlich) etwas mehr beeilen, als er es bisher vorzuhaben scheint«. Michael Mann gelang so, was mir ohne den privaten Zugang zur Autorerzählerin nie hätte gelingen können. Aus »Katia Mann erzählt« waren »Meine ungeschriebenen Memoiren« geworden. Ein viel besserer Titel. Gegen die Hinhaltetaktik von S. Fischer, dessen Cheflektor jetzt Peter Härtling war, spielte Michael Mann fröhlich die amerikanische Karte aus: Es »scheint doch nunmehr die amerikanische Ausgabe der ›Ungeschriebenen Memoiren‹ noch vor der deutschen das Tageslicht erblicken zu wollen«, schrieb er Schnabel und mir am 21. Januar 1974. Härtling »kam uns immer wieder mit seinem blöden Almanach, wo er das epochale Werkchen«, also als bloßen Teilabdruck, »verstecken wollte, worauf ich mich aber nicht einlasse, so daß die Verhandlungen sich hinschleppen. Um so erfreulicher ist das amerikanische Tempo. Wenn man auch auf

dem Freeway nur noch 55m/ph fahren darf. Und Sonntags kein Benzin bekommt (man nimmt es Samtags).«
Weder Golo Mann noch der Verlag wollten letztendlich die Schmach des »amerikanischen Tempos« auf sich sitzen lassen. Es gab auch für S. Fischer eine Deadline: 1975 wäre Thomas Mann hundert geworden.
Härtling hatte dieses Jubiläums wegen noch ein anderes Problem. Zum Termin sollte Peter de Mendelssohns Biographie »Der Zauberer« bei S. Fischer erscheinen. Michael Mann wischte im Brief vom 5. November 1973 die Angst vor möglichen Überschneidungen kurzerhand weg: »Was die ›Überschneidungen‹ mit Peters Werk betrifft, deren Schaden für den Leser mir übrigens nicht allzu hoch beanschlagenswert erscheint (mein Gott, wie viele Überschneidungen finden sich in den vier Essaybänden der Frankfurter Gesamtausgabe von 1955!). So fern aber diese Überschneidungen als ein negatives Momentum in Betracht kommen, wäre dies doch nur ein Grund mehr, die beiden Biographien nicht gleichzeitig erscheinen zu lassen. Außerdem kommt im Thomas-Mann-Jahr 75 so vieles dieser Art, daß es schon allein aus diesem Gesichtspunkt heraus mir weit günstiger erschiene die ›Ungeschriebenen Memoiren‹ möglichst früh im Jahre 1974 herauszubringen. Fahre ich da nicht mit einem ganzen Arsenal einigermaßen bedenkenswerter Argumente auf? Ich wiederhole also meine Bitte, sie ernstlich in Betracht zu ziehen und dementsprechend vorzugehen.« Für die Honorierung wurden die Hälfte für Katia Mann, ein Drittel für mich und ein Sechstel für Michael Mann vereinbart.
Und dann war das Buch im Frühjahr 1974 mit zahlreichen Fotos da. Es wurde das goldene Ei des S. Fischer Verlags. Hatte im Nu eine hohe Auflage, der etliche weitere und auch viele Übersetzungen folgten. Das »schönste, spontanste, unwiderstehlichste und fesselndste Mann-Buch«, schrieb Joachim Kaiser in der Süddeutschen Zeitung. Der Verkauf in Deutschland zog 2000 bis 2003 wieder stark an, als Heinrich Breloers Filme gezeigt wurden, in denen Katia Mann im TV-Interview mit mir zu sehen ist, die »Buddenbrooks« hundert Jahre alt wurden und die ersten Bände der Großen kommentierten Frankfurter Ausgabe erschienen. Noch 2009 war das Taschenbuch in siebzehn Sprachen lieferbar: polnisch, türkisch, russisch, französisch, dänisch, portugiesisch (Brasilien), schwedisch, holländisch, finnisch, italienisch, englisch (UK und USA), japanisch, ungarisch, jugoslawisch/serbokroatisch, hebräisch, spanisch etc. Viele Verträge sind inzwischen ausgelaufen, doch nicht alle, und auf dem deutschen Markt sind »Meine ungeschriebenen Memoiren« als Taschenbuch noch immer erhältlich. Das Buch wurde im Lauf der Jahre zur Basis für alle Bücher über Katia Mann, und es dient nach wie vor als Quelle für Publikationen über weitere Mitglieder der Familie.

Der große Widerstand, der seiner Veröffentlichung entgegengebracht wurde, wie die Mobilisierung aller Gegenkräfte zur Überwindung der sich auftuenden Hindernisse lehrten mich einiges für das Überleben in der schreibenden Welt. Beide Seiten standen für ein bestimmtes Koordinatensystem. Je größer der Widerstand, desto wichtiger das Objekt, wäre als Schlußfolgerung zu flach, bloß simpel und salopp. Daß ich jede Möglichkeit erwägen muß, wenn ich das, was ich will, verwirklichen will, kommt dem ganzen doch näher. Ein Lob also auf das große Trotzdem und seine vielen Facetten. Und was Katia Mann, die Erzählerin, betrifft, so verehrte ich sie von Anfang an, und ich bin froh, daß ich ihr so jung begegnete. Ich rede und argumentiere noch oft mit ihr. Wie nur wenige Frauen bereicherte sie mein Leben, obgleich ich einen ganz anderen Weg als sie ging.

AVRINA PRABALA-JOSLIN

AMMA KENNT DEN WEG

Gedicht

amma kennt den weg zum haus ihrer kindheit.
sie sagt sie sieht jede ansicht aus jener Zeit
als ob sie dort stünde   so lebhaft   sagt sie
ich frage mich ob es wehtut. ich fürchte man kann zeit gar
nicht festhalten   ein schrei ist ein gesicht in ein echo geätzt
dehnt zeiten in einem moment   sekunden wiegen schwer
wenn du die zeit nicht rasen läßt   du liegst auf den knien
vor der leere   dem delirium des schweigens
ich jage stille   ich wandre in schwindelndem gleichgewicht
nie weiß ich wo ich bin   das salz in meinem mund ist
vielerlei.   als kleiner junge   riß es mich
einmal fort doch   die wellen trugen mich zurück.
in trüber sicht   dein berechnender blick.
noch liegt ein gut teil des lebens vor mir   mein schmerz
kommt   von jenseits des meeres   strömungen ziehen mich hierhin und dorthin.
bin ich deshalb dem zufall ergeben?
meine knochen werden schwach als warteten sie daß die mission beginnt
die verwüstung die herrschaft der heuschrecken
wenn das wirklich ein videospiel ist   kannst du das level absenken?
nehmen wir anfänger   spiel mich als anfänger
laß mich herumlaufen.   staunen über facetten des interface
diesen labyrinthischen wald des lebens von schluchten durchsetzt
vögel kommen und sprechen. laß mich leben mit ihr
im haus ihrer kindheit   laß mich blumenbeete anlegen mit ihr
linderung bringen ihren schmerzenden füßen   ihr zufächeln mit geschichten.
ich will eine tür zu einem ort den sie von anderswo sieht
felder gelebter träume   ich erbitte mir nichts
als das leben von einem der blumen pflegt   erdboden wässert
sie ist der rest einer tochter im korridor
ein kind auf dem schulhof das lächelt
für ein foto auf der wippe damals
als sie neun oder zehn war

meine siebzigjährige mutter
deren schulzeit auf einer teepflanzung begann.
großmutter meiner nichte wie der erdboden sich hebt bis an
unseren fuß ein kuß von teeblättern auf wunden
hier war sie glücklich wie nie.

ein hundertjähriger teestrauch
älter als mein land läßt seine wulstigen wurzeln in roter erde
pulsieren ich entrolle mich, die narbe
die ich bin auf ihrem leben ein parasit ich eine entscheidung
eine norm eine lebensart ein notwendiges zweites kind.
orte schichten uns auf ihre zeit ohne mich
sie war zeit bevor sie zeit war mit mir.
sie sagt sie kommt nicht mehr hierher.
aus dem fenster winden wir uns bergab.
in diesem teil von tamil nadu sind keine kokospalmen zu sehen.
die landschaft von ammas kindheit hier hätte sie grün
tragen können eine teestube mit musik die sie mochte
ein keks mit sahnestreif, eine süße varki.
hier wartete sie auf den bus der zum markt fährt.
elephanten bisons und gaurbullen querten.
teile von bergen brechen
was vom regen berührt wird ist wie vom stab
des blitzes durchbohrt ein fluß bricht entzwei ein wasserfall
wird geboren eine schlange bahnt einen pfad hin zu
einsamen anbetenden liebenden dichterinnen nicht wirren genossen wir baden
in harter landung ein heimweh nach kindheiten
gelebt geerbt trink deinen wilden tee.
langes verweilen ist nicht zu ertragen es wartet
das heim das sie uns geschaffen auf kargem land
brennendem land. wie speisen die sich selbst verzehren
halt ich sie fest und sie hält mich auch
auf jedem hügel ein tempel der betet
ein dorf das blätter zählt
ein kind das winkt

Aus dem Englischen von Gertraude Krueger

GÜNTER DE BRUYN

BERICHT FÜR DIE POLIZEI

Vorbemerkung

Als zwei Jahre nach Günter de Bruyns Tod am 4. Oktober 2020 mit der Archivierung seines Nachlasses begonnen wurde, fand sich im Ordner »Unfertiges« das fünf DIN-A4-Seiten umfassende Typoskript der Erzählung »Bericht für die Polizei«. Auf dem Deckblatt steht neben dem Titel der Name des Autors, Angaben zur Datierung werden nicht gemacht. Geschrieben wurde die Erzählung vermutlich 1965; auf jeden Fall ist sie vor dem 11. Plenum des ZK der SED (Dezember 1965) entstanden. Eine Kopie der Erzählung – jedoch ohne das Deckblatt – hat de Bruyn auch in seinem mit »Aufsätze Rez.« beschrifteten Ordner abgelegt. Angeklammert an diese Kopie war ein Antwortschreiben der DDR-Zeitschrift »Wochenpost«. Über dem Typoskript steht von fremder Hand: »Bericht für die Polizei von Ute Kellner«. Dieser Name auf einem de-Bruyn-Typoskript warf bei der Archivierung des Textes natürlich Fragen auf. Noch rätselhafter war, daß das Schreiben der »Wochenpost« weder an Ute Kellner noch an Günter de Bruyn, sondern an Ines G. in Perleberg adressiert war. Nachforschungen zu beiden Namen blieben zunächst ergebnislos. Erst Rosemarie Zeplin, die langjährige Lebensgefährtin von Günter de Bruyn, konnte zur Klärung der näheren Umstände beitragen. Ihr ist auch der Hinweis zur Datierung des Textes zu verdanken.

Ab den frühen sechziger Jahren zählte der 1926 geborene de Bruyn, der durch die beiden separat erschienenen Erzählungen »Wiedersehen an der Spree« (1960) und »Hochzeit in Weltzow« (1960) sowie durch seinen Roman »Der Hohlweg« bekannt geworden war, zu den vielversprechenden DDR-Nachwuchsautoren. Doch vermutlich war sich der 1964 mit dem Heinrich-Mann-Preis der Ostberliner Akademie der Künste ausgezeichnete Schriftsteller im Hinblick auf die literarische Qualität seiner Texte noch unsicher. Wurde er eventuell nur gedruckt, weil er inzwischen einen Namen hatte? Wohl um dies herauszufinden, wurde der »Wochenpost« die Erzählung »Bericht für die Polizei« angeboten – als Einsendung von Ines G., einer langjährigen Freundin Zeplins, die als »Strohfrau« gewonnen werden konnte. Unter Angabe ihrer Adresse und unter Verwendung eines weiteren Pseudonyms (Ute Kellner) bekam die »Wochenpost« schließlich Post aus Perleberg, wo Ines G. damals wohnte. Ute Kellners Name sowie den Titel der Erzählung hat Rosemarie Zeplin über das Typoskript geschrieben. Ein Schriftwechsel zwischen Ines G. und Günter de Bruyn hat sich weder in de Bruyns Marbacher Nachlaß noch in den Papieren gefunden, die voraussichtlich ab 2025 im Archiv in Beeskow einzusehen sind.

Der Spaß, der »Wochenpost« unter Pseudonym eine Erzählung einzusenden, war wohl auch ein Test, ob es nach dem Mauerbau vom August 1961 für das »seiner äußeren Bewegungsfreiheit beraubte Volk« tatsächlich mehr »innere Bewegungsfreiheit« (Wolfgang Engler) gab. Die Vermutung liegt nahe, daß de Bruyn zudem ausprobieren wollte, ob Mitte der sechziger Jahre eine kritische Auseinandersetzung mit dem Bitterfelder Weg möglich war. Ernst Krickow schiebt in »Bericht für die Polizei« bei einem Kneipenbesuch einige Seiten mit Notizen unter einen wackelnden Tisch, woraufhin er für einen schreibenden Arbeiter gehalten wird. Er landet schließlich auf der Polizei und wird verhört. Wer schreibt, so lautet die Kernaussage der Erzählung, läuft Gefahr, in Konflikt mit den Staatsorganen zu geraten. Wenige Monate später bestätigte das 11. Plenum diese Mutmaßung.

Im April 1964 hatte Christa Wolf in ihrem auf der zweiten Bitterfelder Konferenz gehaltenen Diskussionsbeitrag darauf hingewiesen, daß zwischen Schriftstellern und Verlagen ein »Kuhhandel« beginne, wenn in literarischen Texten Kritik geäußert oder auf Widersprüche in der sozialistischen Gesellschaft verwiesen werde. Willkommener seien positive Beispiele. Doch während Wolf dazu aufrief, den Schriftstellern als Verbündeten beim Aufbau des Sozialismus zu vertrauen, hielt de Bruyn die Aufforderung, als Autor Kritik zu wagen, für eine Farce. Tatsächlich wünschten sich die politisch Verantwortlichen überwiegend Schöngefärbtes.

Günter de Bruyn und Rosemarie Zeplin werden wenig überrascht gewesen sein, daß die »Wochenpost« Ines G. im Oktober 1965 mitteilte, für den Text »leider keine Verwendung« zu haben. Man hatte seine Satire bewußt mißverstehen wollen. Begründet wurde die Ablehnung mit der »abstoßenden Dummheit«, durch die sich die agierenden Figuren auszeichneten. Negativ aufgefallen war der Redaktion auch die »gallige Gestaltung der beteiligten Menschen«.

Aufschlußreich ist der »Bericht für die Polizei« sowohl als zeithistorisches Dokument als auch für de Bruyns Entwicklung als Autor. Mitte der siebziger Jahre hatte er sich in seinem Essay »Der Holzweg« von seinem Romandebüt »Der Hohlweg« distanziert. Besser wäre es seiner Meinung nach gewesen, sich an Jaroslav Hašeks »Schwejk« und nicht an Goethes »Wilhelm Meister« zu orientieren. Auf Distanz ging de Bruyn aber nicht nur zu seinem Roman, sondern auch zu seinen 1963 in dem Band »Ein schwarzer abgrundtiefer See« erschienenen Erzählungen (»Wiedersehen an der Spree«, »Bożenna«, »Renata«, »Ein schwarzer abgrundtiefer See«), die er mit keinem Wort erwähnt. Von diesen frühen Texten wird in den späteren Prosabänden »Babylon« (1980) und »Frauendienst« (1986) nur »Hochzeit in Weltzow« erneut abgedruckt. In »Bericht für die Polizei« begegnet einem wieder jener ironische Erzähler, der bereits in diesem Text mit Witz und Humor von Willi Wälter berichtete, einem Heimkehrer aus der Kriegsgefangenschaft, den die Magenfrage mehr interessiert als die politischen Umbrüche auf dem Land. Dieser Genußmensch hat Appetit auf Fleisch, und er denkt dabei nicht nur an gutes Essen. Wälter ist wie Krickow ein Schlitzohr.

Im Kontext von de Bruyns Prosaarbeiten erweist sich »Bericht für die Polizei« als Verbindungsglied zwischen »Hochzeit in Weltzow« und »Buridans Esel«. Die neue erzählerische Qualität des Romans ist im Frühwerk des Autors bereits angelegt. Seit Mitte der sechziger Jahre zeichnet seine literarischen Texte eine feine Ironie aus. Sie wird zu seinem Markenzeichen. Zugleich verabschiedet er sich von Themen wie der deutschen Teilung und dem antifaschistischen Neubeginn in der DDR, mit denen er im Frühwerk ideologisch allzu vordergründig versuchte, die gesellschaftliche Totalität abzubilden. Fortan sind es Alltagsphänomene, die ihn interessieren, wobei er in seinen Romanen und Erzählungen – ausgehend vom Privaten – gesellschaftlich Relevantes zur Sprache bringt.

Michael Opitz

Ich heiße Ernst Krickow, bin gestern vor 59 Jahren geboren und möchte als erstes Schadenersatz fordern, weil ich nämlich unschuldig bin.
Die Sache war so: Aus familiären Gründen kehrte ich gestern gegen 23 Uhr in die Dorfkneipe zurück. Außer Otto Senske, dem Wirt, befanden sich dort vier fremde Herren mit Auto. Sie machten einen sehr trübsinnigen Eindruck. Ich bestellte Molle und Korn und blieb dabei. Mein Tisch wackelte sehr, aber ich stand vor schweren Entscheidungen und kümmerte mich vorerst nicht darum. Meine Frau hatte mir nämlich den Einlaß in unser gemeinsam bewohntes Haus verweigert, weil ich meinen Geburtstag nicht mit ihr, sondern mit Kollegen gefeiert hatte. Endlich entschloß ich mich, etwas zu unternehmen. Ich nahm einige der von mir in den Arbeitspausen beschriebenen Heftseiten aus der Tasche, kniffte sie drei oder vier Mal und schob sie unter ein Tischbein, das aber nicht kürzer war als die anderen, sondern auf einem schief getretenen Dielenbrett stand. (Dies wegen der Genauigkeit, die mir der Herr Genosse Wachtmeister befohlen hat.)
Jetzt wurden die drei Herren mit Schlips aufmerksam. Sie schickten den vierten, ohne Schlips, den Chauffeur, zu mir. Der fragte mich, was ich trinken möchte. Ich sagte: Dujardin. Die Herren lachten etwas gezwungen und hätten nicht weitergewußt, wenn Otto nicht mein Gespann gebracht und bei ihnen angeschrieben hätte. Sie setzten sich an meinen Tisch, drückten mir die Hand und sagten du und Kumpel zu mir, was mir gleich verdächtig war. Einer schlug mir sogar auf die Schulter. Als das Wetter besprochen war, fragten sie nach meinem Beruf. Ich sagte Lagerarbeiter, und sie nickten anerkennend, als hätten sie Betriebsleiter verstanden. Da traute ich mich nicht zu sagen, daß ich schon fürs Büro übe, da doch mein Herz nicht mehr mitmacht.
Der eine von den dreien war dick und alt und rauchte Orient. Der andere war dick und jung und rauchte Warnow. Der dritte war totenbleich, rauchte Karo und war sehr stolz darauf. Mehr kann ich zur Identifizierung der Herren nicht beitragen. Ich würde sie aber sofort wiedererkennen.
Wer die Schreibheftseiten unter dem Tischbein vorgenommen hatte, weiß ich nicht. Jedenfalls hingen sie plötzlich alle mit den Nasen darüber, sahen sich bedeutsam nickend an, fragten, ob ich das geschrieben hätte und lasen weiter. Ich mußte auch die anderen Seiten aus der Tasche ziehen und behielt nur eine heimlich drin, weil ich die gerade brauchte. Als ich zurückkam, waren die drei sehr fröhlich. Nur der Chauffeur saß mürrisch vor seiner Limonade. Der junge Dicke nannte mich ihre Entdeckung, der Alte einen genialen Hund, dem nur die Abrichtung fehlte, und der Karo-Mann, wohl der verrückteste von ihnen, meinte, ich sei der einzige schreibende Arbeiter und Bauer weit und breit, worauf ich natürlich sagte, daß mir außer unserem Dorfidioten noch keiner begegnet sei, der nicht schreiben konnte, was der Junge für eine sehr wahre Beobachtung hielt und

sich gleicht notierte. Und dann tranken wir noch einen und noch einen und noch zwei und drei, und sie erklärten mir, was ihre Arbeit war. Sie mußten umherfahren und Berichte darüber schreiben, aber nicht über das was war, sondern über das was sein sollte, was ohne zu lügen natürlich schwer war, weshalb sie auch über mich so froh waren, weil sie nun schreiben konnten: Ernst Krickow, um nur ein Beispiel für viele zu nennen ... oder so: Menschen wie Ernst Krickow ... oder auch nur schlicht in Klammern (siehe Ernst Krickow usw.) Ich freute mich, ihnen so nützlich sein zu können, und als sie damit rausrückten, daß sie mich mitnehmen wollten, dachte ich, geschieht dir recht, Emma, und ließ mich zu ihrem EMW tragen.

Da ich ermahnt wurde, nur zu berichten, was ich genau weiß, fahre ich mit dem nächsten Morgen fort. Ich erwachte in einem vornehmen Zimmer, in dem sich neben manchem Überflüssigen auch ein Fernsehapparat befand, wippte ein bißchen auf den weichen Matratzen und stand auf. Zu dem Zimmer gehörte ein extra Bad und eine extra Toilette. Ich benutzte beide ausgiebig. Als ich einem Zettel entnahm, daß das Zimmer 38 Mark pro Nacht kostete, stieg ich gleich noch einmal ins Bad und blieb dort, bis der Karo-Bube mich holte, in ein Auto zerrte und ein paar Minuten später hinter ein Pult stellte, vor dem entsetzlich viele Leute saßen und mich anstarrten. Ich begriff schnell, daß ich reden sollte und begann, wie es sich gehört, mit dem Jahr 1945, verfluchte die Imperialisten und wollte gerade zur Umgestaltung auf dem Land übergehen, als mich einer unterbrach und mir vorschlug, doch ohne Umschweife zu meinen ureigensten Problemen zu kommen. Ich dachte an Emma und hatte plötzlich furchtbare Sehnsucht nach ihr. Aber geredet hätte ich über sie nicht, auch wenn mir keiner gesagt hätte, ich sollte doch frei von der Leber weg erzählen, wie ich zum Schreiben gekommen bin. Ich erzählte also von meinem Herzen, das nicht mehr mitmacht, von der Aussicht, ins Büro zu kommen, und von dem Roman aus der Bücherei, den ich säuberlich Seite für Seite abschreibe, um Schönschrift zu üben. Ich verstand nicht, was es da zu lachen gab, und warum der Karo-Raucher mich beim Rausschmiß beschimpfte. Vielleicht hätte ich noch sagen müssen, daß bei uns im Büro noch vieles mit der Hand geschrieben werden muß.

Wie ich in das Hotel zurückgefunden habe, um meine dort liegengebliebenen Hosenträger zu holen, weiß ich nicht mehr. Die von mir gegen den Portier ausgestoßenen Beleidigungen nehme ich hiermit zurück, aber die 38 Mark werde ich nicht bezahlen. Ich werde vielmehr die drei Herren, falls die Polizei sie ausfindig machen kann, wegen des verlorenen Arbeitstages auf Schadenersatz verklagen.

Wochenpost

BERLINER VERLAG · BERLIN W 8, OTTO-NUSCHKE-STRASSE 10-11
REDAKTION WOCHENPOST · BERLIN W 8, MAUERSTRASSE 86-88

ABT. KULTUR UND FEUILLETON

Frau
Ines G[redacted]
291 Perleberg
Bergstr. 1

Neue Rufnummer:
22 083 89

Ihre Zeichen	Ihre Nachricht vom	Unsere Nachricht vom	Unsere Zeichen	Tag
	13.9.65		Ei.	13.1o.65

Sehr geehrte Frau G[redacted]

Wir danken Ihnen für Ihren "Bericht für die Polizei", für den wir aber leider keine Verwendung haben. Ihre im Grunde hübsche Idee von dem als Schönschreibübung abgeschriebenen Roman geht nach unserer Meinung leider unter in der von Ihnen gewählten galligen Gestaltung der beteiligten Menschen. Ihre offenbar aus mangelhafter Information herrührende Meinung, Journalisten zögen aus, um dann doch nur das zu schreiben, was sein sollte und nicht das, was ist, ist an dem angenommenen Objekt "schreibender Arbeiter" völlig verfehlt. Denn gerade auf diesem Gebiet hat verkrampftes Hervorheben von unausgereiften Leistungen längst einer ruhigen, verständnisvollen Förderung Platz gemacht. Trotzdem könnte solch ein Irrtum durchaus als heitere Geschichte gestaltet werden. Aber müssen dazu alle Beteiligten durch abstoßende Dummheit gekennzeichnet sein?

Mit freundlichen Grüßen!

Wochenpost
Kultur und Feuilleton
BERLIN W 8
Mauerstraße 86-88

Fernruf 22 03 91 · Drahtwort Wochenpost Berlin · Fernschreiber 011 437, 011 783 · Postscheckkonto Berlin 17717 · Bankkonto: Berl. Verlag Berliner Stadtkontor Behrenstraße 35-39 Konto Nr. 1/1865 Bank-Kenn-Nr. 600000 · Betriebsnummer 93/971/1039

(50) Bm 4895 63 5 874

MICHAEL OPITZ

GÜNTER DE BRUYNS NACHLASS

Aus dem Abseits nach Beeskow

»Mit beginnender Dämmerung überfiel mich eine Lustigkeit«, notierte Günter de Bruyn am 24. Februar 1969 angesichts des Glücks, ein »Haus zu besitzen«, in seinem Tagebuch. »Ich sitze am Ofen, rauche eine Zigarre u(nd) bringe es fast fertig, zu faulenzen.« Das Haus, das ihm so viel bedeutete, hatte er zwei Jahre zuvor eher zufällig gefunden, wie aus seiner Autobiographie »Vierzig Jahre« (1996) zu erfahren ist. Im Juni 1967 hatte er zusammen mit Bekannten eine Wanderung in eine Gegend unternommen, die nicht zu den bevorzugten Ausflugszielen der Berliner gehörte. Sensationelles war in Görsdorf und Umgebung nicht zu erwarten, aber man hoffte, auf zwei Mühlen zu stoßen, folgte dem Lauf eines Baches; und suchte eigentlich – so de Bruyn – die »Abwesenheit von Mensch und Kultur«.
Auf dieser Wanderung entdeckte der Schriftsteller in der Waldeinsamkeit ein Haus, in dem zu leben er sich vorstellen konnte. Allerdings war der Backsteinbau, eine Alte Schäferei, in einem so beklagenswerten Zustand, daß nur ein ausgesprochener Optimist auf die Idee kommen konnte, das Objekt zu kaufen: Fenster und Türen waren marode, und da das Dach an vielen Stellen undicht war, hatten Regen, Sturm und Schnee für fortschreitenden Verfall gesorgt. Der Autor hatte offensichtlich gehofft, daß ihm dieser abgeschiedene Bau die Möglichkeit bieten würde, ins Exil gehen zu können, ohne dafür das Land verlassen zu müssen. Mitten im Wald – so glaubte er – würde er unauffindbar sein. Denn ohne eine Wegskizze konnte man nicht zu ihm gelangen. Für den die Einsamkeit liebenden Autor, der damals noch in der Auguststraße 92 in Berlin-Mitte wohnte, war dies eine verheißungsvolle Aussicht – die sich aber als Trugschluß erwies, denn die Stasi fand ihn auch in seinem Waldversteck.
Wenige Wochen nach der Wanderung schrieb de Bruyn dem für Görsdorf bei Beeskow zuständigen Bürgermeister, daß er das Grundstück – sofern es zum Verkauf stünde – gern erwerben würde. Wie aus einem in seinem Nachlaß gefundenen Schreiben hervorgeht, hinterlegte er am 22. Juni 1968 den vereinbarten Kaufpreis in Höhe von 1600,– Mark. Im selben Jahr, als im Mitteldeutschen Verlag sein in einem Hinterhaus spielender Roman »Buridans Esel« erschien, wurde der Autor Hausbesitzer. Allerdings war sein Anwesen, das den Blick auf einen Bach in unmittelbarer Nähe freigab, bescheiden. Es verfügte nur über zwei Zimmer sowie eine kleine fensterlose Kammer, die de Bruyn als Schlafgemach

diente. Es gab keinen Strom, und Wasser mußte mit einer in der Küche befindlichen Handpumpe heraufbefördert werden. Erst 1986 erfolgte der Anschluß an das öffentliche Stromnetz. Bis dahin nutzte de Bruyn Kerzen, Petroleumlampen und eine alte LKW-Batterie zur Lichterzeugung. Für wohlige Wärme in der guten Stube sorgte im Winter ein Kachelofen, an dem sich faulenzen ließ. Das Haus, durchaus jenem vergleichbar, von dem Henry D. Thoreau in »Walden« spricht, hatte seinen Charme – Luxus allerdings bot es nicht.

Seine Berliner Wohnung gab der Eigenheimbesitzer auch deshalb nicht auf, weil er in den Anfangsjahren in Blabber, so hieß der Ort der Abgeschiedenheit, kaum zum Schreiben kam: »Blabber tötet meine Produktivität«, notierte er am 11. September 1970 im Tagebuch. »Ich kam heute um 10 Uhr hier an, noch gedanklich ganz bei meinem Roman (›Preisverleihung‹). Aber dann fällt einem, wo man geht und steht, nicht getane Arbeit auf, die jetzt plötzlich kaum aufschiebbar scheint.« Obwohl er dort viel zu selten zum Schreiben kam, wollte er – so hielt er es 1970 im Tagebuch fest – »in den nächsten 2–3 Jahren ganz nach Blabber ziehen und Ponys züchten (…)«. Pferde hatte de Bruyn eine Zeitlang tatsächlich besessen. Das weiß man aus dem zweiten Teil seiner Autobiographie. Weitere Details dazu hat er einer DIN-A5-Kladde anvertraut, die sich in seinem Nachlaß fand. Doch bevor er sich eigene Pferde zulegte, holte er sich fachmännischen Rat bei dem Island-Ponys züchtenden Schriftsteller Erwin Strittmatter, mit dem er sonst kaum ein Wort wechselte. Strittmatter, der die Absicht durchschaute, beschränkte sich auf ein knappes Antwortschreiben.

Bis zu de Bruyns endgültigem Umzug nach Blabber vergingen mehr als dreißig Jahre. »Heute Umzug der Berliner Möbel«, heißt es am 4. März 1999 im Tagebuch. Wenige Wochen später, am 31. März, machte sich der damalige Leiter der Handschriftenabteilung des Deutschen Literatur Archivs Marbach, Jochen Meyer, auf den Weg, um Günter de Bruyns Vorlaß abzuholen. Daß er auf diese Weise »manches schon loswerden« konnte, gefiel diesem auch aus »Platzgründen«, wie er Meyer schrieb. Im Laufe der Jahre war die Alte Schäferei zu klein geworden, trotz eines Anfang der neunziger Jahre errichteten Wintergartens. Deshalb hatte sich de Bruyn entschlossen, durch einen Anbau mehr Raum zu schaffen. Mit dem Erweiterungsbau würde für den gelernten Bibliothekar auch ein Traum in Erfüllung gehen, wie er am 13. Juli 1998 seinem Tagebuch anvertraute: »Zum ersten Mal in meinem Leben einen Bibliotheksraum, der groß genug ist.« Nicht ganz ein Jahr später konnte der Bau bezogen werden, im Untergeschoß wurde die mehr als zwölftausend Bände umfassende Bibliothek aufgestellt. Vom Erdgeschoß aus führt eine neben der Eingangstür gelegene Holztreppe ins Obergeschoß, wo sich ein Schlafzimmer, ein Bad und zwei miteinander verbundene Arbeitszimmer (mit jeweils einem Schreibtisch) befinden. Von beiden

Arbeitsplätzen aus blickte de Bruyn auf das Althaus, den Innenhof, das Gartentor und den Briefkasten. Regale, die er an der Wand unter der Dachschräge aufstellte, boten in beiden Zimmern genügend Platz für neun DIN-A4-Ordner mit eigenen Manuskripten und Typoskripten sowie etwa sechzig weitere Ordner mit Materialien zu märkischen Orten (unter anderem drei umfangreiche Ordner zum Ort Kossenblatt), zu Schriftstellern (etwa zu Heinrich von Kleist und Theodor Fontane) und zu historischen Persönlichkeiten (Königin Luise und von Katte). Im vorderen Arbeitszimmer, dem sogenannten Lexikonzimmer, standen auch drei Ordner mit Berichten und Fotos von Exkursionen zu märkischen Orten. Anfang der achtziger Jahre hatte de Bruyn zusammen mit seiner Lebenspartnerin Rosemarie Zeplin und einem befreundeten Ehepaar damit begonnen, vor allem auf Fontanes Spuren zu wandeln. Mindestens einmal im Monat wurde ein Dorf oder eine Stadt aufgesucht und akribisch erkundet.

Im September 2022 ist mit der Erschließung des in Blabber liegenden Nachlasses begonnen worden. Die dafür erforderlichen Mittel stellten der Bund (BKM), das Land Brandenburg (MWFK), der Landkreis Oder-Spree und die Günter-de-Bruyn-Stiftung zur Verfügung. Seitdem wurden auch ein Teil der Bibliothek erfaßt und de Bruyns Manuskripte und Typoskripte gescannt und archiviert. Und die umfangreiche Materialsammlung zu märkischen Orten, Autoren und jenen Persönlichkeiten, die für ihn von Bedeutung waren, liegt inzwischen größtenteils in säurefreien Ordnern. Bei der Archivierung wurde das Ordnungsprinzip des Schriftstellers beibehalten. Von den Ordnern, in denen er seine Texte und Materialien abheftete, wurden identische Duplikate angefertigt, so daß der ursprüngliche Aufbewahrungsort eines Manuskripts oder Typoskripts jederzeit nachvollzogen werden kann.

Obwohl de Bruyn seinen Vorlaß in Marbach wußte, hatte er testamentarisch verfügt, daß sein Nachlaß im Brandenburgischen verbleiben soll. Die Stadt Beeskow hat der Günter-de-Bruyn-Stiftung in der Brandstraße ein um 1700 errichtetes Fachwerkhaus zur Verfügung gestellt, in dem, wenn die Restaurierungsarbeiten abgeschlossen sind (geplant ist Frühjahr 2025), das Archiv untergebracht wird. Zugleich soll das Haus, in dem auch Teile von de Bruyns Bibliothek einziehen, als Begegnungsstätte genutzt werden. Über die Gründe, warum der Autor seinen Nachlaß nicht nach Marbach gegeben hat, kann nur gemutmaßt werden, denn in einem Brief an das Literaturarchiv vom 18. Dezember 1996 heißt es noch: »In Marbach sähe ich es am liebsten.«

Wer zukünftig über den Verfasser von »Buridans Esel«, »Märkische Forschungen« und »Neue Herrlichkeit« im Archiv arbeiten will, wird zwei Orte aufsuchen müssen. In fünfundzwanzig Archivkästen liegen in Marbach Teile seiner mit Schriftstellerkollegen geführten Korrespondenz, wobei sich der über Jahrzehnte mit Christa und Gerhard Wolf geführte Briefwechsel als besonders aufschlußreich erweist. Bis 1989 war man eng befreundet – zusammen mit Gerhard Wolf gab de Bruyn die Reihe »Märkischer Dichtergarten« heraus. Fast wäre man sogar Nachbarn geworden, denn Ende der sechziger Jahre hatten auch die Wolfs vor – so de Bruyn im Tagebuch –, in Schwenow ein Haus zu erwerben. Doch die Freundschaft zerbrach in den Zeiten der »Wende«. Wer wissen will woran, muß die in Marbach und in der Akademie der Künste in Berlin liegende Korrespondenz einsehen. Von Interesse für die Erschließung von de Bruyns Werk dürften auch die in Marbach liegenden Kladden sein, in denen er Ideenskizzen und erste Fassungen zu Erzählungen und Romanen notierte.

Auf den Weg nach Beeskow werden sich wiederum jene Forscher begeben müssen, die sich für seine Tage- und Notizbücher interessieren. Noch in Sütterlinschrift ist das Tagebuch des Vierzehnjährigen von 1940 verfaßt. Jahrzehnte später, in einem kurz vor seinem 85. Geburtstag notierten Tagebucheintrag vom 1. Oktober 2011, erinnert sich de Bruyn daran, daß er im Unterschied zu seinen beiden im Zweiten Weltkrieg gefallenen Brüdern nur deshalb so alt werden konnte, weil er Glück hatte: »Da der Helm, den ihm die Deutsche Wehrmacht aufgedrängt hatte, den für sein Gehirn bestimmten Granatsplitter soweit bremste, daß er nach dem Durchschlagen des Stahlmantels und des Ledereinsatzes sich mit dem Steckenbleiben im Schädelknochen begnügen mußte, blieb ihm im Gegensatz zu seinen 2 Brüdern ein Grab in fremder Erde erspart.« Doch den Schluß des Satzes korrigierte er unmittelbar nach der Niederschrift im Tagebuch, so daß er schließlich lautet: »blieb ihm das Schicksal seiner 2 Brüder, die ihre unfreiwilligen, allerdings kostenlosen Reisen nach Rußland und Frankreich mit dem spurlosen Verschwinden bezahlt hatten, erspart«.

Zwischen 1940 und 2011 hat de Bruyn selbst unter widrigsten Umständen Tagebuch geführt oder sich in Kalendern Notizen gemacht. Leider haben sich nicht alle Tagebücher erhalten, aber die im Nachlaß vorhandenen stellen einen einzigartigen Fundus dar, den es noch zu erschließen gilt. Ebenfalls in Beeskow werden die Notizbücher mit Aufzeichnungen unter anderem über Sophokles, Jean-Jacques Rousseau, Thomas Mann und Oscar Wilde liegen. Als de Bruyn am 1. Dezember 1949 ein »Diensttagebuch« zu schreiben begann, arbeitete er erst seit zwei Monaten in der Volksbücherei Berlin-Mitte, war aber bereits der Überzeugung, »daß der Beruf des Bibliothekars wirklich der richtige« für ihn sei.

Noch während des Zweiten Weltkriegs hatte er damit begonnen, von ihm gelesene Bücher aufzulisten. Er erwähnt diese »Leseliste« im ersten Teil seiner Autobiographie »Zwischenbilanz« und weist darauf hin, daß er sich im Februar 1942 mit Platon auseinandersetzte. Zwei Monate später, so verrät ein Blick in das DIN-A5-Heft, las er Goethes »Egmont« und versah den Titel mit zwei Sternchen. Laut

Legende ein Hinweis darauf, daß es sich um ein Schauspiel handelt und daß er es zum zweiten Mal gelesen hat. Mit »Wir Wunderkinder« endet das 1942 in Sütterlin begonnene und später in lateinischer Schrift geführte Heft am 31. Dezember 1960. In einem zweiten Heft wurde diese Liste fortgeschrieben. Sie endet im August 2020.

Bis zur Eröffnung des Hauses in der Brandstraße könnte die Archivierung des Nachlasses von Günter de Bruyn abgeschlossen sein, sofern das dafür benötigte Geld zur Verfügung gestellt wird. Auch wird man dann in Marbach und Beeskow wissen, wie sich die Zusammenarbeit der beiden Archive in Zukunft gestalten soll – erste Ideen sind bereits ausgetauscht worden. Eventuell lassen sich schon auf einer internationalen Konferenz zu Günter de Bruyns hundertstem Geburtstag am 1. November 2026 neueste, auf den Archivbeständen basierende Forschungsergebnisse präsentieren.

EUGENIO MONTALE

XENIEN

Gedichte

1

Liebes kleines Insekt,
das sie »Mosca« nannten, warum auch immer,
heute, es war fast schon dunkel,
während ich im Deuteronomium las,
erschienst du an meiner Seite,
aber du hattest keine Brille,
konntest mich nicht sehen,
noch konnte ich dich, ohne jenes Funkeln,
in diesem Dunst erkennen.

2

Ohne Augen ohne Fühler,
armes Insekt, das Flügel
nur in der Einbildung besaß,
eine zerlesene Bibel, alles andere als
verläßlich, das Schwarz der Nacht,
ein Blitz, ein Donnern und darauf
nicht einmal Sturm. Vielleicht weil
du so früh davongingst, ohne
ein Wort zu sagen? Doch es ist lächerlich
zu denken, daß du noch Lippen hast.

3

Im Saint James in Paris werde ich
ein Einzelzimmer verlangen müssen. (Getrennte
Betten sind dort unbeliebt.) Ebenso wie
im falschen Byzanz deines venezianischen
Hotels, wo du immer sofort
die Kammer der Telefonistinnen aufsuchtest,
deine Freundinnen seit jeher, und wieder fortgingst,

kaum war der Münzvorrat aufgebraucht.
Die Sehnsucht, dich wiederzuhaben, und sei es
nur in einer einzigen Geste oder Gewohnheit.

4

Wir hatten für das Jenseits einen Pfiff
einstudiert, ein Erkennungszeichen.
Ich versuche es anzustimmen, in der Hoffnung,
daß wir alle bereits tot sind, ohne es zu wissen.

5

Ich habe nie verstanden, ob ich
dein treuer, staupekranker Hund war
oder du der meine.
Die anderen indes hielten dich für ein kurzsichtiges Insekt,
verloren im Geschwätz
der besseren Gesellschaft. Sie waren naiv,
diese Neunmalklugen, nicht ahnend,
daß du sie an der Nase herumführtest:
daß du sie auch im Dunkeln sehen konntest, durchschaut
von einem deiner untrüglichen Sinne, von deinem
Fledermausradar.

6

Nie ist dir eingefallen, eine Spur
zu hinterlassen, in Versen oder in Prosa. Und das war
dein Glanz – der meinen Selbsthaß nährte.
Es war auch meine Furcht: schließlich in den
quakenden Sumpf der Neoteriker
zurückgestoßen zu werden.

7

Selbstmitleid, unendliche Angst und Pein
dessen, der das *Diesseits* liebt und verzweifelt hofft
auf ein anderes Sein … (Womöglich gar in einer andren Welt?)

8

Dein Wort, so zögerlich und unbedacht,
bleibt doch das einzige, das mich beglückt.
Doch die Betonung ist anders, die Klangfarbe.
Ich werde mich daran gewöhnen, dich im Ticken
des Fernschreibers zu entziffern, dich herauszulesen
aus dem gewundenen Rauch
meiner Brissago-Zigarren.

9

Zuhören war deine Art zu sehen.
Die Telefongebühren sind nur ein Bruchteil von ehedem.

10

»Betete sie?« – »Ja, sie betete zum Heiligen Antonius,
weil der hilft, verlorene Schirme
und andere Dinge wiederzufinden
aus der Garderobe von Sant'Ermete.«
»Nur dafür?« – »Nein, auch für ihre Toten
und für mich.«
»Das genügt«, sagte der Priester.

11

Mich an dein Weinen zu erinnern (ich weinte doppelt)
reicht nicht, um den Ausbruch deines Lachens auszulöschen.
Es war wie der Vorgeschmack auf dein ganz privates
Jüngstes Gericht, zu dem es leider nie gekommen ist.

12

Der Frühling nähert sich mit seinem Maulwurfschritt.
Ich werde dich nicht mehr sprechen hören von giftigen
Antibiotika, vom Nagel in deinem Oberschenkel,
von all dem Reichtum, um den ein vieläugiges Versäumnis
dich erleichtert hat.

Der Frühling schreitet fort mit seiner Nebelbrühe,
mit seinen gedehnten Lichtern, seinen unausstehlichen Stunden.

Ich werde dich nicht mehr hadern hören mit dem Rückstoß
der Zeit, den Geistern, den logistischen Problemen
des Sommers.

13

Dein Bruder starb sehr jung, du warst
das strubbelige Mädchen, das mich ansah
»in Pose« vom Oval eines Porträts.
Er komponierte Unerhörtes, Ungehörtes,
Stücke, die heute in irgendeiner Truhe liegen,
Makulatur geworden. Vielleicht erfindet jemand
sie unbewußt neu, wenn das Geschriebene geschrieben bleibt.
Ich mochte ihn, ohne ihn je gekannt zu haben.
Außer dir erinnerte sich niemand mehr an ihn.
Ich habe nicht recherchiert: Nun ist es zwecklos.
Nach dir bin ich der einzige, für den
es ihn gegeben hat. Doch man kann, du weißt,
auch einen Schatten lieben. Die wir selber Schatten sind.

14

Sie sagen, meine Dichtung
sei eine Dichtung der Unzugehörigkeit.
Doch wenn sie dein war, so gehörte sie jemandem:
dir, der du nicht Form mehr bist, doch Wesen.
Sie sagen, daß die Dichtung auf ihrem Zenit
das flüchtige *Alles* preist,
sie leugnen, daß die Schildkröte
schneller ist als der Blitz.
Du alleine wußtest, daß die Bewegung
sich nicht vom Stillstand unterscheidet,
daß die Leere Fülle ist und der klare Himmel
nur die ausgedehnteste der Wolkendecken.
So verstehe ich deine lange Reise besser,
eingepfercht zwischen Verbänden und Gips.
Und doch beruhigt es mich nicht zu wissen,
daß wir allein oder zu zweit nur ein einziges Etwas sind.

Aus dem Italienischen von Theresia Prammer

KURT DARSOW

BERLINER LANDLEBEN

Vorspruch

Der Erzähler ist nirgends zu Hause. Er treibt durch die Städte und geht über die Dörfer. Er streitet sich mit den Etablierten und ist der Gewalt der Ämter ausgesetzt. Er findet keinen Anschluß und kein Nachtquartier. Indem er seine verworrenen Wege nachzeichnet, beginnt er sie zu verstehen. Doch zur großen Erzählung wollen seine Notate sich nicht fügen. Das Zwischenreich von Traum, Erinnerung und Halluzination ist sprunghaft. Nicht nur die Poeten des Surrealen, auch die bildenden Künstler waren im 20. Jahrhundert auf diesem wackligen Boden unterwegs. Chaim Soutine, Sohn eines jüdischen Flickschusters aus Smilawitschy bei Minsk, hat ihn zum Gegenstand seiner wildbewegten Malerei gemacht. Mit tanzenden Häusern, schlingernden Straßen, windgepeitschten Bäumen bildet er das Schaukeln der Dinge ab. Kurt Schwitters, Dadaist und Collagist aus Hannover, sammelte aus Papierkörben auf, was vom Tage übrigblieb. Seine Kompilationen aus Zeitungsausschnitten, Fahrscheinen, Kinobilletts und Tapetenresten treffen die Scherbenwelt von heute besser, als es die großen Linien der Geschichtsschreibung vermögen. Schon ein Wechsel der Beleuchtung stellt die historischen Einordnungen in Frage: »Das Tageslicht schärft zwar den Blick, aber es kann auch blenden: Gegen Abend mag am besten erzählt werden. Das gleichgültig Nahe verschwindet, Fernes, das besser und näher scheint, rückt heran. Es war einmal: das bedeutet märchenhaft nicht nur ein Vergangenes, sondern ein bunteres oder leichteres Anderswo. Und die dort Glücklicheren leben, wenn sie nicht gestorben sind, heute noch.« (Ernst Bloch)

Schlaflose Nächte

Selbst an der Autobahn kann man sein blaues Wunder erleben. Statt auf einsame Dörfer, die sich in Talsenken schmiegen, trifft man dort auf vietnamesisches Gewimmel. Giftgrüne Urwälder umzingeln übervölkerte Städte. Garküchen brodeln am Straßenrand. In trüben Gewässern treiben tote Tiere. Nervtötende Musik plärrt aus defekten Lautsprechern. Ein Platz zum Atemholen wäre in diesem Hexenkessel willkommen. Vielleicht gibt es ja tief im Innern der Häuser noch stille Winkel. Doch was man dort findet, sind keine verwunschenen Gärten und verträumten Patios. In einem Hinterzimmer starrt eine verschleierte Frau die Wände an. Wer ist sie? Woran denkt sie? Ein kahlköpfiger Herr mit Holzbein betritt humpelnd das Zimmer, der das Stahlgewitter des Ersten Weltkriegs überlebt hat. An einem glühenden Sommertag im zweiten Kriegsjahr hatte ihm ein

Scharfschütze des Zaren vor Dünaburg beide Oberschenkel durchschossen. Als die Todeskälte dem verblutenden *nemeckij* schon in die Glieder kroch, rettete ein russischer Bauer ihm das Leben, der ihn im Panjewagen zum Verbandsplatz brachte. In Braunschweig kam der Kriegsinvalide allmählich wieder auf die Beine. Wie still es im Park von Schloß Richmond war! Kein knatterndes Sperrfeuer, keine dumpfen Detonationen. Männer mit leerem Ärmel und Kopfverband saßen in der Herbstsonne auf den Bänken. Frauen mit Radhüten traten ans Gitter und reichten den Genesenden selbstgebackenen Kuchen. Prinzessin Cecilie Auguste von Braunschweig im blütenweißen Kleid entbot »beste Genesungswünsche auch im Namen Ihrer Majestät«. Dem sterbenden Studenten legte sie einen Strauß süß duftender Gardenien aufs Bett. Einen Tag später war er tot, aber das ist eine andere Geschichte. Zum Glück war es von Schloß Richmond bis zum Kamener Kreuz nicht allzu weit. Dort wartete das abgestellte Auto wie ein treuer Hund auf seinen Besitzer. Er setzte sich ans Steuer und fuhr der untergehenden Sonne entgegen. In schlaflosen Nächten ist nichts unmöglich.

Der Verschollene

Jahrelang hielt die Mutter ihm einen Platz frei. Wenn sie sonntags die bauchige Suppenterrine auftrug, stand immer ein Teller für ihn bereit. Wäre er plötzlich durch die Tür getreten, zerlumpt und ausgehungert, er hätte sich wortlos über die dampfende Suppe hermachen können. Aber er kam ja nicht, die schweren Stiefelschritte auf der Treppe und das Klopfen an der Tür blieben aus. Niemand stand draußen und begehrte Einlaß. Und auch die Terrine gab es nur im Traum. So vornehm ging es nicht zu in den Hungerjahren nach dem Krieg. Der Heimkehrer war keine wirkliche, sondern eine imaginierte Figur. Er hatte sich in der Kurlandschlacht östlich von Libau vom Acker gemacht, in die Sümpfe verkrochen, als die Wehrmacht schon an allen Fronten auf dem Rückzug war. Er war von einer nächtlichen Patrouille nicht zurückgekehrt. Spähtrupps, die nach ihm ausgeschickt wurden, fanden nur die Leiche seines Begleiters. Was von ihm übrigblieb, war eine unabgeschlossene Biographie. Für die Angehörigen war sie das Schlimmste, was ihnen passieren konnte. Es war eine Lücke, in die ständig der Winterwind blies, in die es unablässig hineinregnete. Es war ein Schiffsleck, das sich fortwährend mit gurgelndem Wasser füllte und das Leben schwerer und schwerer werden ließ. Es war eine Wunde, die nie richtig verheilte, sondern bis ans Lebensende der Hinterbliebenen näßte und schwärte. Es war eine Ungewißheit, die auch der Suchdienst des Roten Kreuzes nicht beheben konnte, die vielmehr Raum für alle möglichen Versionen bot vom schnellen Tod auf dem Schlachtfeld über ein langsames Dahinsiechen in der Gefangenschaft bis zum kriegsmüden Wechsel der

Fronten. Es war ein Roman, der den Überlebenden kein Happy-End bescherte, sondern mitten im Satz aufhörte. Etwas stimmte danach nicht mehr mit ihnen, das sie nie deuten konnten. Den Weltkrieg führten sie als Privatkrieg fort. Als ob das große Morden nicht schon schlimm genug gewesen wäre, als ob es noch eines familiären Grabenkampfs um verjährte Ansprüche und alte Rechnungen bedurft hätte, damit die Vergangenheit nie endete.

Zuckerrübenland

Es war nicht die mit Maisfeldern gesprenkelte Heimat von Joseph Beuys, sondern das linksrheinische Zuckerrübenland mit seinen Wasserschlössern und Straßendörfern. Immer regnete es dort Bindfäden. Regenschleier hüllten längst vergessene Ortschaften ein, die Winkelheim, Geddenberg, Oberschlag, Epprath, Tollhaus hießen und meist nur aus wenigen Häusern bestanden. Doch verschwunden sind sie nicht, auch wenn sie auf keiner Landkarte mehr stehen. Wenn der Regen wieder einmal stundenlang auf den Dachziegeln musiziert und Schlieren aufs Fensterglas malt, ist er plötzlich wieder da, der einsame Radfahrer auf der Landstraße unter tief hängenden Wolken. Wo kommt er bei diesem Sauwetter her und wo will er hin? Es ist der alte Schrankenwärter »Bataves«, der tagsüber in einem Bretterbüdchen am Schienenstrang hockt und nach dem letzten Zug auf dem Heimweg ins »Doreff« ist. Er sitzt in seiner Dienstzeit zwar größtenteils untätig herum, aber so kann er wenigstens die Gedanken fliegen lassen. Zu Hause dagegen ist Schluß mit der Träumerei. Dort erwartet ihn in der Bauernstube am flakkernden Kochherd ein streitsüchtiger »Kistedüwel«, der sein loses Mundwerk nicht halten kann. Steifer Westwind bläst dem Schrankenwärter auf dem langen Anstieg vom Unterdorf ins Oberdorf ins Gesicht, wo auf dem Kirchberg der spitze Turm von St. Peter in die Wolken sticht. Die Kinder sind längst aus dem Haus. Nur der Vater geht immer noch seiner alten Arbeit »bei der Bahn« nach. Wenn es Abend wird, sickert manchmal Aprikosenlicht durch die Wolkenbänke und läßt den Himmel bengalisch aufglühen. Warum denkt der Schrankenwärter bei diesem Lichtzauber immer an Batavia? Irgendwo hinterm Hügelkamm und jenseits der Rübenfelder muß die Traumstadt doch liegen, von der er als Junge aus dem Buch »Kapitän Bontekoes Schiffsjungen« erfahren hat. Ob er vor der Heimkehr noch auf ein Bier bei der »Lindenwirtin« einkehren soll? Sie ist eine geduldige Zuhörerin, seiner Frau darf er mit Batavia nicht kommen. Faxen kann er sich bei ihr nicht leisten, sie will Taten sehen: »Was häste hück jedonn?«

Geisterbahn

Etwas stimmte hier nicht. Die hinteren Wagen des Schnellzugs waren allesamt bis auf den letzten Platz besetzt. Würde ich die Nacht im Gang verbringen müssen? Auch dort gab es kein Durchkommen. Ein Unbefugter hatte mit der Auskunft, vorne sei auch alles voll, für zusätzliches Gedränge gesorgt. Wer war der Mann? Warum mischte er sich ein? Auf der Suche nach einem freien Platz kam ich an verstopften Aborten vorbei. Ich mußte mich durch übelriechende Gänge zwängen und über Berge von abgestellten Koffern steigen. Der Zug dagegen wurde in Richtung Osten schneller und schneller. Ein Liebespaar verschlang sich in einem der vorderen Abteile. Ihm gegenüber saß kerzengerade eine streng blickende Großmutter mit ihrem Enkel, der über sein Comic-Heft hinweg nach den seidenbestrumpften Beinen lugte, die unter dem verrutschten Rock der Frau hervorsahen. Im nächsten Abteil schlug mir der Dunst schlafender Körper entgegen. Über die ganze Sitzfläche waren verschlissene Decken ausgebreitet, als sei der Raum das Schlafquartier einer Großfamilie gewesen. Hatten blinde Passagiere den Zug gekapert? Wurden hier Orgien gefeiert? Schwitzend stolperte ich mit meiner Reisetasche weiter, bis ich endlich ein leeres Abteil erster Klasse erreichte. Das Stampfen der Lokomotive machte mir nichts aus. An Schlaf war ohnehin nicht zu denken. Der Vollmond warf kalkweißes Licht auf Kunstledersitze. Der Zug fuhr inzwischen durch eine baumlose Steppe. In der Ferne zogen vereinzelte Lichter vorbei. Hunde bellten auf einsamen Höfen. Wer war der bleiche Mann im Fenster? Hatte ich mich bereits so verändert, daß ich mein eigenes Spiegelbild nicht mehr erkannte? Schwarze Scherenschnitte kamen in Sicht, die mich aus gelben Fensterhöhlen anstarrten. Ein quengelnder Lautsprecher mahnte zur Eile: »Ostbahnhof, alles aussteigen!« War die ganze Reise bloß geträumt? Hatte der Zug nur ein paar innerstädtische Bahnhöfe passiert? Wo war ich überhaupt und was hatte ich in der Geisterbahn zu suchen? Babylon Berlin gab es nicht mehr. Die sagenumwobene Stadt würde es mir nicht sagen, »die mit geschwungenen Lichtern scharf das weiche Dunkel mäht und mit verzerrten, tobenden Gesichtern jede Botschaft schmäht« (Gertrud Kolmar).

Fliegende Tellermützen

Die architektonischen Sehenswürdigkeiten der Westberliner City, nach denen sich in den Touristenbussen die Hälse reckten, existierten bereits: Funkturm, Gedächtniskirche, Europa-Center, Hotel Kempinski, Hansaviertel. Im Osten der Mauerstadt dagegen wucherte auf Trümmergrundstücken kniehohes Unkraut. Auf der ausgebrannten Ruine von »Haus Vaterland« hatte ein Birkenwäldchen

Fuß gefaßt. Wer wollte, konnte hinter den zugenagelten Fenstern des einstigen Vergnügungstempels Souvenirs aus goldenen Zeiten ausgraben: Teelöffel, Kaffeetassen, verrostete Schreibmaschinen. Noch weiter östlich, fast schon in Workuta, bot Axel Springer dem Bolschewismus mit einem vergoldeten Hochhaus die Stirn. Großstadtlichter knipste das kriegsbeschädigte »Schaufenster der freien Welt« höchstens zwischen Wittenbergplatz und Olivaer Platz an. Doch selbst dort waren die wilhelminischen Protzburgen noch mit architektonischem Flickwerk durchsetzt. Prostituierte stöckelten vor den Resten der Filmbühne Wien: »Du gibst mir fünfzig Mark, und dann haben wir eine Stunde Zeit und machen es uns richtig schön!« Für den schnellen Hunger sorgte Aschinger am Bahnhof Zoo mit Erbsensuppe und Gratisbrötchen. Farbe bekam die biedere Flaniermeile erst, als in den Buchläden kommunistische Konterbande auftauchte und der Polizei am Kranzler-Eck die Tellermützen vom Kopf flogen. Unbotmäßigkeiten dieser Art sorgten bei den Passanten auf dem Kurfürstendamm bis spät in die Nacht für Gesprächsstoff. Ein Mädchen aus dem Ruhrgebiet blieb skeptisch. Im »Eden Saloon« saßen knutschende Paare. Die Musicbox spielte »When a Man Loves a Woman« und »Black is Black«. Frischer Wind wehte durch Westberlin. Herrenausstatter und »Wienerwald« hatten ausgedient. Dann kehrten Ruhe und Ordnung nach und nach zurück. Sibirische Kaltluft riß die letzten unplanmäßigen Blätter von den Platanen. Falschparker hatten von nun an nichts mehr zu lachen. Der Boxerhund im Giebelfenster sah alles.

Leierkasten

Daß die Kaschemme in der Zossener Straße als Kommandozentrale der Kreuzberger Boheme galt, hatte vermutlich auch mit dem benachbarten Friedhof zu tun. Von dort hatten die Komasäufer es nicht weit bis zur letzten Ruhestätte. Anders als in der »Dicken Wirtin« am Savignyplatz waren im »Leierkasten« keine studentischen Aktivisten zu befürchten, die nach Mitternacht Flugblätter auf die benebelten Köpfe regnen ließen. Die Stimmung in der rauchgeschwärzten Budike war eher bedrückend. Aufgedunsene Männer mit blutunterlaufenen Augen stierten an biernassen Tischen vor sich hin. Manchmal stießen sie unartikulierte Schreie aus, die man wahlweise als Bestellungen oder Wutausbrüche deuten konnte. Ob der Mann mit Hut hinterm Tresen der Maler Mühlenhaupt war, der das Nachtasyl angeblich betrieb? Oder handelte es sich um den Malerpoeten Günter Bruno Fuchs, der hier auf Bierfilzen seine kauzigen »Pennergesänge« entwarf? Dem unbedarften Besucher aus Westdeutschland war der Name damals ebenso unbekannt wie die Genossenschaft der Hinterhofpoeten, aus der er als Doppelbegabung herausragte. Hatte er bei der touristischen Stippvisite nicht sogar zur Klampfe gegriffen, um seinen lyrischen Stimmungsbildern musikalisch Nachdruck zu verleihen? Auf grotesken Linolschnitten sieht man ihn mit der Schnapsflasche in der Hand engelgleich in den Dichterhimmel entschweben, ein Kleinmeister und Bänkelsänger, dem der lange Atem zum Roman fehlte und der sich statt dessen mit Grotesken und Arabesken behalf. Sein Freund Robert Wolfgang Schnell hat den frühen Tod des Kumpans nie verwunden. Noch als grantigem Hundesteuerinspektor Joseph Völz in der Fernsehserie »Fröhliches Dasein« ist ihm der Gram über den Schicksalsschlag ins Gesicht geschrieben.

Heimliches Berlin

Als ich zum ersten Mal in die große Stadt reinkam, ging es von Dreilinden über die Potsdamer Chaussee schnurstracks auf die Siegessäule zu. Die berühmte Sehenswürdigkeit war nicht zu verfehlen. Der Weg dorthin bestand aus grauen Straßen, die es so auch in Kaiserslautern oder Ludwigshafen gab. Mit den alteuropäischen Paraden von Rom, Paris, London, Wien, Budapest und Prag konnte sich Berlin nicht messen. Außer verwehter Antikensehnsucht und mißglücktem Wiederaufbau hatte die kriegsversehrte Stadt nichts zu bieten. Wenn sie wenigstens über magische Orte verfügt hätte, die das Herz von Eingeweihten höher schlagen ließen. Wer sich zwischen Tegel und Rosenthaler Platz auf die Suche nach Franz Biberkopf begab, blieb schon im Bahnhof Friedrichstraße hängen, wenn er sein linkes Ohr nicht freimachen wollte. Hatte er den Bretterverschlag mit dem grimmigen Volkspolizisten hinter sich, bekam er es mit einem Potemkinschen Dorf zu tun, hinter dessen Schauseite sich Mangelwirtschaft und Nachkriegselend versteckten. In Nebenstraßen waren unter grünen Tarnnetzen Panzer und Raketenwerfer aufgefahren, als stehe der Einmarsch der NATO-Truppen unmittelbar bevor. Das Groschenkino in der Münzstraße war unter diesen Umständen ebenso wenig zu finden wie der Zentralvieh- und Schlachthof in Friedrichshain. »Weeß ick nich«, bekam der Transitreisende am Strausberger Platz von zwei jungen Burschen zu hören, denen Westgeld wichtiger war als Dichterspuren im märkischen Sand. Die Zeit der Stolpersteine und Gedenktafeln war noch nicht gekommen. In dieser Hinsicht waren die beiden Hälften der geteilten Stadt sich seltsam einig, so sehr sie sich ansonsten auch voneinander abgrenzten. Der Dorfjunge aus dem Rheinland fand sich mit dieser geschichtsvergessenen Situation erst ab, nachdem es zu unverhofften Begegnungen im Häusermeer gekommen war. Auf den Vorstadtzauber von Großberlin machte ihn erst eine Pfadfinderin aus dem kalifornischen Orange County aufmerksam, die über einen inneren Wegweiser verfügte. An einer verlorenen Straßenkreuzung, einem verwilderten Park, einem verlassenen Rummelplatz, einem verwahrlosten Kleintierzoo blieb sie einen Moment stehen, und schon ging es mit Tunnelblick nach Osten, immer weiter nach Osten – bis hinten fern in der Türkei die Neonschrift »Golden Buddha« aufleuchtete und der Abend gerettet war. Die unwahrscheinlichsten Fundorte schlossen sich an: ein Bambusdickicht im Hinterhof, ein kobaltblauer Ententeich auf einem Soldatenfriedhof, ein Kräutergarten an einer Schnellstraße, ein Musikarchiv im Fahrradkeller, ein Blumenladen mit markerschütternd schreienden roten Aras, ein futuristisches Klärwerk im Speckgürtel, *water lilys* und Schwäne auf märkischen Seen und ein ins Wasser hechtender Golden Retriever namens Jenny. Mehr erfühlt als erdacht, mehr erahnt als gewußt, mehr erträumt als erlebt.

Blauwärts

Auf seinen Namen stieß ich zuerst im »Spiegel«. Ein Freund meines Bruders, Student der Germanistik in Köln, hielt ihn für das Pseudonym eines literarischen Leichtgewichts: »So heißt keiner!« Er ist ein Blender, meinten auch Friedrich Sieburg und Karlheinz Deschner. Alles wußte der junge Mann anscheinend besser, immer wollte er schneller, versierter, eloquenter sein als seine in Ehren ergrauten Kollegen, ein Klassenprimus par excellence eben. Einige Bücher später hatte ich Gelegenheit, den Überflieger nicht nur anhand seiner Publikationen zu bewundern, sondern kennenzulernen. Auch dabei fiel er aus dem Rahmen, war für Überraschungen gut, gab Rätsel auf. War er das nicht, der lange Schlaks, der in Marga Schoellers Bücherstube auf dem Kurfürstendamm wie ein Kolibri die ersten gelben Bände der Reihe Hanser umschwirrte und sich unweit des KaDeWe im Kellergeschoß der Buchhandelskette Montanus wie ein frommer Mönch über Bakunins »Staatlichkeit und Anarchie« beugte? Zahlreiche deutsche Autoren wohnten damals im geteilten Berlin, aber keinem von ihnen begegnete man an den verschiedensten Orten so oft wie ihm. Im Kino Capitol Dahlem ebenso wie in den Hörsälen der Berliner Universitäten oder auf den Gängen der Akademie der Künste. Hielt er es an seinem Schreibtisch nicht aus? Dabei trumpfte er doch fast jedes Jahr mit mindestens einer Neuerscheinung auf. Wie war das möglich? Saß er hellwach vor der Schreibmaschine, während andere schliefen? Wenn ich spätabends nach Hause kam, brannte bei ihm um die Ecke meistens noch Licht. Zu anderen Zeiten blieb es dort monatelang dunkel. Konnte der Bruder Leichtfuß sich in Luft auflösen? In Amsterdam betrat er mit beschwingten Schritten eine Herrenboutique, aber kam nicht wieder heraus. Im Lesesaal der New York University am Washington Square sah man ihn vor einem Bücherstapel sitzen, aber schon ein kurzes Wegsehen reichte aus und er war verschwunden. In Caracas, der Hauptstadt von Venezuela, nahm er auf einer vielbefahrenen Straßenkreuzung an einem Sitzstreik teil, aber auf keinem der dort aufgenommenen Fotos ist er zu sehen. Gut möglich also, daß er auch in Zukunft noch im Englischen Garten auftauchen wird. Nur zu fassen wird man ihn dabei nicht bekommen. Er stellt sich nur ein, wenn man am wenigsten mit ihm rechnet: »Wehe dem Verfasser, der auf die Wünsche und Erwartungen seiner Leser Rücksicht nimmt. Und so wird es vielleicht am besten sein, wenn wir einander weiter ärgern.« (Brief vom 10. Dezember 1987) Durch ihre Bücher leben die Dichter zwar weiter, aber nicht als bibliophile Kolibris vor den Regalen von Foyles in der Charing Cross Road in London oder als Wiedergänger auf dem Stelenfeld in Berlin Mitte, sondern nur in den Köpfen der untröstlichen Nachgeborenen: »So long, Magnus!«

Die Wiedergefundene

Der Mann von unterm Dache ist nicht ganz bei der Sache. Als er spätabends nach Hause kommt, geht im Treppenhaus plötzlich das Licht aus und er steht im Dunkeln. Nur jetzt kein falscher Schritt, kein Griff ins Gestaltlose. Könnte nicht auf dem nächsten Treppenabsatz jemand stehen, dem er unbeabsichtigt an die Wäsche geht? Was dann, wenn die unsichtbare Person ihm selbst zu nahe träte, wenn sie ihm auf den Leib rückte, wenn ihn ihr Atem streifte? Gut, wenn in dieser Situation ein glimmender Notschalter zur Hand ist, der dem Spuk ein Ende bereitet. Doch diesmal sieht er sich vergeblich danach um. Die Gestalt, die er im Dunkeln wähnt, nimmt tatsächlich Gestalt an. Es ist eine junge Frau, wie ihm ein unbestimmtes Gefühl sagt, die langsam nähertritt. Sie lehnt sich an wie aus alter Gewohnheit. Er weicht nicht zurück, sondern schließt sie in die Arme. Auch ihm kommt sie seltsam vertraut vor, obwohl er sie nicht sieht. In einem Vorstadtkino ist ihm diese Art der Begegnung vor langer Zeit schon einmal passiert, aber da sah er im Schein des laufenden Films wenigstens das Gesicht der anlehnungsbedürftigen Person. Im dunklen Treppenhaus dagegen war es höchstens zu erahnen. Sie war schlank, aber nicht knochig, hübsch, aber nicht schön, attraktiv, aber nicht auffallend. Bot sie ihm jetzt nicht sogar ihren Mund zu noch intimerer Berührung an, wie es im Vorstadtkino gewesen war? Worte wurden nicht gewechselt, schon gar nicht in diesem Zustand. Sie waren gar nicht notig. Sie wußten alles voneinander, ohne es auszusprechen. Worte hätten die Verbindung nur gestört, sie hätten das Einfache kompliziert gemacht, sie hätten die Unterschiede betont und die Widersprüche offenbart. Im dunklen Treppenhaus aber schien man sich längst zu kennen, ohne sich je zuvor begegnet zu sein. Nur in der Fremdheit kam man sich nah. Doch dann löste sich die Windsbraut in Luft auf. Als das Licht anging, war sie nicht mehr da.

STEPHAN WACKWITZ

TOD, LIEBE, POESIE ODER HEINER MÜLLER IN TOKIO

Tagebuchaufzeichnungen Herbst 1990 und Frühling 1993

1990

3. September
Mein erster Arbeitstag in Tokio. Meine Mutter ist tot. Mein Vater rief am Morgen an und wir weinten zusammen. Ich bin traurig und froh zugleich. Es war für sie der richtige Zeitpunkt *to walk before they made her run*. Ich ging über die Fußgängerbrücke vor dem Akasaka-Palast und sah über die Sichtblende in das üppige, überall über sich hinausschwellende, feuchtwarme Grün des Kaisergartens. Eine leere Asphaltstraße zog sich durch die Rasenflächen zum unsichtbaren Schloß hinauf. Vor der glatten, aber aus ganz unregelmäßigen zyklopischen Quadern zusammengefügten Mauer tobt der profane Stadtverkehr in unserer (einer anderen) Welt. Ein Milizionär steht auf der Brücke und beobachtet die Fußgänger und Jogger auf dem Bürgersteig davor. Ich ging mit dem Chef, der mich vage an meinen mütterlichen Großvater erinnert, zu einem Termin im »Santory Museum of Art«, gestiftet von der Bier- und Schnapsfirma Santory, eine teure und gute Tschaikowski-Ausstellung. Dann ein Lunch in einem firmeneigenen Restaurant, das einem Pariser Salon des letzten Jahrhunderts nachempfunden ist, luxuriöses Essen und Trinken. Licht, Scheinwerfer, Sauberkeit, glänzender Marmor, Messingapplikationen, saubere und gestärkte Tischdecken und Servietten. Junge Japanerinnen stehen herum, lächeln, verbeugen sich, moderieren, bedienen. Ein Kulturattaché der österreichischen Botschaft. Mittagessensgespräche mit dem Chef. Er hat zwei Doktortitel, einen in Theologie und einen in Philosophie, von berühmten Divinity Schools der amerikanischen Ivy League. Er ist mir spontan sympathisch, aber ich behandle ihn vorsichtig. Gegenseitige Beteuerungen, loyal zusammenarbeiten zu wollen. Die kulturelle Programmarbeit solle »im Dialog« entstehen.

Abends das öffentliche Gespräch mit Heiner Müller im Auditorium des Instituts. Danach, im Institutsrestaurant »Kreisel«, taut der große Gast langsam auf und wird schließlich, nach ausreichender Alkoholzufuhr, recht zutraulich und gesprächig. Über die Lieblingsdichter von Lotte Ulbricht, die in der Akademie der Künste sein mußten und die er als Präsident jetzt rausschmeißen müsse. Honecker habe Blut gespuckt, wenn er länger redete, eine Folge seiner Zeit im Zuchthaus unter den Nazis. In Deutschland sei die Geschichte zu Ende, der Kapitalismus bedeute »ewige Gegenwart« (ein »konsumistisches ›nunc stans‹«, wie ich bildungshuberischerweise assistiere, was ihm gefällt; dabei hat der Konsumismus ja auch seine mystischen Implikationen, was ich wiederum für mich behalte). Das sei der Grund, warum Handke so gut schreibe: Er fühle keinen Widerstand durch die Geschichte (die sicherlich auch etwas Schreckliches sei). Ich werfe ein, vielleicht könne die Zerstörung der Natur den für die Kunst notwendigen Horrorwiderstand liefern. Auf seiner Stirn erscheinen merkwürdig verdrückte clowneske Falten, wenn er lacht, sie verlängern seine Brauen. Wir sprechen über John Berger und Yoko Tawada, die er lesen hörte. John sei als Schriftsteller »sehr solide« (zusammenpressende kompakte Bewegung seiner kleinen, fast zwergenhaften Hände). Er hatte eine Flasche Whisky geschenkt bekommen, »aufgrund meines Ruhms«, davon bekommen wir alle noch was, bevor uns das Institutsrestaurant rausschmeißt (was mir sehr peinlich ist). Vor dem Institut warten zwei Japanerinnen darauf, ihn ins Hotel zu bringen, ihr Professor hatte es ihnen erlaubt und Müller während des Essens (an dem sie nicht teilnahmen) mit einer beiläufigen Bemerkung darauf vorbereitet. Erotik der Macht umwabert den kleinen dicken Dichter. Noch mit J. um den Block (»ins Dorf«) gegangen. Das Licht einer Laterne hinter einem Holzzaun. Den Hügel hinauf zum Fernsehturm. Architektonisch wunderschöne Häuser, keins paßt stilistisch zum anderen. Polierte Einzelstücke. Blick in einen nächtlichen Friedhof, die blinkende Stadt im Hintergrund. Frauen in japanischer Tracht trippeln durch den ständigen Fluß blitzend sauberer bunter Autos elegant und unversehrt über die Straße.

5. September
Gestern nacht der Orion in einer erstaunlichen Position am Himmel. Er steht (oder eher: liegt) hierzulande waagerecht über dem Horizont, nicht senkrecht in halber Himmelshöhe wie in Europa. Vormittags »Leiterrunde«. Ich bin cool und froh. Hatte lang geschlafen, zum ersten Mal hier. Wo ist meine Mutter jetzt? Ich fühle sie oft ganz nah, verwandelt in positive Energie.

Um 15.00 Uhr kommt Heiner Müller in mein Büro, ich war gerade von einer Einzelbesprechung mit dem Chef beim Mittagessen zurück (wir geben uns beide große Mühe, eine gute Arbeitsatmosphäre aufzubauen). Müller, mit seiner attraktiven Übersetzerin, verschwitzt und matt, hatte »das Pferd« gesucht, von dem ich ihm gestern erzählte, ich zeige es ihm auf der Landkarte. Ich laufe oft hinaus, hole ihm Eiswasser. Der Chef kommt herein, um mir etwas zu sagen. Als

Müller genug Eiswasser getrunken hat, bittet er um »Schnaps« – »wenn's geht«. Ich gehe ins Chefbüro, wo sich gottseidank Whisky findet, aber das Mißtrauen gegen mich und Müller sich offensichtlich verstärkt (»schon an seinem ersten Arbeitstag wurde im Büro des neuen Programmreferenten während der Dienstzeit Whisky getrunken«).
Schließlich eine Fülle von Geschichten, vor allem aus der DDR.
1. Mielke hat im spanischen Bürgerkrieg hinter den Linien Trotzkisten liquidiert. Walter Janka wußte das, und das Motiv, ihn davon abzuhalten, von diesem Wissen Gebrauch zu machen, spielte bei seiner Verurteilung eine Rolle.
2. Anna Seghers hatte einen linientreuen ungarischen Mann und große Angst, weil sie seit ihrer Zeit in Mexiko als Trotzkistin galt. Dort war auf sie ein Mordanschlag der GPU verübt worden, aber mißlungen. Als Müller 1961 aus dem Schriftstellerverband ausgeschlossen wurde und ihn der zuständige Bürokrat auf der Hinrichtungssitzung als »Beckett des Ostens« (»eigentlich ein tolles Kompliment«) fertigmachte, verließ Seghers demonstrativ den Raum und gab im Hinausgehen Inge und Heiner Müller die Hand.
3. Müller hatte eine bulgarische Freundin, die ausgewiesen werden sollte, weil sie in eine von der Stasi angezettelte Prügelei geraten war. Müller ging zu Honecker, der damals noch nicht Erster Sekretär war. Der liest ihm aus der Akte seiner Freundin vor. Sie sei mit einem Amerikaner in einem Raum gewesen und man wisse nicht, was da gesprochen worden sei. Ergebnis: Die Abschiebung wird nicht aufgehoben. Müller ging noch mal zu Honecker. Der sagt: »Irgendwoher kenne ich Ihr Gesicht.« Müller: »Ja, aus dem Schriftstellerverband.« Darauf ging Honecker zum Du über: »Na ja, wenn de ohne se nich leben kannst, ok.« Im Rausgehen: »Ausreisen darfste auch.« Müller habe sich umgedreht, Honecker, grinsend: »Und wiederkommen.« Das eigentümlich lautlose, aus dem Bauch kommende Müller-Lachen: »Diese Art von Humor ...« Auch habe Honecker über eine Müller bekannte Person lanciert, der Müller wisse ja hoffentlich, »daß seine Auslandsgespräche überwacht werden«.
In meinem Büro breitet sich der Geruch von guten Zigarren und Whisky aus. Die Lampe brennt, draußen wird es schnell dunkel und die Grillen kreischen.
4. Ein Artikel über ihn sei in »Theater heute« erschienen, worauf er vor den zuständigen Aufpasser zitiert wurde. Ob er denn nicht wisse, wer »Theater heute« bezahle? – ?? – »Na, das Bundesverteidigungsministerium!«
5. Honecker: »Der Müller kann doch vierzig Frauen auf einmal haben, und er will nur die eine.« Es schien ihn zu rühren.
6. Über Ernst Jüngers »Der Waldgang«. Jeder besoffene Depp wußte mehr über den realen Zustand der DDR als die hochgerüsteten Lauscher der westlichen Geheimdienste. Ich muß ihn nächstes Mal auf Lars Gustafsson ansprechen.

7. Über die Schlacht von Stalingrad als *Realsymbol:* die *Kesselstruktur,* die sich nach 1942 in der gesamten Gesellschaft der Sowjetunion endgültig durchsetzte. Nicht mehr die breite Front des Weltbürgerkriegs, sondern eine doppelte Front: Abschottung nach außen, Kolonisierung nach innen. Stalin sei immer gegen diese Strategie gewesen, aber Schukow habe sich gegen ihn durchgesetzt.
8. In Japan sei der Kapitalismus mit dem Buddhismus eine Synthese eingegangen, im Zeichen des »ideologiefreien Raums«. Die kapitalistische Umwelt als ein »Nullmedium«.

Nachdem Müller gegangen war, noch mit J. und Frau S. in einem kleinen Theater, »Studio 200«. Tanztheater. Starker Eindruck von der Metropole auf der Fahrt dorthin. Das »Metropolengefühl«: Wahrscheinlich besteht es darin, daß jenes ehemals Begrenzte, Eingekesselte, das ursprünglich »Stadt« war und hieß (im Mittelalter), eine aus der Umwelt militant herausgeschnittene Struktur, die sich nach außen verteidigt und nach innen eigene Gesetze hat, in der Metropole selbst zu etwas unendlich Scheinendem geworden ist, zu jener Umwelt, die früher mal die Nicht-Stadt, der Raum der Natur war. Das Endlose ist in das Endliche gerutscht und das per definitionem Endliche (»Nutbush City Limits«; die Stadtmauer von Carcassonne) ist jetzt unendlich. Es gibt keine Schwelle nach außen mehr, keinen Horizont. Das Unendliche ist nur noch innen erfahrbar. »Die Wolken über dem Kaiserpalast.«

Das Körperliche, das Sich-Windende des Tanzes kommt mir auch auf dem Mishima-Foto auf dem Cover von »Geständnis einer Maske« entgegen. Ich denke an den Helden von Kawabatas »Yukiguni« und an die Rheinfahrt, auf der ich das las. Erinnerungen an das Hotel in St. Goar. Für westliche Sensibilitäten hat diese Körperlichkeit etwas Bedrohliches, Auflösendes. Wahrscheinlich kommt Müller dem Chef so vor, phantasiere ich.

Der Tod meiner Mutter war auch eine Befreiung von Erwartungen und Schuldgefühlen, die schwer auf mir lagen.

7. September
Heute wird meine Mutter beerdigt. Es soll am Abend noch eine Maisonette-Wohnung besichtigt werden. Nachts träumte ich von Erich Honecker. Sein Haar war wieder braun und er sah stark und gesund aus. Er saß in der Ecke eines großen Saals und erzählte, in Köln werde gerade in einem kleinen Hinterzimmer eine neue, aber zugleich wieder dieselbe KPD gegründet, ob ich nicht mitmachen

wolle. Dann standen wir auf dem Kölner Bahnhof in der Menge auf einer Rolltreppe, ich dachte: Hoffentlich erkennt ihn niemand, sonst gibt es einen Auftritt. Aber niemand erkannte den Mann, der vom Greis zu einem Mann in den besten Jahren geworden war. Dann träumte ich noch von einem verrückten alten Mann, der im Obergeschoß eines verwinkelten, alten, zum Teil baufälligen Hauses wohnte. Meine Wohnung war im Erdgeschoß. Wenn ich im Garten in der Sonne saß, beschimpfte er mich von oben. Ich kämpfte schließlich mit ihm, wurde ihn aber nicht los.

Träume in der Nacht vom 10. auf den 11. September
Ich besuchte den ehemaligen Hochschulgruppenchef des MSB Spartakus in einer völlig heruntergekommenen Sozialwohnung voller Kinder, die nicht seine eigenen sind, um die er sich aber rührend kümmerte. Ich sagte einiges politisch Falsche und Unpassende, worauf er gekränkt und strafend schwieg. Dann saß ich im Kölner Dom und war überwältigt von dem ästhetischen Eindruck. Aus dem Traum-Off hörte ich eine Stimme über die geniale Architektur dieser Kathedrale dozieren, weinte vor Rührung und ästhetischer Überwältigung und äußerte den Herzenswunsch, daß mir doch auch wenigstens eine kleine Kapelle gelingen möge.

15. September
Ein Wochenende am Fuß des Fuji in Frau J.'s Ferienhaus. Allerlei Klatsch aus der Kammerdienerperspektive über den Chef, vor allem sein Privatleben (das niemanden das geringste angeht). Diese Angriffe machen ihn mir eher sympathisch. Ich zweifle wieder mal sehr an diesem Job. Auch die leguanhafte, labyrinthische Traurigkeit, Umständlichkeit und Langsamkeit der Arbeitsabläufe, die mich täglich zur Verzweiflung treiben.

Nur einmal an diesem Wochenende kommt die fast unglaubhaft gleichmäßige und schöngeschwungene Kontur des Fuji durch die Wolken.

Am Morgen im Bett. Die festen, kleinen, handförmigen Blätter eines japanischen Baums vor dem Fenster. Die Äste biegen sich heftig im Wind. Ins Tal hinaus setzt sich die dunkelgrüne Blättermasse fort. Darüber der neblige Himmel. Hochspannungskabel verlieren sich in ihm, Masten werden sichtbar an der äußersten Dunstgrenze. Der Himmel wird heller. Die ganze Nacht Taifunrauschen, Regen zum Frühstück.

Schreiben, Denken, Lesen ist Frömmigkeit ohne den Zwang zum Gutsein.

Ich schaue in das grüne Dunkel unter den Baumkronen, wo die Stämme mit Moos oder Flechten bewachsen sind, die langsam im Wind schwanken. Der Nebel wird vor dem Fenster ins Blickfeld hereingeweht wie Rauch.

17. September
Der Tag brachte eine schöne Taxifahrt mit Frau S. zu Herrn Osaki vom Internationalen Theaterinstitut. Ich sah, als wir eine abschüssige Straße hinunterfuhren, in das hellgrau-edelstählerne Gestänge und Gehäuse eines dinosaurierhaft großen Stadions, wo klein und säuberlich eine japanische Flagge wehte. Osaki wußte lange Momente nicht, wer wir waren und was wir von ihm wissen wollen könnten. Die demonstrative, vielleicht gespielte Gaga-Attitüde betagter japanischer »Senseis«, die beweisen soll, in welch hohen geistigen Sphären sie schweben. Erst ratlos und ein bißchen aggressiv, taute er dann auf. Unvermittelt, aus dem interviewartigen Gespräch heraus (Frau S. übersetzt), sieht er mich an und sagt, überraschend und zusammenhanglos, ich sei sicher Schauspieler oder Schriftsteller. Er doziert lang und ohne Interesse an unserer Aufmerksamkeit über die chinesische Oper. Einerseits kindlicher, andererseits genialer Eindruck von ihm. Er lernte Deutsch, während Hitler an der Macht war, traf 1956 Ernst Busch in Ostberlin. No und Bunraku (erhobener Zeigefinger) – das sei große Kunst, »finished« (auf englisch). Kabuki – abwehrendes Fallenlassen der Handfläche nach links und kurzes nach rechts oben Aufschauen – sei »unfertige« Kunst. Jetzt erst würden die Puppenspieler des Bunraku so beachtet und geachtet wie jahrhundertelang die No-Spieler: »verspätet« (auf deutsch). In jenem lapidar-spielerischen Duktus, mit dem Japaner manchmal ein Adjektiv hinsetzen und dazu verbindlich lachen. Brecht sei ein »Dichter gewesen«, kein politischer Schriftsteller. Er schaut in die Luft, schüttelt heftig den Kopf, wegwerfende Handbewegung, Nicken mit zugedrückten Augen: ein Dichter. Manchmal erscheint der alte Mann entschieden unirdisch. Menschen drängen sich in dem kleinen Büro, eine alte Dame bringt grünen Tee. Alle verbeugen sich tief, als wir gehen.

Ich kann nicht glauben, daß meine Mutter tot ist.

18. September
Große, zerrissene, nasse Wolken fliegen schnell, der Himmel zwischen ihnen ist mit einer dünnen Wolkenschicht überzogen. Man spürt die Gewalttätigkeit des Ozeans. Sirenen heulen in der Stadt, der nasse warme Wind bringt Regen. Heute nachmittag war es sehr heiß, aber in einer unnatürlichen, unheilschwangeren

Klarheit. Das Licht glitzerte auf den vom Regen gewaschenen festen, fast kakteenartig dickhäutigen Blättern der Bäume. Eine nervöse Erwartungshaltung liegt über der großen Stadt. Wir sehen uns die Wohnung in Azabu Hills noch mal an und sind nun völlig überzeugt, *put down application*. Hügelige, pariserisch wirkende Stadtlandschaft. Es wurde schnell dunkel im Gezweig vor dem Fenster. Von der gekühlten Wohnung aus ein Gefühl wie im Blaubeurer Herbst, wenn man aus dem Wohnzimmer in der Alten Sonderbucher Steige ins Blautal hinaussah. Aber die weichen Wolken vor dem Fenster kündigen eine unheimliche Nacht an (»ciel liquide, où germe l'ouragan«). Der stärkste Taifun seit 1961 ist angekündigt. Heute morgen sah ich einen großen Raben in den Bäumen des Parks vor meinem Bürofenster. Sein Gefieder schimmerte metallisch schwarzgrün und blau, sein Schnabel war nervös halbgeöffnet und er flog so schnell ab, als wüßte er, daß ich ihn hinter den Vorhängen beobachtete. Die Natur ist hier groß und gewalttätig und sogar in der Gigantenstadt unmittelbar anwesend. Böen am Fenster jetzt. Die Hitze ist fast unerträglich. »Unerlöste Pferde«. Der Sturm baut sich auf. Sirenen schwellen überall in der Stadt an und entfernen sich. Die Wolken sind von der schrecklichen Windgewalt über den ganzen Pazifik hergeweht worden, jetzt treffen sie bald ein. Aber sie lassen sich noch Zeit. Entsetzlich.

22. September
Spät und erschöpft umrunden wir den Tokyo Tower (klargegliedertes rotweißes Gestänge, das im gleißenden Licht der Scheinwerfer nach oben hin dichter zu werden scheint, aber seine feingliedrige Umrissenheit und Bestimmtheit nicht verliert). Ein Moment der dreißiger Jahre. Zuvor, am Fuß des Hügels, vor einem Tempel viele kleine Steinfiguren, die gehäkelte rote Mützchen auf dem Kopf und grellfarbene Plastikwindräder vor sich in der Erde stecken haben. Das sind Fetische, die an die Seelen abgetriebener Föten erinnern und denen kleine Opfer gebracht werden. Als wir an der Ampel standen und auf Grün warteten, ließ man vor dem Turm Hunderte von Luftballons aufsteigen, wie ich es in meinem Kinderbuch mit Standfotos aus dem Film »Le ballon rouge« von Albert Lamorisse sah, was mich damals feierlich und apokalyptisch ankam. Plötzlich, den Turm hinter mir und die unbestimmte, kompakt zum Himmel aufragende Häusermasse vor mir, sah ich den Mond als eine dünne Sichel. Etwas aus meiner Kindheit stieg in mir auf und erschütterte mich tief und tröstlich.

28. September
Sonntag. Der Taifun ist vorübergezogen. Sonne weckt uns. Wir wollten nach Kamakura, kamen aber nur bis zum Bahnhof, wo ein wundervoller Tag beginnt. Wir liegen im »Hama Detached Imperial Garden« im Gras und schauen auf den Hafen. Große kormoranartige Vögel nisten in einem Sumpfwäldchen, wir sehen sie aufs Meer hinausfliegen (mal in Paaren, mal allein) und wieder zurückkehren. Ich lese die Notizen von Peter Noll über sein letztes Jahr mit dem (unoperierten) Krebs und finde das alles tröstlich und schön. Irgend etwas ist mir durch den Tod meiner Mutter auch *geschenkt* worden. Ich glaube kaum, daß ich diese ganze Chemotherapie-Scheiße über mich hätte ergehen lassen. Vielleicht nicht mal die erste Operation. Dann wandern wir über den Highway durch die interessante, teils bedrückend häßliche, teils wieder merkwürdig freundliche, liebenswerte und menschliche Stadt. All der Beton im gleißenden Sonnenschein. Zum Ueno-Park. Noch mal ins Museum. Ich gehe durch die Abteilung für »Oriental Art« und denke nach über die wirklichen *Erlösungshoffnungen*, die ich 1982 bei meinem ersten London-Besuch auf das British Museum gerichtet habe. Ich bin ein bißchen traurig, daß ich heute zu solchen Emphasen nicht mehr fähig zu sein scheine. Aber trotzdem berührt mich diese Zeit meines Lebens jetzt und hilft mir. Sie läßt mich neue Kraft aus dem Nichts schöpfen, der imaginären, aber doch realen Differenz zwischen jetzt und früher, hier und dort. »Da wo ich nicht bin, da ist das Glück.« Das Glück ist immer irreal. Aber diese Irrealität ist für mich real, denn sie scheint zu jeder Zeit in meinen realen und banalen Alltag, den ich ohne diese Träume gar nicht aushalten würde. Damals dachte ich, wenn ich in einer Stadt wie London leben würde, eine Frau und einen Job hätte, das Hölderlin-Buch fertig wäre etc., dann wäre ich mich selber los, dann wäre ich ganz anders als ich bin. Aber ich schleppe mich, meine Freudlosigkeit, Ängstlichkeit, Verrücktheit, Depressivität und Angst in all diese Verhältnisse hinein. Ich werde eben nur älter. Fortschritte ergeben sich im akkumulierten Wissen (unbestreitbar) und im äußeren Erfolg (mäßig). Und heute erinnere ich mich an damals und denke, damals sei ich anders gewesen, hätte etwas gewußt und gefühlt, das ich heute nicht mehr fühle und weiß. Das Glück liegt immer in jener Differenz, die die Hoffnung zu enthalten scheint, ein »ganz anderer« werden zu können. Ich glaube, das ist die Wurzel aller spirituellen Bedurfnisse, ob sie sich als Religion, Schreiben, Alkoholismus, Dandytum usw. zeigen: die Sehnsucht, ein anderer zu werden, von sich selbst erlöst zu sein. Danach sehnen sich die Leute, und deshalb suchen sie immer weiter, auch in der Liebe.

1. Oktober
Hinter dem dicken dunkelgrünen Laub des Botschaftsgartens vor meinem Bürofenster (der Betonpfeiler mit den Kabelsträngen und Elektroanschlüssen davor) steht der Himmel so sommerlich und ferienlockend, als erstrecke sich dahinter eine weite italienische Landschaft. Phantasie, die Büroarbeit stehenzulassen und in sie hinauszuwandern. Vorstellung, dies meiner *Mutter* schuldig zu sein.

2. Oktober
Auf meinem Balkon, in einem während der Nacht ganz vollgeregneten Kübel, in dem unten offenbar Erde war, ist seit gestern eine wunderschöne blaue Blume emporgewachsen. Wasserlinsen schwimmen um sie herum, Morgenlicht liegt auf den Blättern des Botschaftsparks, das Botschafterschwimmbecken schimmert türkisblau durch die dunkelgrünen Baumkronen und auf dem hellen Beton- und Aluminiumgrau des Elektroleitungspfahls am Straßenrand (vor der Mauer des Botschaftsgartens, die ich von hier aus nicht sehe). Ich fühle die Macht der subtropischen Natur an diesem Morgen (nichts geschrieben).

6. Oktober
Deutschland ist seit zwei Tagen wiedervereinigt. Vor einem Jahr ging ich nachts durch Kreuzberg; es war das letzte Jahr, in dem es dort noch so war, wie ich es in Erinnerung behalten möchte (James Taylors »That's why I'm here«, Weihnachtsabend 1985). Daß es so schnell gehen würde, war damals undenkbar. Ich hatte an jenem Tag vor einem Jahr den Artikel in der taz über den »immer stärker an Harpo Marx gemahnenden Meister« Bob Dylan in einer Pizzeria am Schlesischen Bahnhof gelesen. Heute lief ich am Abend mit J. durch Tokio, wir kamen zum ehemaligen Hotel Metropole, dem Sitz der amerikanischen Legation im frühen 20. Jahrhundert, von dem J. neulich in einem Designhandbuch gelesen hatte. Sehr freundschaftliche Stimmung zwischen uns. Abends bei Professor Schnell und seiner Frau. Sie haben eine süße kleine und eine ältere Tochter, die von ihrem Vater vergöttert wird. Heiner Müller habe sie anzubaggern versucht. Ein Professor Schanze, der bei Adorno über Aufklärung und Romantik promoviert hat. Über das akribische Vorbereitetsein Adornos bei jedem Treffen mit ihm. Er soll sich in den Verästelungen des Frühidealismus so filigran (»von Tag zu Tag«) ausgekannt haben wie allenfalls noch Dieter Henrich, machte aber kein Aufhebens davon.

Sonntag
Ich schreibe am Morgen und mache nachmittags einen Spaziergang in den japanischen Gassen unterhalb unseres Hauses, in deren schluchtartig abfallende Gartenlandschaft wir von unserem Dach hinuntersehen können. Auf einer steinernen Plattform: ein Tempel, in dem eine Glocke in nicht nachvollziehbaren Abständen tönt. Dahinter ein Friedhof mit eng beieinanderstehenden Steinen (ein Miniatur-Manhattan) und beschrifteten Rituallatten. Eine Mauer gegen den Hang, darüber ein Schulhof, auf dem ein lautstarkes Sportfest stattfindet. Man spielt schöne Popmusik und schöne Kinder mit bunten Stirnbändern gehen an den Start. Unten flattert ein Schwalbenschwanzfalter auf mich zu, Krähen fliegen flappend auf, Bäume stehen in der Nähe, Katzen liegen auf den grauen Grabklötzen, auf einem Grab steht eine unglaublich rote, runde, große Blüte. Ich denke an meine Mutter. Wo ist sie? Ich fühle sie manchmal sehr nah. Ist dieses Gefühl eine Illusion? In mir ist etwas, das immer woanders sein will, als wo ich gerade bin, und immer *ein anderer*. Dieser Drang, ein anderer zu werden, treibt mich zu meinen Interessen, er ist der Kern meines Sinns für Poesie. Vielleicht kommt er nach meinem Tod an sein Ziel. In jenen Momenten am Sonntag kam mir das alles völlig plausibel vor. Später noch im Garten des Nezu-Museums. In einem Teich bewegen sich Goldkarpfen langsam zwischen den üppigen Wasserpflanzen, unbeschreiblich. Ich denke an John Berger.

10. Oktober
Ich träumte, meine Mutter habe vor ihrem Tod noch ganz neuartige und sehr originelle Zeichnungen gemacht, eine Art amerikanische Comics auf braunem Papier, skizzenhaft, viele Überhöhungen mit Deckweiß. Die seien nach ihrem Tod entdeckt worden, ich war im Traum erstaunt über die Kreativität, die in ihnen zum Ausdruck kam. Das seien ihre letzten Nachrichten gewesen, mit denen sie kommunizierte, weil sie nicht mehr sprechen konnte. Ich habe meine Mutter so lieb gehabt. *She went in style.*

11. Oktober
Der Chef empört wegen der Ankündigung eines »Oktober Classic Music Fest Tokyo«, zu dem das Institut Geld gegeben hat und das unter diesem Titel nicht beworben werden dürfe. Eigentlich finde ich diese Ankündigung ganz nett und jedenfalls völlig harmlos. Aber er zitiert den schwitzenden Intendanten des Waseda-Orchesters zu uns, der sich rechtfertigen muß. Oktoberfest und klassische, also ernstzunehmende Musik, das gehe nun wirklich nicht zusammen, er

werde seine Förderzusage zurückziehen müssen usw. »Hochkultur« und bayrische Volkskultur als absolute Gegensätze gesehen. Aber dadurch verliert die Kultur ja ihre Wurzeln. Er ist doch selber Bayer! Auch damit, daß er diesen Widerspruch so deutlich und unbedingt sieht oder phantasiert, hängt seine Unsicherheit zusammen und seine Angst, im Rahmen der fremden japanischen Kultur Formfehler zu begehen. Kultur nicht als Religion, sondern als Distinktions-, also Verunsicherungsinstrument.

Wundervoll durchsichtiges Herbstwetter nach dem Abklingen des Dauerregens, am Morgen schon kalt. Ich gehe auf dem Weg zur Arbeit an der hohen, grauen Böschungsmauer von Moto Azabu ins Tal zum 70er-Bus. Heute morgen ließen mich zwei kleine Mädchen in matrosenanzugsartigen Schuluniformen auf dem schmalen Bürgersteig kichernd vorbei. Im Büro dann der Blick auf das dunkelgrüne Laub und auf die stahlschwarzen, im Abfliegen plötzlich steinadlerhaft riesigen Raben.

23. Oktober

Im Garten ist ein amselgroßer, schlanker Vogel, der flügelschlagend still in der Luft stehen kann und sich dann wie ein Vogel auf einem Renaissancegemälde, das ich irgendwo einmal gesehen habe, mit angelegten Flügeln torpedogleich in der klaren, schatten- und dunstlosen Herbstluft nach unten fallen läßt (oder von einer Antenne, die in der Morgensonne blitzt, von einem Zweig sich abstoßend). Dann wieder schreit er mit aufgerissenem Schnabel und gesträubter Federhaube.

»Mein erster Gedanke an Warschau ist der schreckliche Satz im Schulheft eines elfjährigen jüdischen Jungen, das nach der Vernichtung des jüdischen Gettos bei dem Toten gefunden wurde: *Ich will ein Deutscher sein.* Bis der Satz des elfjährigen Toten aus Warschau seinen Schrecken verloren hat, wird das beliebte *Made in Germany* ein Menetekel bleiben.« Heiner Müller

Ich schreibe das (ab) auf dem Symposium über Goethes »Faust« in der Sophia-Universität. Der beeindruckende Peter Hamm ist dabei, der gescheite Mandelkow, der nette Schlaffer-Schüler Fürnkäs und Christoph Perels. Die akademische Sphäre und ich sind uns gegenseitig wieder mal sehr fremd und unheimlich.

Ich stelle die Frage, warum Goethe in der ostasiatischen Universitätsgermanistik so beliebt sei. Ein koreanischer Germanist: Es sei ja so, daß die jungen

Germanisten immer nur Kleist und Büchner machen wollten, weil die ein so überschaubares Werk haben, aber dann müßten sie halt auch mal was von Goethe machen (»Goethe muß sein«). Und er lacht gutmütig schadenfroh. Die fremde Kultur, also die deutsche in Ostasien, ist vorrangig zu Distinktions- und pädagogischen Selektionszwecken da. Sie erfüllt im japanischen (koreanischen, chinesischen) Universitätssystem die neutrale, sinnunabhängige bildungssoziologische Rolle, die Bourdieu und Rutschky der Kultur generell zuschreiben. Und doch gibt es einen von diesem Distinktionsschwachsinn unabhängigen kulturellen Sinn – wie es ja auch Liebe, Wahrheit, Solidarität gibt, Grüß Gott, Herr Rutschky. Bloß sieht man diesen kulturellen Sinn nicht im Kunst- oder Geisteswissenschaftssystem, sondern nur in der freien Wildbahn, in den realen kulturellen Aneignungsprozessen realer Menschen, am reinsten vielleicht in der *Outsider-art*.

Der Philologie ist zugute zu halten, daß sie die Werke bewahrt. Irgend jemand, und seien es komplette Idioten, muß das ja tun, und wenn es im Rahmen eines blinden Distinktionsbetriebs ist. Man muß die Wahrheit und den Trost der Werke ja nicht bei den Priestern suchen. Diese Wahrheit läßt sich eh am besten eklektisch-essayistisch kommunizieren (mein »fake essayism«).

30. Oktober
Ich habe Heiner Müller zweimal schreiben gesehen. Einmal bei der Abschlußdiskussion der »experimenta« in Frankfurt. Er saß auf dem Podium, es fiel ihm offensichtlich etwas ein, er schob (sozusagen aufhorchend) allerlei Papiere zur Seite und kritzelte nachdenklich etwas hin. Das zweite Mal, als er im Restaurant des Goethe-Instituts mir gegenüber saß und es ihm ebenso zu gehen schien. Er schreibt von sich weg, mit spitzen Fingern (ich glaube sogar, nur mit Daumen und Mittelfinger), den Stift sehr vertikal aufsetzend, von sich wegschreibend. Das erkenne ich in seiner Handschrift wieder (seine Adresse, die er in mein Adreßbuch schrieb).

Bilder besuchten mich im Schlaf. Ich dachte daran, sie aufzuschreiben, war auch wach genug, es zu tun, entschloß mich aber, ihre tiefe Bedeutung (wie mir im Halbschlaf vorkam) einfach heilend und unkommentiert-undokumentiert auf mich wirken zu lassen. Sie waren lustig, poetisch (das ist ein zu schwaches Wort für ihre erlösende Tiefe) und machten mich glücklich. Ich fühlte, daß ein Kompensationsmechanismus in mir wirkte, ein Gegengewicht hängte sich an meine Alltagspersönlichkeit. Ich schreibe das im Park, Kinder sind in der Nähe, beaufsichtigt von gleichgültigen, unterschwellig aggressiven thailändischen Kindermädchen. Eins der Kindermädchen aber, sie trägt eine rote Baseballjacke, ist anders als die anderen: glücklich. Ihr Schützling ist offensichtlich in sie verliebt.

1993

7. April
Heiner Müller mit dem Schauspieler Thorsten Heidel am Morgen bei mir. Intensive Gespräche. Er fragt mich, ob ich Verwaltungsdirektor des Berliner Ensembles werden wolle. Abends eine Diskussionsveranstaltung mit ihm in unserem Saal, veranstaltet von der Toho Gakuen School of Music. Müller, seufzend: »Der Gerechte muß viel leiden.« Vorher in meinem Büro eine Art Todeszellen-Atmosphäre, er fürchtet sich vor diesem Auftritt wirklich. Dabei ist er geduldig, humorvoll, voll seiner alten Geschichten. Er ist alt und wächsern geworden. Die Eingeweide sind kaputt, er ist entweder verkatert oder besoffen. Die Sache entpuppt sich als eine Art Talkshow, ganz gut eigentlich, aber er leidet. Danach ein Empfang, den ich sehr gleichgültig über mich ergehen lasse. Danach noch ein Glas mit den Giaccomuzzis. Zu Hause lese ich John Bergers Text »Miners« noch mal und erschrecke über den Satz »And nothing could be more human, more tender than such a proposed vision of the pitiless being summarily executed by the pitiful.« Das steht da wirklich, zusammen mit Phantasien über »avenging heroes«, die von den unterdrückten Massen »dreamt up and awaited« würden. John hat den Verstand verloren. Ich will mit dem allem nichts zu tun haben.

Mittwoch
Mit Müller Frühstück im Hotel. Er erzählt von unruhigen Träumen. Er habe neulich in New York, tief im Suff, im Kopf deutlich eine Stimme gehört, die sagte: »Ich bin ein Aufschlitzer.« Thorsten Heidel und er trinken Whisky. Ich bin fast gelähmt vor Verkatertheit. Er erzählt von seinem Besuch bei Ernst Jünger, der Arno Breker (seine Büste Jüngers steht im Wohnzimmer) als »verkannten Mann« charakterisiert habe – wegwedelnde Handbewegung, ein Lachen wie John B. Wir nehmen ein Taxi »zum Pferd« des ersten Meji-Kaisers im Mausoleum. Er erzählt von Frank Schirrmacher, der zu ihm gesagt habe: »Sie sind der Größte.« Er habe ihn und Enzensberger gefragt, wen er zu seinem Nachfolger als Literaturchef der FAZ machen solle. Über die *Flächigkeit* amerikanischer Malerei: »Eben kein Menzel.« Er ißt stark schlürfend eine Suppe, dann fahren wir zu den wirklich entsetzlichen japanischen Theaterkritikern des »Hamletmaschine-Projekts«.

Eine Stunde vergeht mit eitlen Selbstdarstellungen der japanischen Senseis, zu denen Müller, die eigentliche Hauptperson, die Staffage abgeben muß, ohne zu Wort zu kommen. Er ist unbeschreiblich geduldig. Wir gehen danach fernsehen im Hotel und warten auf die Vorführung des Films »Die Zeit ist aus den Fugen«, den ich in unserem Saal einleite. Danach Whisky oben in meinem Büro. J. kommt mit A. Müller ist betrunken und rührend zärtlich mit A. Er sagt: »Ach, A., du verleitest mich zum Trinken.« Trägt ihn umher und flüstert ihm ins Ohr: »You are a communist, A. Dein Vater ist ein Liberaler, aber wir können ihn noch ändern.« Wir drei radeln dann unter Kirschblüten im Mondschein nach Hause.

Am Freitag Frühstück mit Müller im Hotel. Er seufzt selbstkritisch-reuig: »Wie kann man nur so viel trinken!« Ein TV-Interview. Thorsten Heidel kommt, Kauf einer Kamera. In einen Pachinko-Salon, danach der verunglückte Ausflug nach Kamakura und Enoshima. Müller hat nichts zu trinken, das japanische Essen und der Sake schmecken ihm nicht, er bekommt viertelstündlich schlechtere Laune. Es ist ziemlich grauenvoll. Erst im Hotel (Steak, Whisky) taut er wieder auf. Schönes Bücherwidmen (»Für A., zum Zerreißen oder was ihm sonst dazu einfällt«). Er bietet mir das Du an. Über Literatur, über Tokio. Väterlicher Abschied, er gibt mir rührenderweise noch Schokolade mit. Er scheint mich zu mögen.

DETLEV SCHÖTTKER

KORRESPONDENZEN ZWISCHEN DEN FRONTEN

Bertolt Brecht, Ernst Jünger und Heiner Müller

Für Helmuth Kiesel

Die Zuordnung von Schriftstellern zu politischen Lagern hat dazu geführt, daß den vielfältigen Verbindungen zwischen Vertretern der Linken und der Rechten wenig Aufmerksamkeit geschenkt wurde. Neben Feindschaften aber gab es auch Freundschaften und produktiven Austausch über die Lager hinweg. Das gilt nicht zuletzt für die Freundeskreise um Bertolt Brecht und Ernst Jünger in den zwanziger und fünfziger Jahren. Literaturwissenschaftler wie Helmuth Kiesel und Helmut Lethen haben auf die literarischen und intellektuellen Gemeinsamkeiten der scheinbaren Antipoden im Zeichen der Neuen Sachlichkeit hingewiesen, doch ist über die personellen Verbindungen – auch in späterer Zeit – wenig bekannt. Ein interessanter Sonderfall ist Heiner Müller. Er war nicht nur ein guter Kenner der Schriften von Brecht und Jünger, auf die er häufig hinwies, sondern hat ihre Texte offen und verdeckt in einer Collage aus eigenen Stücken verknüpft, die er 1991 am Deutschen Theater in Berlin unter dem Titel »Mauser« inszenierte.

Ein Besuch und zwei Porträts

Im Februar 1988 fuhr Heiner Müller im Auto seines Begleiters Manfred Giesler von Berlin nach Wilflingen in Oberschwaben, um Ernst Jünger zu besuchen. Jünger und seine Frau waren offenbar stolz auf den Gast aus der DDR. Denn am Tag nach dem Besuch schrieb Liselotte Jünger neben ein Foto Müllers aus einem »Spiegel«-Artikel: »besuchte uns am 15.2.1988«. Der ausgeschnittene Artikel ist in Jüngers Nachlaß im Deutschen Literaturarchiv in Marbach vorhanden. Der Verfasser informiert hier über Müllers eigene Inszenierung seines 1956 erstmals aufgeführten Stückes »Der Lohndrücker« am Deutschen Theater in Berlin und geht zugleich auf Biographie und Werk ein. Ein dreiviertel Jahr vor dem Besuch, im Juli 1987, hatte Müller bei Jünger brieflich angefragt, ob es möglich sei, ihn »zu sehen und zu sprechen«. Dabei betonte er, daß er seit seiner Lektüre des Essaybandes »Blätter und Steine« kurz nach Ende des Zweiten Weltkriegs Verehrer von Jüngers Schriften sei, die für ihn zu den »Wegmarken des Jahrhunderts« gehörten (abgedruckt in der Anthologie »Im Haus der Briefe. Autoren schreiben Ernst Jünger«, hg. von Detlev Schöttker, 2010).

Mit Müller empfing Jünger, wie er dem »Spiegel«-Artikel entnehmen konnte, einen Anhänger Brechts. Bereits 1950 hatte Müller Kontakt zu dem von Brecht geleiteten Berliner Ensemble aufgenommen, das damals am Deutschen Theater angesiedelt war, doch scheiterte er mit dem Anliegen, dort Meisterschüler zu werden. Seither beschäftigte er sich intensiv mit Brechts Texten (siehe das Gespräch in Sinn und Form 2/1996, wiederabgedruckt in »Werke 12«). 1992 übernahm Müller schließlich mit Peter Zadek und anderen Regisseuren die Leitung des Berliner Ensembles, das seit 1954 am Theater am Schiffbauerdamm spielte, eine Karriere, die Frank Raddatz in seinem Buch »Der Demetriusplan oder wie sich Heiner Müller den Brechtthron erschlich« (2010) dargestellt hat.

Aber auch von Jüngers Texten fühlte sich Müller schon früh angezogen, wie er mehrfach betont hat – darunter 1992 in einem Interview mit Alexander Kluge, der über dieses Bekenntnis verwundert war, so daß sein Gesprächspartner sagte: »Ich habe den Jünger eben vor Brecht gelesen« (in »Werke 12«). In seiner Autobiographie »Krieg ohne Schlacht« (1992), die drei Jahre nach dem Besuch in Wilflingen erschienen ist, berichtet Müller, daß er Jünger gefragt habe, ob er Brecht in der Berliner Zeit zwischen 1927 und 1933 begegnet sei. Zwar habe Jünger schnell geantwortet: »Nein, nie«, doch machte seine Frau Liselotte den Einwurf: »Aber du hast doch diese Geschichte mit Rudolf Schlichter erzählt.« Jünger daraufhin über die Anzahl der Begegnungen: »Ach so, ja, ungefähr zwölfmal.« Die Angabe ist nicht nachprüfbar, doch waren die Begegnungen keineswegs bedeutungslos. Die von Liselotte Jünger erwähnte »Geschichte« bezieht sich auf ein Porträt Jüngers, das Schlichter 1929 malte und das Brecht als »deutschen Kitsch« bezeichnete. Ob dies in Jüngers Anwesenheit geschah, bleibt offen. Drei Jahre zuvor hatte Schlichter auch Brecht in Öl gemalt und damit ebenfalls eines der markantesten Porträts von ihm geschaffen.

Während Schlichter Jünger als Dandy mit starrem Blick vor flammendrotem Hintergrund zeigt, macht er aus Brecht einen antibürgerlichen Intellektuellen der technischen Moderne, repräsentiert durch einen Autokühler und die ornamentlose Fassade eines Hauses. Trotz der Unterschiede weisen die Porträts durch die distanzierte Pose der Protagonisten und die fotografische Präzision der Darstellung Ähnlichkeiten auf. Beide gehörten seit den späten zwanziger Jahren als Vertreter der Neuen Sachlichkeit zu den bekanntesten Autoren der Gegenwart: Jünger vor allem durch seine autobiographische Kriegsdarstellung »In Stahlgewittern«, die seit 1920 mehrere Auflagen erlebte, Brecht durch die »Dreigroschenoper«, die ab 1928 im Theater am Schiffbauerdamm mit großem Erfolg lief.

Arnolt Bronnen

Seit Beginn der zwanziger Jahre gehörten zum Freundeskreis Brechts Autoren und Künstler, die sich wenige Jahre später dem Jünger-Kreis anschlossen, ohne daß die früheren Kontakte abgebrochen wurden. Brecht sei »eine unmögliche Type«, schreibt Jünger am 23. November 1928 in einem Brief an den nationalistisch orientierten Journalisten Ludwig Alwens, nachdem dieser ihm wenige Tage zuvor von einem geplanten Treffen mit Brecht, Arnolt Bronnen und Ernst Rowohlt berichtet hatte (Briefe in Jüngers Nachlaß). Solche Begegnungen gab es in Wohnungen, Ateliers und Lokalen. Dazu gehörten die legendären Feste, die Rowohlt in Berlin veranstaltete. »Man traf dort«, so Jünger in seinem Tagebuch »Jahre der Okkupation« (1958), »Brecht, Bronnen, Ernst von Salomon, Rudolf und Speedy Schlichter und starke Trinker wie Thomas Wolfe.«
Neben Schlichters Frau Speedy nahm auch Jüngers erste Frau Gretha an Treffen der Berliner Boheme teil, wie aus ihrer Autobiographie »Silhouetten« (1955) hervorgeht. Gretha und Ernst Jünger, die sich 1922 in Hannover kennenlernten, heirateten 1925 in Leipzig und zogen 1927 nach Berlin, wo sie bis 1933 blieben. Noch in den späten dreißiger Jahren hatte Gretha Jünger am damaligen Wohnort der Familie in Überlingen am Bodensee einen Vertrauten, der Brecht verehrte, was sie in ihrem Tagebuchband »Die Palette« (1949) mitteilt. Mit anderen Akteuren der Berliner Zeit, die zuvor enge Kontakte zu Brecht hatten, standen Gretha und Ernst Jünger bis in die fünfziger Jahre in Verbindung.
Zu ihnen gehört auch Arnolt Bronnen, der ebenfalls Offizier im Ersten Weltkrieg war. Seit 1922 arbeitete Brecht mit ihm bei der Entstehung und Inszenierung von Stücken zusammen, darunter Bronnens »Vatermord« (Aufführung 1922) und Brechts »Baal« (Aufführung 1923). 1927 veröffentlichte die Zeitschrift »Die neue Zeit« über diese Zusammenarbeit ein »Sonderheft Brecht-Bronnen«, obwohl sich Bronnen bereits 1925 von Brecht gelöst und die Nähe zu Jünger und anderen nationalistisch orientierten Intellektuellen gesucht hatte. Ab Anfang der dreißiger Jahre vertrat er zeitweise nationalsozialistische Auffassungen und war mit Joseph Goebbels befreundet, mit dem seine Frau Olga eine Liebesbeziehung hatte, bis sie 1935 Selbstmord beging. Bei der Hochzeit 1931 war Ernst Jünger Trauzeuge und notierte später in »Jahre der Okkupation«, daß »die ganze Bekanntschaft von der Linken«, die Bronnen zur Feier mitgebracht habe, darum bemüht gewesen sei, dem »siegreichen Tribun« Goebbels »den Hof zu machen«.
Nach der »Machtübernahme« Hitlers geriet Bronnen, der seit Ende der zwanziger Jahre für die Reichsrundfunkgesellschaft arbeitete, in Konflikt mit einigen NS-Institutionen, so daß ihm mehrfach gekündigt wurde und er seine Weiterbeschäftigung vor Gericht erstreiten mußte. Nachdem er sich 1943 aus

Deutschland abgesetzt hatte, arbeitete er für die österreichische Widerstandsbewegung, wurde 1945 Mitglied der KPÖ und siedelte 1955 nach Ostberlin über. Friedbert Aspetsberger, der Herausgeber der fünfbändigen Werkausgabe, hat diesen Lebensweg in seiner Biographie (1995) dokumentiert. Bis dahin beruhten die Kenntnisse auf der 1954 erschienenen Autobiographie »Arnolt Bronnen gibt zu Protokoll«, aus der Klaus Völker eine Auswahl unter dem Titel »Tage mit Bertolt Brecht« (1976) vorgenommen hatte. In einem Nachwort zur Neuausgabe des ersten Buches (1978) versuchte Hans Mayer, der ab 1948 eine Professur für Literaturgeschichte in Leipzig hatte und mit Brecht bekannt war, die politischen Wendungen Bronnens zu erklären. Er vertrat die These, daß dieser »kein Faschist« gewesen sei, sondern »zur Abwechslung einen Faschisten gespielt« habe. Ob Mayers Erklärung zutrifft, mag dahingestellt bleiben. Tatsache ist, daß sich weder Brecht noch Jünger jemals von Bronnen distanziert haben.

Johannes R. Becher

1954 unterstützte Brecht den Plan einer Übersiedelung Bronnens in die DDR. Die Initiative ging von Johannes R. Becher aus, der nach seiner Rückkehr aus dem Moskauer Exil den Kulturbund zur demokratischen Erneuerung Deutschlands gegründet hatte und in den fünfziger Jahren Präsident der Akademie der Künste sowie erster Minister für Kultur der DDR war. Becher kannte Brecht ebenso wie Jünger seit den zwanziger Jahren. 1924 las er »In Stahlgewittern« und verarbeitete die Darstellung in einem zwei Jahre später erschienenen Kriegsroman, dessen Titel auf eine Giftgas-Formel zurückgeht: »$(CHCl = CH)_3As$ (Levisite) oder Der einzig gerechte Krieg«. Als Mitherausgeber der 1929 bis 1932 erschienenen Zeitschrift »Linkskurve« lehnte Becher dagegen die Stücke Brechts ab, da dieser sich nicht an die von Georg Lukács dort formulierten Grundsätze proletarisch-revolutionärer Literatur halten wollte. Auch als Chefredakteur der Moskauer Zeitschrift »Internationale Literatur/Deutsche Blätter« unterstützte Becher Lukács' Kritik an Brecht, die dieser 1938 in seinem Beitrag »Marx und das Problem des ideologischen Verfalls« geäußert hatte.

Ganz anders seine Haltung zu Jünger. Im Oktober 1943 forderte Becher diesen in einer Rundfunkansprache des Moskauer Senders »Freies Deutschland«, der auch an Jüngers Dienstort in Paris zu hören war, zum gemeinsamen Kampf gegen den Nationalsozialismus auf. In der Rede heißt es: »Sie, Ernst Jünger, rufe ich heute an, den Verfasser des Buches ›In Stahlgewittern‹, und Sie, der als einer der ersten den Begriff der ›totalen Mobilmachung‹ geprägt hat. (…) Ich bin Ihnen nie persönlich begegnet, aber wir beide sind uns in der Nachkriegszeit oft begegnet in unseren Werken, ich habe über Sie geschrieben und Sie haben einem meiner

Bücher eine ausführliche Besprechung gewidmet. Wir waren politische Gegner. Diese Gegnerschaft hat aber weder Sie noch mich daran gehindert, voneinander mit Achtung zu sprechen« (Abdruck der Rede im Anhang eines Aufsatzes von Gerald Diesener und Wojciech Kunicki in »Zeitschrift für Geschichtswissenschaft« 12/1994).
Becher bezieht sich hier auf einen Beitrag, den er 1927 in der Zeitung »Welt am Abend« über Jünger und seinen Kreis veröffentlicht hatte. Dieser reagierte darauf in der Zeitschrift »Arminius«, wo Passagen aus Bechers Artikel nachgedruckt wurden (vgl. Jünger, »Politische Publizistik«, 2001). In den Tagebüchern »Siebzig verweht« ging Jünger im März 1993 auf Bechers Moskauer Rede ein, nachdem er das Manuskript erhalten hatte, meinte aber, der Verfasser habe seine damaligen »Möglichkeiten« überschätzt. Nach Ende des Krieges veränderte sich die Konstellation noch einmal, da sowohl Jünger als auch Brecht zu Bechers Lieblingsfeinden wurden: der erste aus politischen, der zweite aus literarischen Gründen, wie mehrere Beiträge zeigen, die später auch in den publizistischen Bänden der »Gesammelten Werke« veröffentlicht wurden.

Ernst Niekisch

Ein weiterer Autor, der über Jahrzehnte hinweg mit Brecht und Jünger verkehrte, war der Publizist Ernst Niekisch. Bereits 1918 machte er als Vorsitzender des Augsburger Arbeiter- und Soldatenrats die Bekanntschaft Brechts, der dort zeitweise Mitglied war und erste Texte in Zeitungen veröffentlichte. Ab Ende der zwanziger Jahre publizierte Jünger Beiträge in der von Niekisch herausgegebenen Zeitschrift »Widerstand«, die 1934 wegen der Kritik an Hitler und der NSDAP verboten wurde. Niekisch selbst wurde 1937 verhaftet und vom Volksgerichtshof wegen Hochverrats zu lebenslanger Haft verurteilt. Jünger, der von der Gestapo zu publizistischen und privaten Kontakten befragt wurde, verbrannte daraufhin Niekischs Briefe, wie er in »Jahre der Okkupation« berichtet hat.
Anfang Februar 1946 nahm Jünger wiederum brieflichen Kontakt zu Niekisch auf, der im Gefängnis schwer mißhandelt worden war. In seiner Antwort vom 20. Februar berichtet er über seine Gefangenschaft: »Daß ich das Abenteuer lebendig überstanden habe, empfinde ich als ein Wunder; aller menschlichen Berechnungen nach hätte ich zugrunde gehen müssen. (...) Übel freilich ist die große Schädigung, die meine Gesundheit erfahren hat. Das Gehen an Stöcken fällt mir sehr schwer und der Verlust des Augenlichts trifft mich hart. (...) Meine Frau hat mir erzählt, wie Sie unmittelbar nach 1937 sich mehrmals in meiner Sache bemüht haben. Ich bin Ihnen dafür überaus dankbar« (abgedruckt im Band »Im Haus der Briefe«, 2010).

Nach der Entlassung aus dem Gefängnis trat Niekisch ebenso wie Bronnen in die KPD ein und lebte als Autor in Ostberlin, wo er 1948 Mitglied der SED wurde. Dennoch blieb er mit Jünger in Verbindung. Am 21. Juni 1946 sandte ihm Niekisch »vertraulich« das Protokoll einer Diskussion, die auf Veranlassung Bechers im Mai 1946 in der Berliner Niederlassung des Kulturbunds stattfand. Thema waren Jüngers Schrift »Der Friede« und seine Haltung während der NS-Zeit. Er selbst, so Niekisch, habe sich für Jünger, andere gegen ihn ausgesprochen (die Dokumente befinden sich im Nachlaß Jüngers im Deutschen Literaturarchiv).

Eine weitere Debatte über Jünger fand auf Initiative von Becher und Niekisch Ende August 1947 im Ostseebad Ahrenshoop statt (vgl. Ulrich von Bülow in »Zeitschrift für Ideengeschichte« 2/2018). Dazu wurde auch Brecht eingeladen, der sich nach der Rückkehr aus dem US-amerikanischen Exil in der Schweiz aufhielt. Zwar kam er nicht an die Ostsee, doch zeigen entsprechende Notizen, wie gut er mit den Schriften Jüngers vertraut war, auch wenn er dessen Auffassungen nicht teilte. In einer der Aufzeichnungen spricht er von der »Pose der Akribie, der kühlen Beobachtung, der Geduld mit dem Kleinsten«, die er als »pseudowissenschaftliche Haltung« bezeichnet. Über Jüngers Kriegsbericht »In Stahlgewittern« schreibt Brecht mit spöttischer Übertreibung, aber auch Gespür für dessen literarische Fähigkeiten: »Die 17 Wunden, die sich wieder öffnen, wenn die Schreibfeder sie berührt.«

Was Brecht von Jünger über die »Stahlgewitter« hinaus gelesen hat, ist unklar. Wahrscheinlich aber ist, daß er sich in einem Stück, das er Ende Oktober 1946 in der Schweiz plante, mit Jüngers Biographie im Zweiten Weltkrieg beschäftigen wollte. Es trägt den Titel »Der Wagen des Ares«, blieb jedoch ein Fragment. An seinen Freund Caspar Neher, der an Bühnenentwürfen zu diesem Projekt arbeitete, schrieb Brecht Anfang 1947, das Stück behandele »die Rückkehr des Kriegsgottes aus einem fehlgeschlagenen Krieg in ein ruiniertes Land«. Vermutlich ist Jüngers Rückkehr aus dem besetzten Frankreich nach Deutschland gemeint. Die Annahme wird durch eines der Skizzenblätter Nehers gestützt, das den Titel »Die Revue« trägt, denn darauf befindet sich eine Sprechblase mit einem Ortsnamen und einer Formulierung, die aus Jüngers Erzählung »Auf den Marmorklippen« (1939) stammen.

Jünger schildert hier die »Schändung der Menschenwürde und Menschenfreiheit« durch ein »Männlein«, das vor einer »Schinderhütte« Schädel von Menschen an Bäume genagelt und im Innern eine »Schinderbank mit aufgespannter Haut« aufgestellt habe. Der Ort der Greueltaten trägt die Bezeichnung »Köppelsbleek«. Schon zeitgenössische Leser haben die Beschreibung als allegorische Darstellung nationalsozialistischer Verbrechen gedeutet. Am Ende der

Erzählung ist außerdem von einem »Purpurmantel der Vernichtung« die Rede. In der Sprechblase Nehers heißt es entsprechend: »Als uns der Purpurmantel der Vernichtung bei Köppelsbleek vollständig deckte, da war der Mann schon tot, der zur Erinnerung die Häute der Gefallenen präparierte« (Zitat nach der Abbildung in »Dreigroschenheft« 3/2017). Ob Brecht die Erzählung kannte, läßt sich nicht sagen, doch lebte sein Augsburger Jugendfreund Neher während der NS-Zeit in Deutschland und arbeitete als Bühnenbildner, so daß er Jüngers weitverbreitete Erzählung gelesen haben dürfte.

Auch Niekisch hat sich zu dieser Zeit mit Brecht auseinandergesetzt. Er verfaßte einen Beitrag zu dem bis dahin unveröffentlichten Roman »Die Geschäfte des Herrn Julius Caesar«, von dem 1949 zusammen mit Niekischs Essay einige Teile im »Sonderheft Bertolt Bertolt« von Sinn und Form gedruckt wurden. Niekisch schreibt hier: »Brecht befriedigt kein Ressentiment, treibt mit nichts Scherz, klagt nicht an, ist nicht schadenfroh, will nicht kompromittieren: er registriert bloß, wie es ist, wenn man sich nichts vormachen läßt. Er führt in die Gründe der Sache selbst hinab, und das macht es, daß er nicht nur ein großer Dichter überhaupt, sondern der Dichter dieser Zeit im besonderen ist.«

Dies war nicht nur ein großes Lob für den Autor. Die Stelle weist Überschneidungen mit Niekischs Rezension zu Jüngers Buch »Der Arbeiter« auf, die 1932 in der von ihm mitherausgegebenen Zeitschrift »Widerstand« erschienen war. Dort schreibt er, Jünger vermeide es, »sich für eine Sache zu engagieren«, und wahre stattdessen »kühle Distanz«, die er »allen Dingen und auch Menschen gegenüber an den Tag« lege. Niekisch folgte hier einem Stilideal, das Jünger im »Arbeiter« propagiert hatte. Demnach sei nur die »Anwendung einer präzisen, eindeutigen Sprache, eines mathematischen Tatsachenstils« der Gegenwart »angemessen«. Distanz, Nüchternheit und Präzision gehörten zum Stil der Neuen Sachlichkeit, der sowohl von Brecht als auch von Jünger seit Mitte der zwanziger Jahre gepflegt wurde.

Müllers Mauser-Inszenierung von 1991

Auch Heiner Müller orientierte sich an solchen Ideen, die er radikalisierte. Warum er sich gerade Ende der achtziger Jahre um eine Begegnung mit Jünger bemühte, bleibt allerdings unklar. Der anekdotische Bericht seines Begleiters Manfred Giesler über den Besuch in Wilflingen gibt keine hinreichende Auskunft (in »Theater der Zeit/Arbeitsbuch Welten Wenden«, 2009). Anlaß aber könnten Überlegungen zu einem Projekt gewesen sein, das Müller 1991 am Deutschen Theater realisiert hat. Es handelt sich um eine Folge von Stücken mit dem Gesamttitel »Mauser«. Die Textfolge hatte einen komplexen Aufbau, an dessen Ende Zitate von Brecht und Jünger stehen (abgedruckt in »Regie: Heiner Müller«, 1993). Dem Prolog »Herakles 13« (nach Euripides) folgen drei Stücke, die den Zusammenhang von Terror und Gewalt in der Geschichte behandeln: zunächst »Mauser« (nach Scholochow), der wiederum durch den Prosatext »Herakles 2 oder die Hydra« (aus »Zement«) eingeleitet wird, dann »Quartett« (nach Laclos) und schließlich »Wolokolamsker Chaussee V: Der Findling« (nach Kleist).

Diese Collage war zum damaligen Zeitpunkt ein Querschnitt durch Müllers Stücke, zu der die Texte von Brecht und Jünger ein Resümee bilden. Die Konzeption ist nur dann nachvollziehbar, wenn man die Vorgeschichte des eigentlichen »Mauser«-Stücks berücksichtigt. Müller hatte es 1970 geschrieben, doch blieb es in der DDR bis 1989 verboten. 1975 inszenierte er es in englischer Übersetzung an der University of Austin/Texas; 1976 wurde es in der Zeitschrift »New German Critique« auf englisch und im selben Jahr in der »Alternative« auf deutsch gedruckt. Müller bezieht sich darin auf Brechts »Maßnahme« (1930), das letzte der sogenannten Lehrstücke, die für kommunistische Kollektive als Diskussionsvorlage gedacht waren. Im Mittelpunkt steht ein Revolutionstribunal, vor dem vier kommunistische Agitatoren berichten, daß sie einen jungen Genossen mit dessen Einverständnis töten mußten, da er durch Mitleid und eigenmächtiges Handeln einen revolutionären Auftrag gefährdet habe. Die Entscheidung wird zur Diskussion gestellt und soll bei den Darstellern zum Nachdenken über angemessenes politisches Verhalten führen. In Müllers »Mauser« wird der junge Genosse dagegen selbst zu einer rücksichtslosen Mordmaschine und soll deshalb getötet werden. Die Entscheidung bleibt ohne Alternative.

In anderen Texten der »Mauser«-Collage hat sich Müller mit Fragen der Geschichte und der Geschichtsdeutung beschäftigt. Im Gegensatz zu Brecht orientierte er sich hier nicht an der Fortschrittsauffassung des historischen Materialismus, sondern an Walter Benjamins Thesen »Über den Begriff der Geschichte«. Aus der Interpretation von Paul Klees Zeichnung »Angelus Novus« in der neunten These geht hervor, daß Benjamin Geschichte als eine Aneinanderreihung von Katastrophen auffaßte. Müller übernahm die Idee, die er durch ein Zitat aus Benjamins »Passagen-Werk«, das zum Kontext der Geschichtsthesen gehört und im Programmheft der »Mauser«-Inszenierung gedruckt wurde, verdeutlichte: »Der Begriff des Fortschritts ist in der Idee der Katastrophe zu fundieren. Daß es ›so weiter‹ geht, ist die Katastrophe. Sie ist nicht das jeweils Bevorstehende sondern das jeweils Gegebene.«

Benjamins allegorische Deutung von Klees Bild hatte Müller bereits in einem Prosatext mit dem Titel »Der glücklose Engel« verarbeitet, der möglicherweise schon 1958 entstanden ist, aber erst 1975 in dem Band »Theater-Arbeit 4«

gedruckt wurde. Anders als bei Benjamin ist der Engel hier allerdings nicht nur Betrachter des Katastrophenszenarios, sondern wird selbst verwundet und schaut in eine trübe Zukunft: »Hinter ihm schwemmt Vergangenheit an, schüttet Geröll auf Flügel und Schultern, mit Lärm wie von begrabnen Trommeln, während vor ihm sich die Zukunft staut, seine Augen eindrückt, die Augäpfel sprengt wie ein Stern, das Wort umdreht zum tönenden Knebel, ihn würgt mit seinem Atem.« Einen weiteren Text zu Benjamins Klee-Deutung veröffentlichte Müller zur Zeit der »Mauser«-Inszenierung unter dem Titel »Glückloser Engel 2« (Sinn und Form 5/1991). Hier steht allein die Erfahrung des lyrischen Subjekts im Mittelpunkt: »Der Engel ich höre ihn noch, / aber er hat kein Gesicht mehr als / Deines das ich nicht kenne.«

Wie Benjamin und nach ihm Müller war auch Jünger der Auffassung, daß die Geschichte vor allem durch Kriege, Gewalt und Zerstörungen geprägt sei. Allerdings beschränkte er sich nicht auf die Beobachterrolle, sondern stellte die Selbstbehauptung und den Überlebenswillen des Individuums in den Vordergrund. Um dieses Thema geht es in den beiden Texten Jüngers, die Müller im Programmheft zu »Mauser« abdrucken ließ. Jünger bekam das Heft per Post direkt aus Berlin und legte es zu Müllers Briefen. Beim ersten Text handelt es sich um eine Passage aus dem 1951 erschienenen Buchessay »Der Waldgang«, in dem Jünger die Möglichkeiten der Verteidigung individueller Freiheit gegen die Versuche sozialer und politischer Vereinnahmung erörtert. Konkret geht es in dem verwendeten Zitat um einen Menschen, der jede »Furcht« vor der »zeitlichen Gewalt« verliert. Eine solche Haltung hat Jünger in der zweiten Fassung seiner Kurzessaysammlung »Das Abenteuerliche Herz« (1938) als Désinvolture oder »göttergleiche Überlegenheit« bezeichnet.

Das zweite Jünger-Zitat aus dem Programmheft stammt aus einem Konvolut mit Aufzeichnungen, die Jünger 1964 unter dem Titel »Minima – Maxima. Adnoten zum Arbeiter« veröffentlicht und später in die »Sämtlichen Werke« übernommen hat. Der Text steht zugleich am Schluß von Müllers Stück »Wolokolamsker Chaussee V: Der Findling«, wird hier allerdings ohne Verfasserangabe zitiert: »Auf irgendeinem trüben Bahnhof mußte man in den Zug einsteigen – als Nationalist oder als Bolschewik, als Revolutionär oder als Soldat, im Dienst obskurer Geister oder Theorien – es fragt sich nur, wie weit man mitfahren will. Der kommt am weitesten, der nicht weiß, wohin er geht.« Hier geht es nicht mehr um heroische Selbstbehauptung, sondern um die Akzeptanz des Unausweichlichen.

Unmittelbar darauf folgt ein Text von Brecht – in diesem Falle mit Nennung des Verfassers. Es handelt sich um das achte Gedicht aus dem »Lesebuch für Städtebewohner«, einer Folge von lyrischen Texten, die Brecht 1926/27 schrieb und 1930 im vierten Heft der »Versuche« veröffentlichte. Dort heißt es unter anderem: »Ihr müßt das ABC noch lernen. / Das ABC heißt: Man wird mit euch fertig werden«. Oder: »Was hier gebraucht wird, ist Hackfleisch. / Aber das soll euch / Nicht entmutigen!« Die von Müller zitierten Texte Jüngers und Brechts sind zweifellos komplex. Was sie allerdings verbindet, ist die Absage an jede Zukunftsillusion.

Jünger liest Müller

In der 1992 erschienenen Autobiographie »Krieg ohne Schlacht« kam Müller auf die Frage der Haltung des Individuums im Angesicht der Katastrophe zurück, als er seinen Besuch bei Jünger schilderte. Er zitiert dort eine Äußerung aus dem »Lied der Maschinen« in der zweiten Fassung des »Abenteuerlichen Herzens« (nicht, wie Müller schreibt, aus »Blätter und Steine«). Jünger beschreibt hier einen Wendepunkt im Ersten Weltkrieg: »In einem Vorgang wie der Sommeschlacht war der Angriff so etwas wie eine Erholung, ein geselliger Akt.« Müller kommentiert das Zitat wie folgt: »Das ist ein Satz, der mir schon damals sehr einleuchtete, Jünger beschreibt eine Erfahrung der Materialschlacht, der man mit Pazifismus nicht beikommt, nicht mit einer moralischen Position.«
Jünger hat das Kapitel über den Besuch in Wilflingen genau gelesen, wie eine Aufzeichnung vom 14. März 1992 in den Tagebüchern »Siebzig verweht« zeigt. Doch bezieht er sich nicht auf das von Müller kommentierte Zitat, sondern auf eine Passage, in der dieser mit der ihm eigenen Form rhetorischer Überzeichnung meinte, Jünger habe in seinem Leben »vor nichts Angst als vor Frauen« gehabt. Jünger schreibt dazu ohne Nennung des Namens, aber mit Sensibilität für Müllers Pointierung: »So erfuhr ich vor kurzem, daß ich vor Frauen ›Angst habe‹. Da nur die meine während dieses Besuches anwesend war, muß die Bemerkung dem häuslichen Klima zu verdanken sein. Ich fände sie gut, wenn ›Angst‹ durch ›Achtung‹ ersetzt würde.«
Der Tagebuch-Band mit dieser Aufzeichnung ist 1997 erschienen. Müller war da bereits zwei Jahre tot, doch kannte er die Stelle aus einem Vorabdruck, der in Sinn und Form 1/1993 veröffentlicht wurde. Müller hat ihn zweifellos aufmerksam gelesen, denn als Präsident der Ostberliner Akademie der Künste, die Träger der Zeitschrift war, mußte er auf eine vehemente Kritik von Walter Jens an der Veröffentlichung reagieren. Jens, damals Präsident der Westberliner Akademie der Künste, warf dem Chefredakteur Sebastian Kleinschmidt »Kumpanei« mit einem »dezidierten Militaristen« vor und drohte mit Konsequenzen für die Zeitschrift nach der geplanten Vereinigung beider Akademien, die im Oktober 1993 vollzogen wurde. In Müllers Stellungnahme, die der Berliner »Tagesspiegel« am 12. Februar 1993 veröffentlichte, heißt es am Schluß: »Einen

97jährigen Schriftsteller auf Äußerungen seiner Jugendzeit festzulegen und mit dieser Begründung einer Leserschaft fernzuhalten, die gerade erst andern Bevormundungen entrückt ist, wäre ein Verfahren, das sich mit dem Geist einer unabhängigen Literaturzeitschrift weder bei Ernst Jünger noch in irgendeinem anderen Fall verträgt« (in »Werke 8« unter der Überschrift »Erklärung«).
Dies war nicht die letzte Äußerung Müllers zu Jünger. Es folgten weitere bis zu seinem Tod im Dezember 1995, darunter eine Stellungnahme zu dessen Beobachterrolle in einem Interview mit Hyunseon Lee ein Jahr zuvor: »Das Interessante an Jünger ist eigentlich der naturwissenschaftliche Blick auf Gesellschaft und auf Phänomene. Das ist der kalte Blick. Da sieht er manches sehr viel genauer.« Auch hier geht es um die Idee des distanzierten Beobachters, eine Rolle, die schon Brecht im »Lesebuch für Städtebewohner« eingenommen hatte. Müllers Verknüpfung von Texten beider Autoren im Programmheft der »Mauser«-Inszenierung von 1991 war also konsequent.
In einem fragmentarischen, bisher unveröffentlichten Text hat Müller die Haltung Jüngers ebenfalls zu charakterisieren versucht. Es handelt sich um wenige handschriftliche Zeilen auf einem DIN-A4-Blatt, das er zusammengefaltet in ein 1981 erschienenes Jünger-Buch von Wolfgang Kaempfer gelegt hat (vorhanden in der Nachlaß-Bibliothek). Die Zeilen lauten: »E. Jünger – ein vergessenes Geschoß – das durch die [darüber alternativ: den] Nebel der Ideologien [darunter alternativ: Phrasen] + das Gewölk der Illusionen unbeirrt humorlos seine pathetische Bahn zieht«. Wie alle Texte Müllers ist auch dieser knapp und pointiert, läßt aber deutlich werden, daß ihn seit jeher Jüngers Beobachterrolle interessierte.

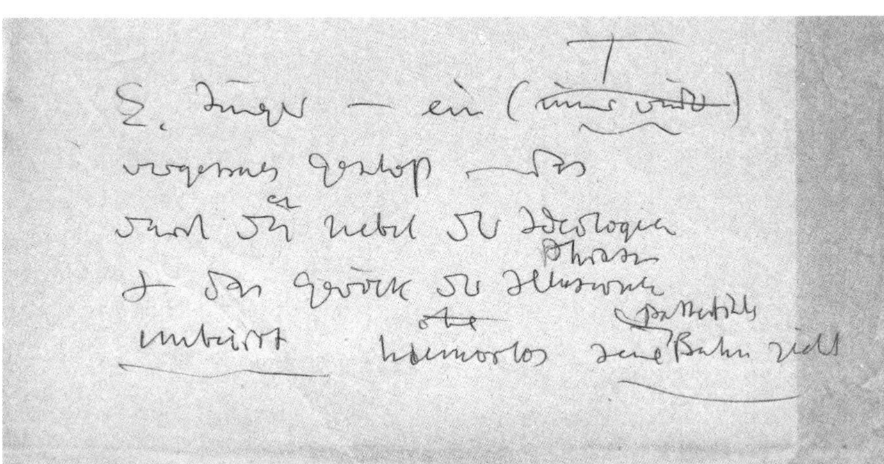

Heiner Müller Archiv/Transitraum, Signatur 2/8/5/58

ILSE VAN STADEN

HIER GIBT ES DRACHEN

Gedichte

MORD

ich will keine gifte,
keinen massenmord mit tödlichen körnern oder tropfen,
keinen giftköder vor einem nest oder grobes salz gegen schnecken,
all das macht mich schlaflos –
ich selbst möchte morden:

zwischen meinen fingern drücke ich blattläuse platt
und stampfe einen wurm zu schlammigem brei,
ich rupfe unkraut aus und schlage den blütenkopf einer aster ab,
den baumstumpf, der weiterwächst,
gehe ich mit axt und schaufel an, bis er schließlich fällt –
ein elefant, der wochen später knochig zerbröckelt;
den star, der in meiner giebelspitze nistet, verscheuche ich
und drehe den küken die dünnen hälse um,
eintausend ameisen ertrinken in einem wasserbecken.

eines tages, wenn krebs oder fieber durch meine venen quillt,
dann halte meine hände zurück,
verstecke die schaufeln, die messer, die klingen.
und bring mir
das gift.

WÜSTE

ein zweiter winter des unmuts –
seitdem sie weg ist, wandere ich durch den garten

noch ein winter der vernachlässigung,
des staubes und des überdenkens, des trockenen bodens

seitdem sie weg ist – diese wüste
aus mürrischen worten und schiefem wachstum,

frühe knospen blaßreif auf zweigen,
unkraut, das ungestört durch alles kriecht,
und an den wänden spuren,
wo efeu dem winter weichen mußte

noch ein winterlicher jahrestag
und der südhemisphärische juli ist vorbei,
aber weder der pfirsich blüht
noch der jasmin

ich trete aus der wildnis,
ich schließe das tor
und zieh fest die winterjacke um mich.

DAS FEHLEN VON WASSER

um fünf uhr an einem morgen, kalt wie winter,
oder zehn nach fünf vielleicht,
unter blauen bettlaken,
die wie meere wallen können,
deine füße sehen aus wie die eines fisches
und fische können nicht schlafen,
können nur mit offenen augen ruhen
in wasser kalt wie der morgen.
wenn der wind wieder weht,
von den türen bis zu den vorhängen,
kannst du dir vorstellen, daß es wellen sind,
die wie der verkehr vor deinem fenster rauschen.
aber ohne wasserwiege
unter deinem körper
fehlt nach zwei uhr der schlaf,
während deine träume wacher
als gewitter werden,
hier in der tiefe, wo fische
nie den regen spüren.

HERE BE DRAGONS

hier gibt es tatsächlich drachen –
hier in unseren häusern und gärten,
hier, wo der späte nachmittag verkrampft und stirbt
und zu staub für die maden von morgen wird.
hier in den kleinen königreichen, die wir unser eigen nennen,
zwischen den teetassen, dem kikuyugras und dem fernseher
schwingen die heißen atemzüge manchmal um unsere beine,
so daß wir seufzen und die fenster weiter aufreißen für den wind,
hier, wo unsere kinder mit steinen spielen,
hier gibt es
drachen.

Aus dem Afrikaans von Peter Constantine

HANS CHRISTOPH BUCH

GROSS UND KLEIN

Ein Motiv schreibt sich fort

1

Der »kolossale Junokopf«, der im Weimarer Goethehaus die Besucher empfängt, ist mehr als nur ein Blickfang und Teil der Selbstinszenierung, wie der Hausherr sie schon zu Lebzeiten betrieb: Er verkörpert wie kein anderes von Goethe erworbenes Kunstwerk sein Leben und Schaffen, von der frühen Liebeslyrik über Iphigenie bis zu Helena in »Faust zwei«. Daß die Dargestellte nicht Juno war, die Gattin von Jupiter/Zeus, sondern eine römische Patrizierin, spielt keine Rolle, so wenig wie die Tatsache, daß Goethe die Kunst der Antike nicht historisch, sondern als zeitlos gültiges Muster verstand. Schon bei der ersten Erwähnung, als er in Rom einen Gipsabguß des in der Villa Ludovisi befindlichen Originals anfertigen läßt, ist vom »kolossalen« Junokopf die Rede, ein Beiwort, das die Marmorbüste fortan als ständiges Epitheton begleitet.

»Edle Einfalt und stille Größe« – so hatte Winckelmann die Wirkung der griechischen Kunst charakterisiert, ohne zwischen Archaik, Klassik und Hellenismus zu unterscheiden – das Wort kolossal kommt bei ihm nicht vor. Vom Koloß von Rhodos, einem Weltwunder der Antike, bis zu den Kolossalstatuen Bismarcks und später Stalins wurde historische Bedeutung mit physischer Größe gleichgesetzt, während das Adjektiv kolossal in der Umgangssprache zu einem unspezifischen Superlativ heruntergedimmt wurde. Anders bei Goethe, dessen Sturm-und-Drang-Periode auch als Titanismus bezeichnet wird, himmelstürmend im wahren Sinn des Worts:

»Bedecke deinen Himmel, Zeus, / Mit Wolkendunst! / Und übe, Knaben gleich, / Der Disteln köpft, / An Eichen dich und Bergeshöh'n! / Mußt mir meine Erde / Doch lassen steh'n, / Und meine Hütte, / Die du nicht gebaut ...«

Der junge Goethe ernennt Prometheus, Shakespeare und selbst den Propheten Mohammed zu Kronzeugen seiner Dichtung, deren *élan vital* mit Begriffen wie säkularisierte Religion und bürgerliche Emanzipation nur behelfsmäßig umschrieben ist. »Er wetteiferte mit dem Prometheus, bildete ihm Zug vor Zug seine Menschen nach, nur in Colossalischer Größe«, heißt es in Goethes im Herbst 1771 gehaltener Rede »Zum Schäkespeares Tag«, und in einem etwa zeitgleich entstandenen Fragment legt er König Salomon folgenden Dialog in den Mund: »Uns ist wohl sagte ein brüderlich gleicher Tannenwald zur Zeder, wir sind so viel und du stehst allein. Ich habe auch Brüder, sagte die Zeder wenn gleich nicht auf diesem Berge.« Einen Kommentar dazu enthält Goethes hymnische Beschreibung des Straßburger Münsters, die Herder in die Essaysammlung »Von deutscher Art und Kunst« aufnahm: »Und kümmert die Ameisen, die drum krabbeln, dein Name nichts, hast du gleiches Schicksal mit dem Baumeister, der Berge auftürmte in die Wolken.«

Erst Jahre später in Rom verabschiedet Goethe sich vom Geniekult des Sturm und Drang: Iphigenie tritt an die Stelle des Raubritters Götz von Berlichingen, doch der Titanismus der frühen Jahre wirkt weiter, aufgehoben (im Hegelschen Sinn) in Gestalt des kolossalen Junokopfs, den er in der Italienischen Reise im Januar 1787 erstmals erwähnt: »Keine Worte geben eine Ahnung davon. Es ist wie ein Gesang Homers.« Ein Echo des Werther-Romans, wenn man so will, Bruch und Kontinuität markierend, denn das Jahr 1786, in dem Friedrich II. starb, war ein Wendepunkt für Goethe, der, aus Weimar geflohen, in Rom seine dichterische Berufung wiederfand, und zugleich eine historische Wasserscheide: Von der Erklärung der Menschenrechte über den Sturm auf die Bastille bis zum Sturz Ludwigs XVI. und weiter zum Aufstieg und Fall Napoleons hatte die Zeit sich ungeheuer beschleunigt – danach war nichts mehr so wie zuvor.

Hier ist nicht der Ort, den ästhetischen Verästelungen von Groß und klein bei Goethe nachzuspüren am Beispiel des »kolossalen Junokopfs«. Statt dessen springe ich ins kalte Wasser der nächsten Wendezeit, in der die Geschichte sich ähnlich wie 1789 zu verdichten scheint.

2

»Es ist einmal gegen mich bemerkt worden, daß ich nur das Kleine bilde«, schreibt Adelbert Stifter in seiner 1852 entstandenen Vorrede zum Erzählband »Bunte Steine«. Der beiläufige Ton täuscht, denn der Text ist mehr als eine *captatio benevolentiae* des Autors für sein Buch: ein programmatisches Manifest, in dem Stifter seine Welt- und Kunstanschauung darlegt, angeregt und provoziert durch ein boshaftes Epigramm von Friedrich Hebbel:

Die alten Naturdichter und die neuen
(Brockes und Gessner, Stifter, Kompert u.s.w.)

Wißt ihr warum euch die Käfer, die Butterblumen so glücken? / Weil ihr die Menschen nicht kennt, weil ihr die Sterne nicht seht! / Blicktet ihr tief in die Herzen, wie könntet ihr schwärmen für Käfer / Säht ihr das Sonnensystem, sagt doch, was wär euch ein Strauß? / Aber das mußte so sein, damit ihr das Kleine vortrefflich / Schildertet, hat die Natur klug euch das Große entrückt.

Hebbels Epigramm geht über einen satirischen Gag hinaus, es trifft Stifters Selbstverständnis als Dichter und fällt zusammen mit der Frage nach dem menschlich oder historisch Bedeutsamen seiner bis heute hochgeschätzten Novellen. Noch dazu war Hebbels Angriff philosophisch fundiert, was Stifter zeitlebens abging, und der nach außen unerschütterliche, in Wahrheit überempfindliche Autor war sich dieser Schwäche bewußt. Statt die Gegenüberstellung von Groß und klein in Frage zu stellen und so der Kontroverse den Boden zu entziehen, kehrt Stifter sie um, indem er das Große für klein, das Kleine für groß erklärt und in der Negation Hebbels Hierarchie bestätigt:
»Das Wehen der Luft, das Rieseln des Wassers, das Wachsen der Getreide, das Wogen des Meeres, das Grünen der Erde, das Glänzen des Himmels, das Schimmern der Gestirne halte ich für groß: das prächtig einherziehende Gewitter, den Blitz, welcher Häuser spaltet, den Sturm, der die Brandung treibt, den feuerspeienden Berg, das Erdbeben, welches Länder verschüttet, halte ich (…) für kleiner, weil sie nur Wirkungen viel höherer Gesetze sind.«
Ich habe Stifter deshalb so ausführlich zitiert, weil Generationen von Lesenden, vom deutschen Sprachraum bis ins ferne Japan, sich mit seinem Glaubensbekenntnis identifizierten und dies vermutlich nach wie vor tun. Dabei entspringt das Zitat weder zen-buddhistischer Meditation noch ist es, wie die Forschung behauptet, ein Tribut an Goethe, dessen Naturverständnis gewaltsame Eruptionen nicht ausschloß: »Auch das Unnatürlichste ist Natur, auch die plumpste Philisterei hat etwas von ihrem Genie. Wer sie nicht allenthalben sieht, sieht sie nirgendwo recht«, heißt es in einem Fragment aus dem Weimarer Umkreis des jungen Goethe. Auch zur Widerlegung von Hebbels Ansichten über Groß und klein taugt Stifters Vorrede nur bedingt, weil sie dessen Schlußfolgerungen nur umdreht, nicht widerlegt.
Stifter plädiert für quantitatives Wachstum anstelle des qualitativen Sprungs, obwohl beides Stadien ein und desselben Entwicklungsprozesses sind: Blüte und Frucht gehen aus dem Keimen des Samens hervor wie Donner und Blitz aus der elektrisch geladenen Atmosphäre. Der Umschlag von Quantität in Qualität ist nicht die Wirkung einseitiger Ursachen, wie Stifter meint, keine Ausnahme von der Regel, sondern deren Bestätigung – sein »sanftes Gesetz« ist mehr eine Metapher als ein exakter Begriff.
Friedrich Hebbels Polemik gegen Stifters »Nachsommer« – genaugenommen handelt es sich um zwei Texte, eine Kurzkritik und eine längere Rezension – fügt dem hier Erörterten wenig Neues hinzu, stellt es aber in einen systematischen

Zusammenhang. Daß Hebbel es nicht bei witzigen Epigrammen beließ, zeigt, daß er in Stifter einen Antipoden erkannte, den es vom Sockel zu stoßen galt. Umgekehrt zeigen Stifters Briefe an seinen Verleger Heckenast, daß er Hebbel indirekt recht gab mit der Ankündigung, »daß nicht immer so idyllische Sachen kommen sollen« und er einen Roman schreiben wolle, »der des Tragischen (...) genug enthalten und eine Antwort auf die Anschuldigung sein wird«. Gemeint ist der »Nachsommer«, der zeitgleich mit Flauberts »Madame Bovary« erschien und doch durch Welten davon getrennt ist. Hebbel dagegen wiederholt den Vorwurf der Kleinmalerei und diagnostiziert, was hundert Jahre vor Claude Simon und Alain Robbe-Grillet die Technik des *Nouveau roman* vorwegnimmt: »Was wird hier nicht Alles weitläufig betrachtet und geschildert; es fehlt nur noch die Betrachtung der Wörter, womit man schildert, und die Schilderung der Hand, womit man diese Betrachtung niederschreibt, so ist der Kreis vollendet.«

Hebbels Kritik verbindet die Frage von Groß und klein mit der nach Schönheit und Häßlichkeit – heute würden wir von Realismus oder Naturalismus sprechen: »Wahrheit in Kunst und Poesie! Gewiß. Aber hoffentlich zum weinenden Auge doch nicht auch die fließende Nase. Dennoch hat noch Keiner Thränen vergossen, ohne den Schnupfen zu bekommen. Also die Gränzen respectirt, Gevatter Dorfgeschichten-Mann!«

Dem Umschlag von Quantität in Qualität bei Stifter entspricht im Werk von Hebbel der dramatisch zugespitzte Konflikt, an dessen Ende, wie in der antiken Tragödie, der Held sich dem Schicksal, die Frau dem Mann und das Ideal der Realität unterordnen muß – Dramen wie »Die Nibelungen« und »Agnes Bernauer«, aber auch Hebbels Kunsttheorie belegen dies. Dessen tragische Weltsicht ist nicht allzu weit entfernt vom Pessimismus Stifters, der sich hinter Harmoniesucht und gespielter Harmlosigkeit verbarg. Thomas Mann spricht von einer »tigerartigen Anlage«, die sich in Stifters Suizid Bahn breche. Aus historischer Distanz tritt das Gemeinsame zwischen beiden stärker als das Trennende hervor: Ihr Bezugspunkt war das wichtigste Ereignis der Epoche, die Revolution von 1848, die von Paris auf Berlin und Wien übersprang, bevor sie, im Blut erstickt, eine Plejade politisch engagierter Autoren ins Exil oder in die innere Emigration trieb, während andere ins konservative Lager überliefen. So erstattete Stifter Anzeige gegen eine aufsässige Magd mit den Worten: »Es drohen von dieser Klasse künftige Übel für die Gesellschaft.« Und Hebbel dekretierte, die Ausbeutung der Arbeiter lasse sich so wenig abschaffen wie der Typhus – der aber wurde bald darauf durch Impfungen eingedämmt.

3

»Auf einem Häuserblocke sitzt er breit. / Die Winde lagern schwarz um seine Stirn. / Er schaut voll Wut, wo fern in Einsamkeit / Die letzten Häuser in das Land verirrn. // Vom Abend glänzt der rote Bauch dem Baal, / Die großen Städte knieen um ihn her. / Der Kirchenglocken ungeheure Zahl / Wogt auf zu ihm aus schwarzer Türme Meer. // (...) Er streckt ins Dunkel seine Fleischerfaust. / Er schüttelt sie. Ein Meer von Feuer jagt / Durch eine Straße. Und der Glutqualm braust / Und frißt sie auf, bis spät der Morgen tagt.«

Der Titanismus des Sturm und Drang kehrt wieder in den Versen des vierundzwanzigjährigen Georg Heym, der kurz nach Erscheinen des Gedichtbands »Der ewige Tag« beim Versuch, seinen ins Eis eingebrochenen Freund Ernst Balcke zu retten, in der Havel ertrank. »Der Gott der Stadt« – so der Titel des hier verkürzt zitierten Gedichts – ist keine Voraussage des Ersten Weltkriegs, weil Dichter weniger Propheten sind als Seismographen, die sensibel auf Erschütterungen reagieren und künftige Beben vorwegnehmen wie Heyms Generationsgenossen Trakl und Kafka.

Doch Baal ist nicht Zeus, mit dem Prometheus zornige Zwiesprache hielt, und an die Stelle des Humanitätsideals von Goethe, den Heym als Höfling und Kunstbonzen verspottet, tritt ein von Blut und Fett triefender Götze: »Mit schwarzer Stirn, ein mächtiger Tyrann, / Ein Moloch, drum die schwarzen Knechte knien.«

Die Utopie des Bürgertums, das sein Klasseninteresse mit dem der ganzen Gesellschaft gleichsetzt, wird abgelöst von einer Dystopie – das Adjektiv »schwarz« weist darauf hin –, in der die Menschheit dämonischen Mächten zum Opfer fällt. »Auferstanden ist er, welcher lange schlief«: So beginnt Heyms berühmtes Gedicht »Krieg«, und damit lieferte der Rimbaud nacheifernde Poet das Stichwort für eine Schar junger Autoren, deren expressionistischen Weltschmerz Kurt Pinthus in seiner Anthologie »Menschheitsdämmerung« dokumentierte.

4

Die Frage ist, wie die Wechselwirkung von Groß und klein sich in der Literatur der zwanziger Jahre niederschlägt. Neben Brechts Drama »Baal« ist hier vor allem Kafka zu nennen, dessen Protagonist Gregor Samsa sich in einen Käfer verwandelt, während die Sängerin Josefine sich das Volk der Mäuse mit Musik hörig macht: Anspielungen auf Kafkas familiäre Situation, die Ohnmacht gegenüber dem Vater wie auf die prekäre Existenz deutschsprachiger Juden in Prag. Auch Maeterlincks damals vielgelesene Monographien über Bienen und Ameisen gehören in diesen Kontext, so wie Döblins frühe Erzählungen »Die

Ermordung einer Butterblume« und sein Roman »Berge Meere und Giganten«, der das Titanische im Titel führt.

Ähnlich wie »Wallenstein«, »Manas« und andere epische Großprojekte von Alfred Döblin, die schon durch ihren Umfang die Romanform sprengen, läßt sich »Berge Meere und Giganten« schwer auf einen Nenner bringen. Wer will, kann das Mammutwerk wie H. G. Wells' »Krieg der Welten« oder Fritz Langs Film »Metropolis« als Science-fiction-Phantasie lesen: als expressionistischen oder futuristischen Roman, als Kritik totalitärer Herrschaft oder technologischen Fortschritts, als ökologischen und feministischen Protest gegen die Vergewaltigung der Natur. All diese Lesarten sind legitim und wurden mit wechselndem Erfolg ausprobiert, werden der Eigenart des Werks aber so wenig gerecht wie Döblins Ankündigung des Buchs: »Es ist die Entwicklung unserer Industriewelt bis auf etwa 2500; eine völlig realistische und ebenso völlig phantastische Sache; Jules Verne wird sich vor Neid im Grabe umdrehen«, notierte er am 2. November 1921. Und an anderer Stelle: »Was wird aus dem Menschen, wenn er so weiterlebt?« Die Sache wird dadurch unnötig kompliziert, daß Döblin 1932 eine »Giganten« betitelte Neufassung erstellte, die mit radikalen Kürzungen den Text verschlimmbesserte, zugleich aber darauf bestand, trotz Überlänge sei die Erstfassung maßgeblich.

»Er (Döblin) bedrängt und überrennt den Leser mit übergroßen Begebenheiten und Gestalten«, schreibt der Literarhistoriker Volker Klotz in einem Resümee: »Ein Steppenbrand von der Länge des Urals frißt sich westwärts. Islands Hauptvulkane werden gesprengt, um ihre Glutenergie aufzufangen und anderswo einzusetzen. Grönland wird enteist mit der Folge, daß drachenartige Untiere aus der Kreidezeit wiederaufleben und Europa verwüsten. (...) Wuchtige Turmmenschen werden gezüchtet aus Menschenleibern, Bäumen und Kristallen.«

Das als Meisterwerk begrüßte, aber auch als Machwerk verdammte Buch hat keine Hauptfigur, nur wechselnde Protagonisten, die einander abschlachten, um dann von den Toten aufzuerstehen. Die Einheit von Zeit und Ort wird ebenso souverän mißachtet wie das Bedürfnis der Lesenden nach Orientierung im Chaos entfesselter Gewalten, von denen nicht klar wird, ob sie aufs Konto der Natur oder des Menschen gehen. Der Text wirkt stellenweise, als habe Döblin die Horrorvisionen von Georg Heym und anderen Endzeitpoeten nachbuchstabiert. Daß Details wie das Abschmelzen des Grönlandeises, die Massenflucht von Migranten aus Afrika nach Europa und der Vernichtungskrieg gegen Eurasien von der Wirklichkeit eingeholt wurden, spricht weder für noch gegen Döblins Buch, das zunächst einmal in den Kontext seiner Zeit zurückversetzt werden muß.

Von Nietzsches »Übermenschen« bis zum »Untergang des Abendlandes« und von der naziaffinen »Welteistheorie« bis zu Hans Dominiks Zukunftsroman

»Atlantis«, den Volker Klotz zum Vergleich heranzieht, reicht die Liste der Anreger und Nachahmer von »Berge Meere und Giganten«, das auch als Nachhall des Ersten Weltkriegs gelesen werden kann: »Wir haben keine Furcht vor der Luft und dem Boden«, schreibt Döblin in einem trüben Amalgam aus Pazifismus und Bellizismus: »Wir sind die wirklichen Giganten. Wir sind es, die durch den uralischen Krieg und Grönland gegangen sind. Und wir, wir sind nicht erlegen.« Es genügt, Grönland oder Ural durch Ypern oder Verdun zu ersetzen, damit das Zitat seine Mehrdeutigkeit offenbart im Sinn von »Nie wieder« oder »Im Felde unbesiegt!«

Daß und wie Döblin die Materialschlachten des Ersten Weltkriegs in die Zukunft hinein verlängerte, zeigt der folgende Textausschnitt: »Verbackene Bäume, aus deren Wipfeln lange Menschenhaare herausragten, übergipfelt von Menschenköpfen, toten entsetzlichen häusergroßen Gesichtern von Männern und Frauen. (...) Über den Tälern und Erhebungen der wallenden Masse rasten Gespanne, Pferde mit Wagen, abspringende Menschen. (...) Aus den Rippen quollen ihnen die Wagenbalken.«

Mensch und Maschine, Pflanze und Tier werden verhackstückt zu einem apokalyptischen Inferno, das als futuristisches Manifest, als surreale Vision oder, wie auf Kriegsbildern von Otto Dix, als realistische Darstellung gewertet werden kann. Und es überrascht nicht, daß und wie Hebbels Vorwegnahme des *Nouveau roman* in »Berge Meere und Giganten« wiederkehrt: »Hier, wo ich schreibe, auf dem Papier, in der fließenden Tinte. (...) Meine führende Hand wandert von links nach rechts, nach links vom Zeilenende zurück. (...) Ich spüre am Finger den Halter: das sind Nerven, sie sind vom Blut umspült.«

5

»Groß und klein« war nicht nur ein Bühnenerfolg in der Schaubühnen-Inszenierung von Peter Stein, das Stück von Botho Strauß bringt den ideologischen Katzenjammer der siebziger Jahre auf den Punkt wie kein anderer Theatertext. Die rauschhafte Entgrenzung – Stichwort Woodstock 1968 – war gescheitert, der Slogan *Make love, not war* verkehrte sich ins Gegenteil: Vom Militärputsch in Chile und dem Amoklauf der RAF bis zum Völkermord in Vietnam und Kambodscha kehrte der Krieg auf die Agenda zurück und die Utopie verzog sich ins Subjekt, um dort zu überwintern. Die Selbstverwirklichung mit Sex- und Drogenexzessen in Hippiekommunen und WGs hinterließ einen schalen Nachgeschmack und die Blumenkinder von einst litten unter kaltem Entzug, Einsamkeit und Entfremdung statt Nestwärme im Kollektiv. Niemand brachte das besser zum Ausdruck als Strauß in einer vielzitierten Szene, wo die Protagonistin Lotte per

Sprechanlage mit ihrer Freundin Meggy zu kommunizieren versucht. Der Text erinnert an Karl Valentins »Buchbinder Wanninger«, der am Telefon von einem Büro zum nächsten verbunden wird, bis er den Grund des Anrufs und sogar seinen Namen vergißt: »Hier Buchbinder, nein Wanninger am Apparat« …

Bei Botho Strauß kommt erschwerend hinzu, daß Lotte den Nachnamen der Freundin nicht kennt, die inzwischen geheiratet hat, und deshalb alle Knöpfe am Klingelbrett drückt. Die Szene dauert zu lang, um im ganzen zitiert zu werden, doch was bei der Lektüre auffällt, ist Strauß' Vorliebe für sprechende Namen: Lottes Freundin heißt mit Nachnamen Niederschlag, passend zu Lottes Depression wie zur gescheiterten Kommunikation, und im Verlauf des Stückes tauchen Namen wie Undank, Lügenfreund und Diebstahl auf, die an Raufebold, Habebald und Haltefest, die Landsknechte in »Faust zwei«, erinnern. Eine Satire, deren Grobianismus Botho Strauß als Meßlatte dient für die Banalität einer saturierten Gesellschaft, der jeder Sinn für Tragik abhanden gekommen sei: »Der Publizist, denkst du, das ist einer, der arbeitet mehr so auf Zuruf, ja? (…) Sagt einer ›Seilbahnabsturz‹, schwupp's, schreib ich die rührende Skizze, sagt einer ›Kaufkraftschwund‹, schwuppdiwupp! (…) In den siebziger Jahren finde sich einer zurecht.« Strauß legt diese Worte Lottes Ex-Ehemann in den Mund, und man geht nicht fehl in der Annahme, daß der Autor sich hier selbst porträtiert.

Warum aber heißt sein Stück »Groß und klein«? Eine Antwort auf diese Frage liefert die Szene, in der zwei namenlos bleibende Alte sich die Idole ihrer Jugend in Erinnerung rufen: den Rennfahrer Carraciola, Rudolf Steiner, den Anthroposophen, den Hellseher Hanussen – nicht zu vergessen die Operndiva Callas. Während des Gesprächs leeren sie den mit Treuerabatt gekauften Inhalt ihrer Einkaufstasche: »Der Alte: Reis. / Die Alte: Brot. / Der Alte: Hörst du nicht? Der Herr spricht … / Die Alte: Ja, ja. Er spricht. Jedes Jahr fällt es mir schwerer, an ihn zu glauben. / Der Alte: Still! / Die Alte: Hab sowieso den Faden verloren. *20. Foto: Christusgestalt* (…) / Assistentin: Wer ist das? / Der Türke: Bin ich, bin ich! (…) / Die Alte: Und was ich momentan auch gar nicht weiß: hatte Jesus eigentlich Geschwister oder – / Der Alte: Das kommt, weil du mal katholisch warst.«

Das obskure Objekt der Begierde ist weder Lottes Ex-Ehemann noch die Freundin Meggy oder das Kind im Zelt, das sie wie das Publikum nicht zu sehen bekommt, sondern eine höhere Instanz. Lotte ist eine Gottsucherin, und das verbindet das Stück von Botho Strauß mit Becketts »Warten auf Godot« und Kafkas Parabel »Vor dem Gesetz«. Parallel dazu beschimpft ein Randalierer den Türken, in dem sich Jesus inkarniert, als Kanaken, den er abknallen will: Peng!

6

»Siehe, der Mensch wird abgehen von dieser Erde und aus sein in all seinen Werken. (...) Die Gärten und Felder werden in die leeren Städte einziehen, die Antilopen in den Zimmern äsen, in offenen Büchern wird der Wind zärtlich blättern.« Das ist keine Zukunftsvision aus »Berge Meere und Giganten«, sondern eine Passage aus »Groß und klein«, die ein Jahre später geschriebenes Fragment Heiner Müllers vorwegnimmt, das dieser in einer Nachbemerkung so charakterisiert: »Der Text beschreibt eine Landschaft jenseits des Todes. Die Handlung ist beliebig, da die Folgen Vergangenheit sind, Explosion einer Erinnerung in einer abgestorbenen dramatischen Struktur.«

»Bildbeschreibung« heißt das Stück, das Interpreten, Dramaturgen und Regisseuren harte Nüsse zu knacken gibt. Gerade deshalb erfreut es sich unter Germanisten großer Beliebtheit, ausgehend von der Gattungsfrage, denn der Text ist Poesie und Prosa, Drama und Epik zugleich – sein Autor hat ihn als Übermalung bezeichnet. Das ist keine postmoderne Beliebigkeit – Heiner Müllers entschiedene Modernität steht in scharfem Kontrast zu seiner politischen Schwarzweißmalerei – und es genügt, in Versalien gedruckte Substantive zu zitieren, um einen Eindruck zu vermitteln: DIE SONNE / IN EWIGKEIT / HIMMEL / ALLES GESEHN / MATA HARI / BÖSER FINGER / WINDSBRAUT / / ICH HABE DIR GESAGT DU SOLLST NICHT WIEDERKOMMEN TOT IST TOT / FEHLER / MORD / FREMD IM EIGENEN KÖRPER / ODER WAS / IM SPIEGEL WOHNEN / ICH ICH ICH.

Was wie ein Prosagedicht klingt, ist eine Reihung von Stichwörtern, in denen die surreale Idylle umschlägt in eine Orgie von Mord und Totschlag, die auf unklare Art mit dem Autor/Erzähler verknüpft ist – von einem »lyrischen Ich« zu sprechen wäre deplaziert. Der Text besteht aus einem einzigen, überlangen Satz – einer Endlosschleife, wenn man so will. Zu Beginn ist von einer Wolke die Rede, die auch ein Gummitier sein könnte, »das sich von seiner Leine losgerissen hat, oder ein Stück Antarktis auf dem Heimflug«. Majakowskis Gedicht »Wolke in Hosen« fällt mir dazu ein, das »Der 13. Apostel« hieß, bevor die Zensur es verbot – auch Heiner Müller spielt ja auf die Apokalypse an, und Stefan Hermlins Kommentar zu Majakowski paßt ebensogut auf ihn: »Die Gesellschaftskritik erscheint hierin als Literatur- und Religionskritik und ist auf seltsame Weise mit Ausbrüchen persönlichster Schmerzen verbunden.« Beide, Müller wie Majakowski, sind keine Kleinmaler im Stifterschen Sinn, sondern Gigantomanen in der Tradition von Rabelais' »Gargantua«.

Die Redefigur, daß etwas das Gegenteil dessen ist, was es zu sein scheint, taucht im Text immer wieder auf, vom »Obst, das eßbar (ist) oder geeignet, Gäste zu

vergiften«, über den Himmel, der sich als Brett erweist, bis zum Vogel im Baum: »es kann ein Geier sein oder ein Pfau oder ein Geier mit Pfauenkopf«. In einer Nachschrift verweist Müller auf Alfred Hitchcocks Film »Die Vögel«, ohne zu wissen, daß der Regisseur die Hauptdarstellerin von an Schnüren befestigten Vögeln peinigen ließ, weil sie sich seinen sexuellen Avancen widersetzte.
Müllers Postskript zu »Bildbeschreibung« liest sich wie ein Beipackzettel, der neben Hitchcock und Shakespeares »Sturm« (=Windsbraut) klassische Vorbilder anführt, die der Text »übermalt«, Euripides und Homer zum Beispiel: »Und nachdem ich flehend die Schar der Toten gesühnet, / nahm ich die Schaf' und zerschnitt die Gurgeln über der Grube; / schwarz entströmte das Blut und aus dem Erebos kamen / viele Seelen heraus der abgeschiedenen Toten.«
Das Blutopfer im elften Gesang, mit dem Odysseus die Totengeister beschwört, unter ihnen den Seher Teiresias und die eigene Mutter, um Aufschluß zu erhalten über sein weiteres Schicksal – das Blutopfer kehrt, variiert und modifiziert, in Heiner Müllers Text wieder, wo es heißt: »oder wird es die Frau sein, der durstige Engel, der dem Vogel die Kehle aufbeißt und sein Blut aus dem offenen Hals in das Glas gießt, die Nahrung der Toten«. An anderer Stelle ist die Rede von »Wanderungen der Toten im Erdinnern«, ein Motiv aus einem Horrorroman oder Science-fiction-Film, den Heiner Müller in Gesprächen mit mir mehrfach erwähnt hat. Der Titel ist mir entfallen, aber es ging darum, daß sich Zombies unterirdisch versammeln an Orten, an denen viel Blut floß, wie in Stalingrad oder Verdun. Müller hat sich selbst als Sado-Marxisten bezeichnet, und sein Text erzählt vom »täglichen Mord an der vielleicht täglich auferstehenden Frau«, eine Anspielung auf Oskar Kokoschkas von Hindemith vertonte Oper »Mörder, Hoffnung der Frauen«, die, inspiriert von Otto Weiningers Frauenhaß, bei der Premiere 1921 einen Skandal auslöste. Wie stets bei Müller hat die literarische Anspielung einen persönlichen, autobiographischen Bezug. Gemeint ist das tragische Schicksal seiner zweiten Frau Inge Müller, die 1945 bei einem Bombenangriff tagelang verschüttet gewesen war und, an Depressionen leidend, am 1. Juni 1966 Selbstmord beging. Nur so ist der Fingerzeig auf Alkestis zu verstehen, die sich für ihren Mann Admetos opfert und von Herakles dem Hades entrissen wird. Die »Bildbeschreibung« entpuppt sich als Alptraum, der unbewältigte Traumata politischer oder privater Art ins Bewußtsein hebt.

PS

Als ich Heiner Müller im Herbst 1974 in Graz kennenlernte, bat ich ihn um einen Beitrag für ein von mir ediertes Literaturmagazin zum Thema »Die Literatur nach dem Tod der Literatur«. Passend dazu überließ er mir ein »Wüsten der Liebe« betiteltes Prosastück, das Klartext redet im Vergleich zur Jahre später entstandenen »Bildbeschreibung«: »Sie war tot, als er nach Hause kam. Sie lag in der Küche auf dem Steinboden, (...) ein Bein angewinkelt wie im Schlaf, der Kopf in der Nähe der Tür. (...) Er sah sich, an den Türrahmen gelehnt, halb belustigt, halb gelangweilt einem Mann zusehen, der (...) in seiner Küche auf dem Steinboden hockte, über seine vielleicht bewußtlose, vielleicht tote Frau gebeugt.«

Erst vor dem Hintergrund von Inge Müllers Suizid rücken die Obsessionen in Heiner Müllers Leben und Werk an den richtigen Platz. Das wird überdeutlich in einem Traumnotat, das als Epitaph die Szene beschließt und eine Brücke von der postmodernen »Bildbeschreibung« zum »kolossalen Junokopf« schlägt: »Ich gehe in einem alten, von Bäumen durchwachsenen Haus eine Treppe hinauf, über der nackt eine riesige Frau (...) an Stricken aufgehängt ist. Über mir die ungeheuren Schenkel, aufgeklappt wie eine Schere, in die ich mit jeder Stufe weiter hineingehe, das schwarze wildbuschige Schamhaar, die Roheit der Schamlippen.« Alpha und Omega, Groß und klein fallen in eins zusammen; Liebe und Tod, der Geschlechterkampf und der politische Kampf werden zu zwei Seiten derselben Medaille.

CHRISTIANE SCHULZ

UNKEN IM OHR

Gedichte

AUSFLUG

Ich weiß schon vorher
daß sie abrutschen werden die Wörter
von den leicht geneigten Dächern
über die Rinnen direkt hinein
in die leeren Regentonnen
ich muß gar nicht erst sehen
daß alle Läden geschlossen
und die Lippen schmal sind
dort im Ort verkniffen werden
die Grüße die einst über die Zäune flogen
die Hecken durchsichtig längst verdorrt
und ich werde trotzdem schauen
ob zwischen den Gehwegsteinen
mehr als braunes Unkraut wächst
und ich ein paar Sätze
irgendwo festmachen kann
später wird es geregnet haben
Gras wird gewachsen die Worte werden
entgegenkommend gewesen sein

BEGRÜNUNG

Die Aussicht wächst zu
mit den Jahren steigt uns
der wilde Wein aufs Dach
stellt sich uns in den Blick
klimmt in die Fenster hinein
dringt unter den Türen durch
und tief hinein in unser Innerstes
sollen die Ranken wuchern

wir lassen es geschehen
wollen ganz grün sein
locken die Reben in die letzte Ecke
in den hintersten Herzwinkel
der Wein soll uns die Augen
verschließen vor allem
aber hören wir ein Raunen
das durch die Blätter geht
ein trockenes Rascheln
an dem wir verdorren werden

STILLER WERDEN

Das Wasser smaragdfarben
perlt von unseren ungesprochenen
Sätzen ab ohne uns zu benetzen
der schattige Buchenwald
fällt uns mit seinen gebrochenen Ästen
gestürzten Stämmen dem Totholz
kreuz und quer ins stumme Wort
daß wir stolpern
zwischen Schilfgürtel und Seerosenteppich
könnten unsere Gedanken
sich freischwimmen
liefen wir nicht mechanisch
ins Schweigen hinein
stürmten wir nicht verloren am See entlang
und aneinander vorbei
wir hörten die Frösche quaken
hätten wir nicht aus allen Richtungen
die Unken im Ohr
würden sich unsere Hände finden

ALISSA GANIJEWA

DAS FEST IM DORF

Gleich im Februar ging es los: Das Dorf überzog sich mit Aussatz. Zuerst tauchte auf dem Hauptplatz die bis zum Überdruß bekannte Losung mit dem bis zum Überdruß bekannten Porträt des Oberbefehlshabers auf, dann folgten die schmutzigen Todessymbole, orangegestreift wie räuberische Raupen. Achmedow tat so, als würde er leben wie früher, während er versuchte, in den Gesichtern der Dorfbewohner heimliche Verzweiflung, heruntergeschluckte Wut oder feige versecktes Grauen auszumachen. Doch da waren nur Leere und Kadavergehorsam.

In einen Sklavenmarkt verwandelt, einen Ort des Handels mit lebendigem Fleisch und totem Gewissen, gab sich das Dorf aufgedreht, laut, demonstrativ festlich. Die Berge, die Achmedow seit seiner Kindheit liebte, begrüßten ihn morgens ohne die frühere Erhabenheit, sie schienen nicht mehr aufrecht zu stehen, sondern sich schlampig in den Wolkenkissen zu fläzen wie vergewaltigte, ihrer Würde beraubte, aber mittlerweile ans Bordell gewöhnte Prostituierte. Auf dem grauen Felsenkamm hinter der Stadtverwaltung prangte weithin sichtbar das Todessymbol in dreifacher Mannshöhe und besudelte die ganze Schönheit der hingebreiteten Landschaft.

Die Touristen kamen in Massen. Regelmäßig besuchten Gruppen aus Zentralrußland Achmedows Heimatmuseum. Trotz der hin und wieder stattfindenden Begräbnisse junger Gefallener amüsierte sich das Dorf in vollen Zügen. Auch heute wurde die Ankunft von irgendwelchen Prominenten aus Moskau erwartet. Achmedow hatte man deshalb in die Stadtverwaltung gerufen und angewiesen, in seiner Eigenschaft als Museumsdirektor eine patriotische Rede zu halten.

»Ehren wir also unsere Krieger nach der Rückkehr von der Entnazifizierung«, sagte Jachja Jachjarowitsch und bellte das letzte Wort dumpf heraus. »Hau ordentlich auf die Pauke, Bruder. Historische Zusammenhänge, unsere Ahnen, Kampf gegen Neofaschismus, du weißt ja. Die sollen Geld für das Festival der indigenen Völker lockermachen. Und das hier ist quasi die Generalprobe. Ist wichtig zu zeigen, was wir können.«

»Lieber nicht. Wieso denn ich? Ich bin kein guter Redner«, druckste Achmedow, aber Jachja Jachjarowitsch wandte sich brüsk ab und blickte zur unregelmäßig gestrichenen Wand hinüber, wo die Ikone des Oberbefehlshabers hing, allerdings eine jüngere, noch nicht so aufgedunsene Ausgabe. Einwände überhörte er.

Das war eine Woche vor dem Fest gewesen, und die ganze Woche lief Achmedow herum wie in giftigem Nebel. Bisher hatte er es geschafft, sich rauszuhalten. Auf Fragen hatte er geantwortet, er sei alt und in den sozialen Netzwerken nicht aktiv und nehme deshalb nicht an Flashmobs zur Feier von Marschflugkörpern teil, und seine zitternden Hände würden ihm nicht erlauben, auf Massenveranstaltungen Flaggen fürs erstarkende Imperium zu schwingen. Heute hatte er vorgehabt, sich krank zu melden, aber morgens war er in die Schule gerufen worden: Es ging um seinen Neffen, der zum Zeugnistag aus seinem kleinen Heimatdorf hinterm Gebirgspaß gekommen war.

»Unerhört ist das!« schrie die Lehrerin. »Da setzt sich unser Kollektiv mit allen Kräften pädagogisch ein, und Ihr Ibrahim entwickelt sich zum Terroristen!«

Achmedow spürte ein Zittern im Bauch.

»Was hat er denn gemacht? Er hat überhaupt nichts gemacht!« schrie er zurück.

Der Neffe saß an einem Pult im leeren Klassenraum und ließ den geschorenen Kopf hängen. Man sah deutlich seinen platten Hinterkopf, Ergebnis des langen Liegens in der hölzernen Wiege.

»Ich habe gesagt, ich will heute nicht auf dem Fest marschieren«, brummte er vor sich hin.

»Sehen Sie? Er sabotiert!«

»Wir sollen das Porträt von Imam Schamil tragen, da hab' ich keinen Bock drauf.«

»Wieso nicht?« Achmedow war überrascht. »Das ist doch unser Held.«

»Und was hat er mit dem Satanskrawall in der Ukraine zu tun? Er war doch für die Freiheit, daß wir nicht erobert werden. Und jetzt machen wir das selber, und wie! Gehen hin, bombardieren ...«

»Da haben Sie es!« Die Lehrerin zuckte regelrecht zusammen. »Ich habe dem Direktor noch nichts gesagt, sonst würde der ja gleich den FSB holen.«

Wieder fühlte Achmedow, wie sich in seinem Innern etwas verkrampfte und kalt wurde. Er fuchtelte mit den Händen, sprach erregt, aber was, verstand er selber nicht. Es galt, seinen Neffen rauszuhauen, ihn als Dummkopf hinzustellen, ihm Prügel anzudrohen, zu versprechen, daß er ihm selbst den Kopf zurechtsetzen würde. Aber der Neffe sprang plötzlich auf und legte mit seinem blechernen Stimmbruchbaß los:

»Und dann noch dieser Sänger, der in Ledershorts singt, vor dem verbeug' ich mich doch nicht. Wenn der da oben steht, dann will ich nicht marschieren. Magomed will das auch nicht, und Iljas auch nicht. Ein Teufel ist das und kein Star.«

»Das wird ein Nachspiel haben!« keifte die Lehrerin. »Das ist ja Verrat! Du wiegelst die Klasse auf! Wenn dein Onkel nicht Museumsdirektor wäre, würdest du schon im Verhörzimmer sitzen, du Rotznase!«

Achmedow warf sich in die Bresche, gestikulierte, erklärte, rechtfertigte, schob den Neffen aus dem Klassenzimmer.
»Daß er sich heute bloß nicht auf dem Fest blicken läßt! Und später bekommt er noch sein Fett ab!« wiederholte, rot angelaufen, die Lehrerin.
Wütend, fast verzweifelt verließ Achmedow die Schule. Der Neffe, der ihn schuldbewußt am Ausgang erwartet hatte, versuchte, die Wogen zu glätten, und redete von den blöden Festlichkeiten mit Marschmusik, bei denen er und die anderen Kinder jetzt ständig mitmachen müßten, aber Achmedow packte ihn an den Schultern und schüttelte ihn wild und zornentbrannt:
»Doe dir wasasul gIumru ji schwese bokarab? Abe!«
Doch im nächsten Moment wurde ihm bewußt, daß überall Leute waren, daß man von einem der vielen Terrassengärten oder Hauseingänge wohl schon zu ihnen herübersah, und er gab seinem Neffen einen Wink und strebte heimwärts.
Mit gesenktem Kopf hüpfte ihm der Neffe auf den krümelnden Steinen durch die Gassen hinterher, während er vorbereitete Erwiderungen vor sich hin murmelte. Die Hände auf dem Rücken, kamen ihnen verhüllte alte Frauen entgegen, angelockt von den schrillen Klängen auf dem Platz. Man hörte, wie dort Lautsprecher eingestellt wurden und Luftballons platzten.
Achmedows Frau war nicht da, wahrscheinlich war sie zur Nachbarin gegangen, um die Milchzentrifuge zurückzubringen. Er befahl dem Neffen, in seinem Zimmer zu bleiben, zog sich ins Wohnzimmer zurück und lief verstört auf und ab. Die Drohungen der Lehrerin hatten ihm zugesetzt, der alte Schmerz hob den Kopf und kroch mit gebleckten Zähnen durch die Schlagadern zum Herzen. Achmedow trat an die Regalwand und nahm das Porträt seines Sohnes herunter – ein noch ganz junges Gesicht, durchschnitten von einem schwarzen Trauerband.
Vor fünf Jahren hatte sein Sohn die Schule abgeschlossen, und weil seine Noten für ein Studium nicht ausreichten, blieb er im Dorf und jobbte auf Baustellen. Achmedow warf sich seitdem oft vor, daß sein Sohn einen Studienplatz bekommen hätte und das Unglück nicht geschehen wäre, wenn er, der Vater, sich damals in die Hauptstadt aufgemacht und dem Dekan das Übliche zugesteckt hätte. Doch der Achmedow, der er vor fünf Jahren gewesen war, sperrte sich und unternahm nichts, und an einem Septembertag fuhr sein Sohn ganz früh morgens ins Nachbardorf, wo ein Maurer gebraucht wurde.
Drei Stunden später rief er seine Mutter an und sagte, er habe gerade seinen Proviant gegessen, Chinkal und Käse, und werde jetzt zur Fernverkehrsstraße gehen, und dann verschwand er. Am Nachmittag machten sich schon Leute aus der ganzen Gegend auf die Suche, und ziemlich schnell wurde Achmedows Sohn in einem Gebüsch gefunden, von Kugeln durchsiebt und für immer erkaltet. An seinem Körper hingen fremde Kleidungsstücke, eine viel zu große Jacke, und

neben ihm lag eine alte Maschinenpistole. Die Polizisten, die kurz darauf eintrafen, riegelten alles ab und verfrachteten den Leichnam aufs Revier, um Ermittlungen anzustellen.

Um den Leichnam entspann sich ein Kampf. Eine aufgebrachte Menge von Dorfbewohnern und Verwandten schloß sich Achmedow und seiner Frau an und forderte, den Jungen für die Bestattung vor Sonnenuntergang herauszugeben. Die Polizisten weigerten sich, machten widersprüchliche Angaben, doch schließlich hieß es offiziell, Achmedows Sohn sei ein islamistischer Kämpfer gewesen, habe versteckt im Wald gelebt und monatelang Sabotageakte begangen, bis hin zu einem Brandanschlag auf den Fernsehturm. Er sei bis an die Zähne bewaffnet gewesen und habe das Feuer auf Polizisten eröffnet, die im Gebirge eine Aufklärungsoperation durchgeführt hätten.

Es war ein Alptraum, heller Wahnsinn. Dutzende von Leuten hatten Achmedows Sohn gekannt, in seinem Leben hatte es keine Geheimnisse gegeben, er hatte gern Fußball gespielt, an Computern gebastelt und von einem Studium geträumt. Allen war klar, daß die Polizisten den Jungen irrtümlich erschossen und ihm dann ihre eigene MP untergeschoben und irgendwelche Kleider angezogen hatten, um ihr Verbrechen zu vertuschen. Ein Zeuge mit besonders scharfen Augen konnte auf der MP sogar die Inventarnummer erkennen.

Am Abend waren die Nerven aller zum Zerreißen gespannt, die Polizei versperrte das Tor zum Revier, aber die Menge riß es ein und die rasenden Frauen schafften es sogar, das Gebäude zu stürmen und den Leichnam herauszutragen. Da jagten die Uniformierten den Trauerzug mit Schüssen in die Luft auseinander, und Achmedows toter Sohn geriet von neuem in die Fänge des Staates und verschwand für immer in dessen finsteren Labyrinthen, gebrandmarkt, verleumdet, verunstaltet, fern von seinen Lieben als Nummer verscharrt, in einem Grab ohne Namen wie ein schändlicher Terrorist. Jede Nacht sah Achmedow die Grimasse des Erstaunens auf dem weißen Jungengesicht vor sich und seine breite Arbeiterhand, die von der Bahre herunterhing.

Fünf Jahre liefen er und seine Frau alle Instanzen ab, sie verlangten, daß der Staat seinen Fehler eingestehe, und mit der Zeit keimte und wuchs bei ihnen Hoffnung auf Gerechtigkeit. Niemand glaubte an die Schuld von Achmedows Sohn und die Polizei redete sich um Kopf und Kragen – mal hieß es, er sei getötet worden, als die Polizisten, deren Namen hartnäckig verschwiegen wurden, das Feuer bloß erwidert hätten, mal wurde ein Rückzieher gemacht und gesagt, an dem Tag habe es keine Aufklärungsoperation gegeben, und wer den Unglücklichen umgebracht habe, könne man nicht sagen. Wer weiß, vielleicht würde ja bald die Genehmigung erteilt werden, den Jungen umzubetten und in seinem Dorf anständig zu beerdigen. Als die Genehmigung praktisch auf dem Tisch lag,

begann der Krieg, den man nicht Krieg nennen durfte; der Oberbefehlshaber befahl seiner Lumpenarmee, in das Nachbarland einzufallen und die Städte dort mit Grad-Raketen niederzubrennen, und der dicke Schnurrbartträger in der Hauptstadt, der den Fall seines Sohnes bearbeitete, sagte zu Achmedow:
»Weißt du, wie viele Leute die Cops in Amerika erschießen? Und denen passiert gar nichts. Bei uns kriegen sie dich gleich am Wickel. Nein, nein, das lassen wir mal schön. In der heutigen Zeit muß man die Augen offenhalten. Unser Land ist von Feinden umzingelt. Und du mit deinen komischen Petitionen zersetzt es noch dazu von innen. Heute darf man nicht prozessieren, heute muß man zusammenhalten. So sind die Zeiten nun mal ... Und du bist ja der Museumsdirektor im Dorf, da trägst du auch besonders viel Verantwortung.«
Achmedow hatte das Gefühl, das sei eine Drohung, beim kleinsten falschen Schritt werde man ihm das Museum wegnehmen und der Prozeß werde trotzdem ergebnislos enden. Er nahm sich vor, das Ende des Krieges abzuwarten, aber der Krieg endete nicht und zog alle Beteiligten weiter in eine unbekannte Finsternis hinab. In ihrer Region galten schon einige junge Männer als verschollen – ohne Begräbnis, ohne die versprochene staatliche Entschädigung.
»Sie weint«, erzählte seine Frau, als sie vom Kondolenzbesuch bei ihrer Kusine dritten Grades zurückkam, die ihren geliebten Ältesten verloren hatte, »wie viele von unseren Jungs sollen denn noch umkommen, sagt sie. Aber warum sie umkommen, wo sie umkommen, das fragt keiner ...«
Feste waren nötig, um der ganzen blutigen Sinnlosigkeit, den infamen Greueltaten und der allgegenwärtigen Lüge wenigstens irgendeine Krume Sinn zu verleihen. Der Sinn fand sich in ferner Vergangenheit, in den mit Mottenpulver bestreuten Losungen des Zweiten Weltkriegs, im ausgegrabenen Phantom des Nationalsozialismus. Den Glauben daran hatte man den Leuten so eingetrichtert, wie man ihnen in den Moscheen eintrichterte, an die Märchen aus der Zeit des Propheten zu glauben.
»Da sind überall Faschisten«, »wenn wir nicht angefangen hätten, hätten sie uns angegriffen«, »die haben amerikanische Geheimlabore«, »es gibt keine zivilen Opfer, das ist alles gestellt« – solche Sätze wurden fast zu Gebeten, zu Schutzformeln, die das Bewußtsein von Millionen vor der entsetzlichen Wahrheit retteten. Und Achmedow mußte heute vor das schwarze Mikrofon treten und selber diese Lügen äußern. Auf die Pauke hauen, wie Jachja Jachjarowitsch gesagt hatte, über historische Zusammenhänge und heldenhafte Ahnen sprechen. Er öffnete die knarrende Schranktür und suchte nach einem passenden Hemd. Das rote war zu knallig, das karierte zu salopp. Er nahm das weiße, das an den Ellbogen schon etwas gelblich war. Er hatte es am letzten Tag des Prozesses um seinen Sohn getragen.

Wieder auf der Straße, spürte Achmedow, wie sich in seinem rechten Auge ein schweres Gewicht bewegte. Bei jedem Schritt schnellte es hoch und streifte Adern und Nerven. Als er am Festplatz ankam, war er bereits völlig zermürbt, und zu seiner Rede hatte er sich natürlich auch nichts überlegt. Es war schon viel los, er begrüßte nach links und rechts Bekannte mit »Salam« und lachte sogar über irgendwelche Späßchen, aber das geschah automatisch, und in seinem Innern, in seiner gefährlich verkalkten Herzschlagader barg sich eine winzige, spitze Scham – er schämte sich für sein Lachen, seine Zaghaftigkeit, seine Jämmerlichkeit, seine Verstörtheit, seine Fügsamkeit gegenüber dieser irrwitzigen Realität, die ihn in eine schmachvolle Unterwerfungspose zwang.

»Er kommt schon die Serpentine runter, sagen sie, gleich ist er da«, informierte ihn freudig ein Bankangestellter, mit dem er manchmal abends Backgammon spielte.

Achmedow begriff nicht gleich, daß der berühmte Sänger gemeint war, der anscheinend oft wirklich nur mit Shorts und Augenschminke auf die Bühne kam. Sein Auftreten paßte überhaupt nicht zum kämpferischen Charakter der Veranstaltung und auch nicht zur patriarchalen Lebensweise der Gegend, aber sein Ruhm wog alles auf. Der ganze Platz war jetzt voller Menschen.

Ein paar Minuten später kamen tatsächlich die Autos in Sicht – hinter einem Polizeiwagen fuhr ein weißer Mercedes vor, dem der Ehrengast entsprang, ordentlich angezogen, mit langer Hose und am Hals offenem rosa Hemd. Zurnas spielten, eine Trommel dröhnte, Frauen in billigen Kunststoffkleidern, die die Nationaltracht vorstellen sollten, umringten den strahlenden Sänger und führten einen regionalen Tanz auf. Von irgendwoher kamen dicke bunte Feldblumensträuße angeschwebt, entrollten sich Fahnen in Weiß-Blau-Rot.

Der Sänger zeigte seine blendenden Zähne und wiegte sich zögerlich in einer Lesginka-Parodie, hochgestimmt wegen seiner Mission, der berauschenden Hochgebirgsluft und der Begeisterung der Eingeborenen. Die Chefs der Stadtverwaltung stürzten sich mit ihrem Gefolge im Watschelgang auf den Gast, um ihm eine große Persianer-Papacha aufzusetzen und einen Dolch zu überreichen. Applaus, »Dschigit!«-Rufe und Frauengelächter. Die Beamten legten mit ihren Reden los, und Achmedow, der nicht zuhörte, suchte krampfhaft nach Worten für seinen bevorstehenden Auftritt. Das Gewicht in seinem Auge wurde immer schwerer.

»Gleich ist Saripat Mussajewna dran, dann unser Veteran der Spezialoperation, dann du«, erklärte Jachja Jachjarowitsch, der von hinten an ihn herangetreten war. Seine roten Wangen waren schweißüberströmt.

Saripat Mussajewna, die Schuldirektorin, sprach selbstbewußt und so schallend laut, daß sie fast kreischte. Ihr langes glänzendes Umhängetuch zierte eine Fransenborte.

»Beim Morgenappell sage ich zu meinen Jungen: Einst haben unsere Großväter den Sieg errungen, jetzt kommen wir an die Reihe. Wie unser Präsident gesagt hat: Wir haben zwar unterschiedliche Nationalitäten, aber wir sind alle Russen. Zusammen bilden wir die Macht. Ich bin stolz, daß unsere Kinder wissen, wer sie sind: Krieger eines riesigen Landes, das heute alleine gegen den Weltfaschismus kämpft, gegen die bösen Ränke der NATO, gegen die Zerstörung der slawischen Bruderschaft …«
Kinder in Armeeuniform, darunter auch Grundschüler, waren hinten auf der Bühne aufgebaut wie Schaufensterpuppen, in ihren Händen bebten kleine Flaggen und die Porträts gefallener Soldaten aus der Region. Schwarzweiße Porträts aus den vierziger Jahren wechselten sich mit aktuellen Farbfotos ab. Ein schwarz-oranges Transparent verkündete schrill »1945–2022«. Zu beiden Seiten funkelten in der sengenden Sonne die alten Zarenkanonen, die hier fast schon seit Schamils Gefangennahme standen.
Achmedow bedeckte die Augen, während er in seinem Gedächtnis nach passenden historischen Parallelen kramte – sein Museum, die Vergangenheit des Dorfes, der heutige Filz. Aber die Dinge fügten sich nicht zusammen.
Hoch über den Blechdächern des Dorfes, wo ein fast versiegter, aber immer noch schneller Bach floß, hatte das Dorf vor seiner Zerstörung gelegen. Fast drei Monate war es berannt worden, eine Armee von fünfzehntausend Mann hatte viertausend Bergbewohner belagert. Von den Verteidigern hatte so gut wie niemand überlebt, sie waren von Kugeln und Bajonetten zerfetzt oder durch Krankheit und Hunger getötet worden. Nur Schamil, am Bein verwundet, und eine seiner Frauen hatten ihr Leben retten können. Als die Truppen schon zu den Türmen vorrückten und ins Dorf eindrangen, nahmen die überlebenden Frauen ihre Kinder und stürzten sich vom Steilhang, um nur nicht in die Hände des Feindes zu fallen. Aus der Schlucht drang lange Verwesungsgeruch, der Bach färbte sich rot vom Blut.
Seitdem lebte am Ort des abgebrannten Dorfes niemand mehr; wo jetzt das neue stand, war eine Garnison erbaut worden, die langsam wuchs und Bewohner aus den umliegenden kleinen Dörfern aufnahm. Anfang des 20. Jahrhunderts zog auch Achmedows Großvater hierher, Besitzer einer erstklassigen Pferdezucht. Die Pferde nahmen sie ihm natürlich weg, der Großvater ging in Sibirien zugrunde. Er hinterließ nur einen silbernen Gürtel ohne Dolch und zwei Bücher in Adschami-Schrift, die wie durch ein Wunder vor der Vernichtung gerettet worden waren. Die Familienreliquien hatte Achmedow dem Museum gestiftet.
»Na, was geht? Trittst du gleich auf?« Ein untersetzter, breitschultriger Mann mit schwarzem Birkenkaugummi zwischen den Zähnen berührte Achmedow an der Schulter. Das war Nabi vom Sportkomitee, er leitete dort den Freistilringer-Club. Während der Geschichte mit Achmedows Sohn hatte Nabi den Ton

angegeben und sich mehr als alle anderen mit der Polizei angelegt, und seitdem fühlte sich Achmedow zu ihm hingezogen. Aber als die Okkupation des Nachbarlands begonnen hatte, war Nabi ein so eifriger Befürworter dieses irrsinnigen Totentanzes geworden, strebte er so energisch »Nach Kiew!«, daß Achmedow es irgendwann nicht mehr aushielt und ihn fragte, warum er nicht schon längst dort sei. Nabi grunzte: »Ja, wenn ich jünger wäre!« und beließ es dabei. Bald nach seiner Ernennung ins Sportkomitee kaufte er sich ein Grundstück in einem unter Naturschutz stehenden Wald und wurde sanft und geschmeidig wie Butter.
»Der Sohn von meiner Kusine macht mich fertig, aber total«, fuhr Nabi fort, während neuer Applaus aufkam: Der Veteran der Spezialoperation wurde vorgestellt.
»Was ist denn los?«
»Er will nicht kämpfen. Er und zweihundert andere, heißt es. Alle aus unserer Republik.«
»Und, hat man sie nach Hause gelassen?«
»Woher denn! Die sitzen ohne Grütze in irgendeiner Scheune, bis sie es sich anders überlegen. Man sollte diese Früchtchen überhaupt in den Knast stekken! Meine Kusine sagt auch: Was machst du mir Schande? Wie ein Feigling! Brauchst nicht mehr wiederzukommen, sagt sie.«
»Wollen sie nicht töten?«
»Keine Ahnung, was die wollen«, Nabi verzog das Gesicht. »Denen gefällt einfach die Uniform nicht. Die sagen, es gibt keine Schutzwesten, keine Schuhe, bloß Paare in unterschiedlicher Größe, und dazu noch kaputt. Am Anfang haben sie gejammert, es wäre kalt, sie würden frieren. Wie die Weiber. Ich sag auch: Der soll nur versuchen zurückzukommen!«
»Sie sind doch wegen des Geldes dorthin, oder?« fragte Achmedow aus irgendeinem Grund.
Nabi sah ihn aufmerksam und, wie ihm schien, sogar beunruhigt an.
»Was du so alles sagst … na, na, na …«
Er schnaufte und schüttelte den Kopf, als könnte er seinen Ohren nicht trauen, dann winkte er ab und hatte es eilig, einen Neuankömmling zu begrüßen. Achmedow bewegte sich langsam in Richtung Mikrofon. Es roch nach billigem Frauenparfüm und gebranntem Zucker – jemand in der Menge verkaufte Zuckerwatte. In seinem Kopf herrschte nach wie vor Leere, in den Schläfen sirrte und brannte es, in der Brust ballte sich ein merkwürdiger Nebel. Am Mikrofon trat ein medaillenbehängter Soldat mit dem Todessymbol am Unterarm von einem Bein aufs andere. Über sein halbes Gesicht zog sich eine häßliche Narbe.
»Sein Kiefer ist abgefallen, als der Panzer explodierte«, sagte eine Frau hinter Achmedow. »Er hat den Kiefer aufgehoben, wieder ins Gesicht gesetzt und weitergekämpft.«

»*Wababaj*, was für ein Held ...«
»Alle sind gefallen, er hat als einziger überlebt, seine Mutter hat zwei Monate nichts von ihm gehört, sie hatte Angst, er kommt nicht wieder.«
»*Astauperullah*, wenn der Krieg bloß schnell zu Ende wäre.«
Achmedow schloß die Augen und hoffte, es würde ihm dann besser gehen. Immer lauter rauschte es in seinen Ohren, ein Unsichtbarer steckte eine eiserne Zange in seinen grauen Kopf und nahm sich dort, mit ruckartigen Drehungen, einen Nerv nach dem anderen vor. Die Stimme des jungen Veteranen erreichte Achmedow in abgerissenen Wellen:
»Dem Allmächtigen sei Dank, ich bin zurück ... Wir werden, *inschallah*, auch weiter die Heimat verteidigen ... Unsere Sohnespflicht ... Die Kräfte des Neonazismus ...«
Einer von den Jungs muß mir Aspirin holen, dachte Achmedow und riß die Lider auf. Vor seinen Augen kreisten farbige Spiralen. Auf dem Platz herrschte Feststimmung. Der Veteran wirkte klein und häßlich, beinahe verschreckt. Achmedow mußte an einen anderen Veteranen denken, einen Neunzigjährigen, der am Ortsrand gelebt hatte. Jedes Jahr am 9. Mai wurde er mit seinem guten Jackett voller Orden ausstaffiert und auf dem Platz wie ein Götzenbild präsentiert, dem man Blumensträuße darbrachte.
Vor einigen Jahren war er so gebrechlich geworden, daß seine mittellose Tochter bei der Stadtverwaltung einen Rollstuhl beantragte, damit er sich wenigstens im Haus fortbewegen und im Garten an die Luft kommen konnte, aber ein Rollstuhl war auch nach langen Querelen nicht aufzutreiben, und so beschloß der Veteran sein Leben als Gefangener auf seinem durchgelegenen Sofa. Vor seinem Hinscheiden schafften es einige Beamtinnen noch, bei ihm hereinzuplatzen und ihm einen Laib Brot und ein Päckchen Rundkornreis zu schenken. Fotos davon schmückten alle offiziellen Webseiten der Region – Damen in Nerzmänteln am Sterbebett des Befreiers.
»Wir haben da der Zivilbevölkerung geholfen. Ich sag' das, weil, wenn nicht wir, wer hilft ihnen dann. Eine Oma lag direkt auf der Erde, ich hab' sie aufgehoben ...«
Die Veteranenstimme wurde von einer anderen, heiseren abgelöst, Achmedows Name fiel, und er begriff, daß nun auch er aufgerufen wurde, daß er jetzt gleich zum Mikrofon gehen mußte, sich vor den angetretenen Kindern mit ihren Soldatenmützen und vor dem orangeglühenden Todessymbol auf dem Gebirgskamm dem ganzen Dorf zeigen mußte und Teil der Finsternis werden würde, die sich wie Schwaden auf sie alle herabgesenkt hatte. In Achmedows Waden zuckte es, seine Beine begannen zu zittern, seine Fingerkuppen klebten an den feuchten Handflächen. Leicht schwankend bewegte er sich auf das Mikrofon zu.

Hinter den Lautsprechern tauchte, umringt von seinen Begleitern, der berühmte Sänger auf, der sich während der Reden an den Gaben des Dorfes gütlich getan hatte. Sein Lied stand bevor, sein Lächeln verschwand fast unter der geschenkten Papacha. Beim Anblick des Sängers überlief Achmedow eine noch stärkere Hitze, sein Kopf schien von eisernen Reifen zusammengepreßt zu werden, sein Blick irrte über die Köpfe der Versammelten und blieb am Porträt von Imam Schamil hängen. In seiner Kehle rumorte es.
»Bitte, bitte«, nickte der Ansager aus der Regionalverwaltung einladend.
Achmedow packte das Mikrofon, stierte besorgt in die Menge, gab einen unartikulierten Laut von sich, und dann klappte er zusammen und erbrach sich geräuschvoll und fürchterlich. Schreckensschreie ertönten. Das Lied setzte ein.

Aus dem Russischen von Christiane Körner

RAOUL SCHROTT

TOPOGRAPHIEN DES UNTERGANGS

Gedichte

anfang und ende der dinge zu erkennen ist schwer …
ausserdem ist zu bedenken
dass man mit einer über den kopf gestülpten schüssel
nicht hoffen kann den himmel zu erblicken
sima qian, 1. jahrhundert v. u. z.

TAGBAU · die sonne kreidig verschmiert · licht
verstreut in einzelnen lagerstätten · der himmel abgeflacht
arktische felsschollen zwischen denen ein nasswarmer wind weht
auch mit dem milan stimmt etwas nicht mehr
er kreiselt immer weiter auf dieses feste land zu das da oben ruht
während die singvögel sich in einer dichten dunklen schar
im gilb der wiese niederlassen die morellen
aber in die tiefe hinabragen und ich mit dem kopf nach unten steh
am nachmittag beginnt dunst emporzuwallen
eisige fetzen zwischen den hausdächern und der nagelfluh
und manches mal regnet es zu uns herauf
dann dringen die nächte hervor und legen sich stockfinster
um die städte · anstelle von sternen fenster
von drüben und strassenlampen in ihrem hahlen lichtstreif
es ist ein wunder dass wir nicht fallen · die welt derart verworfen
indem wir aus ihren minen allerorts unsere zeche schürfen

egg, 23. 10. 23

das wehr verkeilt · die angetriebenen stämme
rauten auf dem see der sich auf der talsenke ausweitet
die strassen ringsum verschwemmt
stehen vor zerfressenen betonskeletten
stühle und tische · kühlschränke und betten
die steigende flut ein blinder spiegel

unter dessen oberfläche moder sich schwarz ausbreitet
wie oxidiertes metall an gegossenem glas
aus dem nur der stamm einer pappel noch hervorsticht
und aufglüht im letzten eingefangenen licht
das becken in seinem wasserstand
eine teleskopschüssel die nun die signale
wetterleuchtender botschaften empfängt:
von uns ausgesandt und zurückgeworfen vom himmel
stossen sie allerorts auf taube ohren
obwohl sie sich auf den waben solcher refraktoren
offen abzeichnen: piktogramme irdischen untergangs

ozalj, 7.6.23

in dem schweren wasser das der abend in eine donau goss
die da zwischen einer montagehalle und der schnellstrasse
erst ein paar laufschritte breit war sass –
ich wollte es nicht glauben so viele – eine blesse
von gut zwanzig schwänen die sich an einer biegung
im strom hielten als seien sie die letzten ihrer art
hälse gegen den winter und den himmel gekehrt
beinahe blendend bei jeder bewegung
auf diesem flüssigen dunkel: ein bild des unbeirrten
und auch würdevollen in der hinfälligkeit des lebens
aus dem seitenfenster erhascht · eines gleitenden verausgabens
in dem sie verharrten ohne sich etwas zu erwarten

gutmadingen, 11.11.23

meile um meile von treibhäusern
die meisten leer · ihre plastikbahnen zerrissen
von weitem im aufgleissen
wie die salzgärten der küste und das meer draussen
als wollten ihre spiegelungen den spätsommer vergrössern
in seinem brand während von den kokelnden stoppeln
der felder rauch aufsteigt
und die binsen des schilfs im wind zappeln
bis er sie zum asphalt hinunterbeugt

ich bin seltsam gleichgültig · es erreicht mich
nicht und steckt dennoch in mir wie weissblech
voll von kratzern der zeit
als wüsste ich nicht wie man bereut
donnafugata und selbst afrika in die ferne gerückt
in diesem tachymeter des unbehagens der klickt und klickt
zeigen die abende tag für tag dieselbe gestalt
das stahlblau der von der sonne geschmiedeten himmel
lautlos zischend ins wasser getaucht
eine schmalrote klinge · die erde die wieder ins nichts fällt
und von irgendwoher – vor ihrem flug vielleicht –
das zum pfahl hochgereckte krächzen einer rohrdommel

punta secca, 3. 10. 23

das summen der wespen um die holzlatten der hausfassade
der fliegen im jasmin · der mücken über der weide
und dem bach wird nie habhaft
aber es addiert sich zu einem unfasslichen bejahen
von etwas das nicht nach ihnen fragt
ihr schwirren als gelte es jeglichem stillstand zu widerstehen
scheinbar schwerelos wie staub in der luft
bevor er sich am boden niederlegt
in solch unruhigem ist auch das unsere zu erkennen
ohne dass wir es im grunde verstünden
gleich welche ratio wir ersinnen
aus und für etwas schwärmend um darauf zu verschwinden
beissend heisser föhn
am sonnensegel rüttelnd · die wolkenlinsen vom karmesin
des abends gefärbt als sei dies ein greifbareres bild
des daseins in der welt
sie lockt indem sie sich entzieht und ob ihrer willkür
schwebt alles im ungefähren · voller begehr wie gegenwehr

egg, 29. 1. 23

BEATRIX KATHARINA LANGNER

DIE DINGE SUCHEN IHREN DICHTER ODER LOB DES UNFERTIGEN DENKENS

Giordano Bruno, Johannes Kepler und die Entdeckung der Unendlichkeit

1

Welche tiefe Erschütterung aller Gewißheiten es bedeutete, als zum ersten Mal das Universum als unendlicher Raum gedacht wurde – das können wir heutige Menschen uns nur noch schwer vorstellen. Denn was heißt das, Unendlichkeit? Zweitausend Jahre lang hatte das aristotelische Dogma, daß die Welt eine fest geschlossene Kugel und die Erde deren Mittelpunkt sei, der Menschheit ein Zuhause geschenkt; unsere Wohnung war begrenzt von der inneren Wölbung der Himmelskugel, ihre Wände waren der blau gestrichene Horizont, um den sich die zweite konvexe Wölbung der Fixsternsphäre legte, aus der die Sterne wie Nägel in einem gläsernen Iglu herableuchteten. Dahinter war nichts. Das Nichts, die absolute Leere läßt sich genauso wenig denken wie das Unendliche – ob wir es nun En Sof, Welt-All oder Gott nennen wollen.
Es war Nikolaus Kopernikus, der die Zentralsonne der Vernunft in die Mitte des Kosmos rückte. Aber erst Giordano Bruno aus Nola verstand die philosophischen Implikationen der neuen Astronomie dieses Deutschen. Sobald unser Zentralstern nur noch einer unter Abermillionen Sternen am Firmament sein durfte, um die wiederum ein Vielfaches von Planeten und Monden kreisten, war die kristallene Kugel zerschlagen, unter der die Erde wie unter einer Käseglocke seit zwanzig Jahrhunderten gefangen saß. Auf einmal stand der Mensch im Grenzenlosen, frierend und allein, und noch mehr: Der Boden unter seinen Füßen begann sich zu bewegen und fuhr in zweifacher Bewegung mit atemraubender Geschwindigkeit durch den unendlichen Raum – eine weite Himmelsflur mit Sonnen, Erden, Weltkugeln, Sternen, Kometen öffnete sich vor seinen inneren Augen.
In Giordano Bruno hat das kopernikanische Planetensystem seinen ersten Dichter-Philosophen gefunden, auch wenn dieses Unendliche 1588, zur Zeit der Abfassung seines Dialogs »Vom Unendlichen und den Welten«, noch von keinem Mathematiker ausgemessen, von keinem Astronomen errechnet war.

»Dein einsam Wandeln nach den Himmelstoren,
Dahin sich die Gedanken dir erheben,
Führt zum Unendlichen, es hat das Leben
Des Wissens Kunst zu gleicher Höh' erkoren.«

Auf rein denkerischem Weg, durch logisches Schließen und Deduzieren, mittels kritischer Prüfung der aristotelischen Schriften zur Naturphilosophie, insbesondere der Schrift »De Coelo«, kam Bruno zu dem Urteil, daß die Welt unendlich, das Universum grenzenlos sei und daß die Sterne droben die Sonnen ferner Planetensysteme seien, daß es also im unendlichen Raum Milliarden Sonnen und Planeten geben müsse und das Uni-Versum in Wirklichkeit ein Multi-Versum ist.

Im Aufbau gleicht der Dialog jenem zwischen den arabischen Gelehrten al-Biruni und Avicenna aus dem 10. Jahrhundert. Mit einem Unterschied: Die arabischen Philosophen hatten das All-Eine des Parmenides noch mit dem Gott des Islam identifizieren können. Brunos Universum war ohne Gott. In der akademischen Welt war er bekannt wie ein bunter Hund; sein Ruf als Häretiker eilte ihm auf seinen Reisen durch Europa voraus. Der ruhelose Wahrheitsjäger war, nachdem er England 1585 verlassen und sich einige Zeit in Paris aufgehalten hatte, ein Jahr später auf der Suche nach akademischen Förderern zunächst nach Mainz, Wiesbaden und Marburg gegangen. Doch die Matrikel deutscher Universitäten waren ihm verschlossen, eilte ihm doch der Ruf eines Zauberers, etwa wie der legendäre Johann Faust, und Gottesleugners voraus. Im protestantischen Wittenberg gelang es ihm schließlich, eine Professur zu erhalten, nachdem er die lutherische Konfession angenommen hatte, dort auch veröffentlichte er eine umfassende Aristoteles-Kritik, die »120 Artikel über Natur und Welt«. Von dort zog er weiter nach Prag, an den Hof des Kaisers Rudolf II.; er betrieb einige Monate lang mathematische Studien und vertiefte sich in arabische Philosophie, schickte dem Hofastrologen Tycho Brahe seine Bücher, fand sogar Gehör beim Kaiser – doch wieder keine Anstellung wie erhofft. So reiste er Ende 1588 weiter nach Helmstedt, befaßte sich an der dortigen Universität eingehend mit Magie – und wurde wegen Ketzerei aus der lutherischen Kirche ausgeschlossen.

Im April 1590 floh er nach Frankfurt am Main, wo er einige Monate als Jordanus Brunus Nolano im Karmeliterkloster lebte und in Johann Wechel einen mutigen Buchdrucker fand. In Frankfurt empfing Bruno dann den verhängnisvollen Brief eines venezianischen Adligen, der ihn in sein Haus einlud – und zu seinem Verräter wurde. Der Rest ist bekannt: Am 23. Mai 1592 wurde Bruno verhaftet und verbrachte seine letzten neun Lebensjahre im Gefängnis, bevor er am 17. Februar 1600 auf dem Campo de' Fiori den Feuertod eines Ketzers erlitt.

Die theologischen Implikationen seiner Naturphilosophie waren in der Tat umstürzlerisch: Wenn Gott das Allmächtige, Unendliche und Umfassende sei, argumentierte er, wie sei es dann möglich, daß er sein Werk als ein Begrenztes, Endliches geschaffen habe, wenn er damit nicht unterhalb seiner Möglichkeiten hätte bleiben wollen. »Denn wie die Tat, so ist der Wille und so auch das Vermögen« – das Weltall als Wille und Vorstellung: ein bezwingender Gedanke, den sich Arthur Schopenhauer rund dreihundert Jahre später zu eigen machen wird.

Die kopernikanische Astronomie widersprach dem »Sinnenschein«, wie Bruno schrieb, »daß diese Erde (...) den Mittelpunkt des Weltalls bilde und daß sie allein feststehe und alles andre um sie sich drehe und kreise«. Derselbe »Sinnenschein« mußte aber auch für die etwaigen Bewohner des Mondes und der anderen Sterne, Erden und Sonnen bestehen, so daß an ihnen der Mensch seinen eigenen Irrtum begreifen könnte (Dritter Dialog). Von diesem Gedanken ist es nur noch ein kurzer Schritt bis zur Idee einer Raumfahrt oder Himmelsreise, wie Bruno sie dann ausgiebig in seinem letzten, von Johann Wechel gedruckten Werk ausführt, »De Immenso et Innumerabilis« (Vom Unendlichen und Unzählbaren), einem kosmologischen Lehrgedicht nach lukrezischem Vorbild. Nachdem der Reisende von oben einen Blick auf Europa, Italien, Sizilien, die Toskana, England geworfen hat, wird er aufgefordert:

»Nun geh' und lehre jene Mondbewohner,
Es habe auf der Erde sich weit mehr
Verändert, als sie auf der Cynthia Antlitz
Von ihrem Standpunkt aus sich ändern sehn!«

2

Johannes Kepler, zu jener Zeit noch Schüler der Klosterschule Maulbronn, griff dieses Gedankenspiel wenig später begierig auf, hatte er doch nichts Geringeres im Sinn als eine mathematisch-physikalische Mondastronomie auf der Grundlage der kopernikanischen Planetentheorie. 1589 nahm er sein Magisterstudium an der Universität in Tübingen auf; seine Abschlußarbeit gründete er auf Brunos Gedankenspiel einer Reise zum Mond. Das war pure Blasphemie; die Arbeit wurde abgelehnt. Nur Gott war der Blick von außen auf die Erde und die anderen Himmelskörper vorbehalten. Kepler verließ Tübingen und schlug sich einige Jahre als Mathematiker durch. 1596 legte er seine erste eigene Arbeit vor, »Mysterium cosmographicum« (Kosmographisches Geheimnis), eine kühne

Rechtfertigung der kopernikanischen Theorie mit Hilfe der pythagoreisch-platonischen Denktradition, wie sie von Timaios in Platons gleichnamigem Dialog vorgebracht worden war. Timaios dachte sich das Universum als symmetrisches Bauwerk, dessen Grundform auf zwei Arten von Dreiecken beruht, aus denen er wiederum vier regelmäßige Polyeder ableitete: Tetraeder, Oktaeder, Ikosaeder und als viertes das Dodekaeder als »schmückende« Umhüllung des Fixsternhimmels. Ihnen wies er die vier empedokleischen Grundelemente zu: Feuer, Wasser, Erde, Luft. So fügte Keplers »Kosmographisches Geheimnis« euklidische Geometrie, pythagoreische Mathematik und empedokleische Elementenlehre zu einer eigenen, ganz neuen Kosmologie zusammen. Er schob – eine kosmologische Simulation, ein Gedankenspiel – einfach zwischen die Bahnen der Planeten, deren Parameter er den gängigen Planetentafeln entnehmen konnte, die platonischen Körper: Und siehe da, alles paßte in gehörigen Abständen wundersam zusammen.

Erst dreiundzwanzig Jahre später – die Keplerschen Planetengesetze waren gefunden, Kepler als Nachfolger Tycho Brahes ein anerkannter Astronom und kaiserlicher Hofastrologe in Prag – sollte sich zeigen, daß die schöne Theorie der regulären Polyeder weder Keplers eigenen Berechnungen noch den wirklichen Verhältnissen am Himmel standhielt, da sie auf der kopernikanischen Hypothese kreisförmiger Planetenbahnen beruhte. Nichts paßte mehr. Hier ragte eine Ecke in die nächstliegende Bahn, dort fehlte ein Stückchen vom Kreisumfang.

War der Lösungsweg falsch, so stimmte gleichwohl die Lösung. Fünf Himmelskörper umkreisten auf regelmäßigen Bahnen die Sonne. Erst als die Marsbahn berechnet, der konzentrische Kreis gegen die exzentrische Ellipse getauscht war, erschloß sich das Wunder der kosmischen Harmonie in seiner ganzen staunenswerten Schönheit.

Dennoch: Giordano Brunos Vorstellung eines außerirdischen Blicks auf die Erde, die bisher nur Gott selbst zugebilligt worden war, ließ Kepler nicht mehr los. Er habe vorigen Sommer eine neue Astronomie gefunden, schrieb er 1610 an seinen Freund Matthias Wacker, eine »Astronomie für Mondbewohner, und nicht nur das, sondern eine Mondgeographie«.

Im selben Jahr war sein mathematisch-physikalisches Hauptwerk abgeschlossen, die erste Darstellung einer vollkommen neuen, »ursächlich begründeten« Astronomie. Die »Astronomia Nova« widerlegt zunächst die kopernikanische Prämisse der konzentrischen Kreisbahnen der Planeten um die Sonne und ersetzt sie durch den aufwendigen Beweis exzentrischer Ellipsen, in deren einem Brennpunkt die Sonne steht (Erstes Keplersches Planetengesetz). Sie beendet zweitens das tychonisch-kopernikanische Interregnum, indem für alle Planeten reguläre Sonnenumlaufbahnen nachgewiesen werden. Drittens zeigt sie, wie selbst aus falschen Hypothesen im logischen Schlußverfahren wahre Aussagen über physikalische Phänomene möglich sind.

Kepler erweist sich in diesem Meisterstück analytischer Philosophie als überragender Denker. Nachdem er Schritt für Schritt die antike Epizykeltheorie widerlegt hat, nähert er sich im vierten und fünften Teil des Buches seinem Hauptthema, der ursächlichen, das heißt physikalischen Begründung des heliozentrischen Planetenmodells von Kopernikus.

Für den krönenden Abschluß seines kosmologischen Systems, die »Harmonice Mundi« (Weltharmonik), nahm er 1619 noch einmal einen tiefen Zug aus dem mythischen »Mischkrug des Pythagoras«. Mit sichtlichem Spaß teilte er seine pythagoreischen Pappschachteln nach ihrer geometrischen Fähigkeit, ineinander zu schlüpfen, in Männchen (Würfel, Zwölfseit) und Weibchen (Achtseit, Zwanzigseit) und kopulierte sie zu himmlischen Ehepaaren. Die Stellung der Erde im kopernikanischen Planetensystem ergibt sich in dieser fröhlichen Astronomie wiederum als harmonische Mitte – und nur darauf kam es dem wieder nüchtern gewordenen Astronom an – in der Umarmung des (männlichen) Dodekaeder und des (weiblichen) Ikosaeder, »von denen ersteres die Sphäre der Erde von außen stützt, letzteres von innen«. Ihre Sonderstellung wird im planetarischen »Gleichnis der Fortpflanzung in deren Ehe und ihrem göttlichen und unaussprechbaren Proportionsverhältnis« damit begründet, daß sie kopulierend das kosmische Gleichgewicht zwischen den inneren und äußeren Planeten erhält, während sie ihrerseits durch ihren Mond unterstützt wird. Der pythagoreische Mythos der Zahl, auf seinem langen Weg durch die Jahrhunderte ermüdet und in seiner naturphilosophischen Beweiskraft geschwächt, erwacht in Keplers »Harmonice Mundi« als Analogon von Mathematik und Poesie zu neuem Leben. Freudig erbebten die Planeten; ihr Gelächter war bis zu den Ringen des Saturn zu hören.

Der Trompetenstoß der Kopernikanischen Revolution, der »Kleine Kommentar über die Himmelsbewegungen« (Commentariolus), um 1509 verfaßt, war bei den Zeitgenossen des 16. Jahrhunderts beinahe folgenlos verhallt – das dürfen wir nicht übersehen. Um die Erde denkerisch aus dem Mittelpunkt der Welt in einen Außenarm des galaktischen Spiralnebels zu verrücken, genügte es nicht, die mathematischen Formeln für die Umlaufbahnen der Planeten zu errechnen. Die »logische Zentral-Sonne« der Vernunft wärmte nicht den empirischen Menschen, der Tag für Tag demütig von den himmlischen Mächten sein irdisches Schicksal entgegennahm; und die päpstlichen Konzilien wachten streng darüber, daß dies so blieb. Was die kopernikanische Astronomie brauchte, um das Denken wirklich zu verändern, war eine neue, große Erzählung von Sonne, Mond und Sternen; eine Kosmodizee, die zugleich Physik, Metaphysik und moderne Kosmologie wäre, der große Gesang von den himmlischen Konsonanzen im unendlichen Raum.

3

Damit beginnt, was wir die wissenschaftliche Moderne nennen, die Geburt der neuzeitlichen Wissenschaften, die mit den Namen Galilei, Bacon, Descartes, Newton verbunden ist. Diese hätten zwar »das Denken mündig gemacht«, bemerkte Ernst Bloch im »Geist der Utopie« (1918), »aber doch (...) seine tiefere Spontaneität nicht erkannt und den Geist nur insofern, nur um solchen Preis von der urkräftig gewordenen Offenbarung befreit, als mit dem lumen naturale, mit der Wiedergeburt der rein beobachtenden, rein theoretisch abgezielten Methode zugleich der Fetischismus einer Tatsachenlogik um ihrer selbst willen heraufzog, der die Philosophie zur Magd – schlimmer noch, zum bloßen Sammelbegriff der Einzelwissenschaften herabwürdigte und ihr derart den Advokatenberuf eines Panlogisierens alles Empirischen aufnötigte«.
Bloch legte die Wunde frei, den Hiatus, wo Mythos und Logos am Corpus der abendländischen Denkgeschichte endgültig und unwiderruflich auseinandergerissen wurden – die cartesianische Wende, die Geburt der Wissenschaften aus dem Geist der sogenannten Objektivität. Zwei und zwei sind vier, ich denke, also bin ich. Dieses Modell wird früher oder später Gott aus seiner Schöpfung vertreiben. Das ist und bleibt das trostlose Fazit, die Klage über das Verschwinden des Mythos aus der Welt der Dinge: »Nur in uns selber brennt noch Licht, nicht in der Welt.« Aber selbst dieser Trost wird mit der anbrechenden industriellen Revolution obsolet werden, wie es Bloch formuliert. »Gewiß, auch die Seelen sind zu leer, um noch gläubig zu sein, um noch Mythos zu haben.«
Die Philosophie als Magd der Einzelwissenschaften, oder heutiger ausgedrückt, als Recycling-Hof der modernen Wissensindustrie – das ist das vom Mythos gereinigte reine Denken jenseits der entwerfenden und gestaltenden Phantasie, befreit von dem »denkenden Wunschtraum« philosophischer Weltentwürfe, der Wirkliches schafft, indem er eine visionäre Welt »denkt«, die noch nicht ist, aber doch denkmöglich sein könnte.
Es gibt also nach Bloch doch Trost in einer Welt, aus der Zahl und Maß die lebendigen Götter vertrieben haben: »alles wartet auf uns, die Dinge suchen ihren Dichter«. Mit anderen Worten: Es lebt etwas Unabgegoltenes in jedem Wirklichen, ein mythisches Element, und dieses Moment ist das Lebendige, Fließende der Vernunft. Ohne dieses Lebendige stockt der Fluß des Denkens durch die Jahrtausende. Was die Vorstellungen des Weltalls angeht und speziell unseres kosmischen Orts, so zieht sich ein Strom von Denkbildern und simulierten Realitäten von der alten pythagoreischen Kosmologie über die platonische Akademie bis zum Neuplatonismus der Renaissance – von Platons »Timaios«-Dialog über Ciceros »Somnium Scipionis« und Plutarchs »Vom Gesicht des Mondes« bis zu

Giordano Brunos Dialog »Vom Unendlichen und dem All« und dem Lehrgedicht »Vom Unendlichen und Unzählbaren« und schließlich zu Johannes Keplers Märchen einer Mondreise »Somnium«.

4

»Somnium« ist ein Zauberkasten, in dem sich unter jedem Deckel eine neue Welt öffnet, ein Buch im Buch mit drei Erzählern, drei Schauplätzen und drei ineinander geschachtelten Geschichten. In der ersten liest der Erzähler, also Kepler selbst, im Traum ein Buch, von dessen Inhalt in der zweiten berichtet wird. Dort erzählt ein gewisser Duracotus von seiner Kindheit auf Island, seinen Reisen und der Rückkehr auf die Höhen des Vulkans Hekla in Begleitung seiner Mutter Fiolxhildis, auf dem beide dem Monddämon begegnen. In der dritten Geschichte erzählt der Monddämon »Levania« vom Leben auf dem Mond.

Eine dreistufige ontologische »Leiter« zwischen Erde und Himmel führt also von der Wirklichkeit eines Prager Astronomen des Jahres 1608/09 über die mythische Welt des alten Island zur platonisch-pythagoreischen Mondastronomie, wie sie in den beiden großen kosmologischen Dialogen der Antike, Platons »Timaios« und Plutarchs »Vom Gesicht im Mond« überliefert wurde. In der griechischen und arabischen Philosophie war die sublunare Sphäre der Bereich der Intelligenzen; der arabische Mediziner und Philosoph Avicenna hatte hier den »aktiven Intellekt« plaziert, als Vermittler zwischen Gott und den Menschen. Streng astronomisch begründet der Dämon den Moment der Abreise, wenn sich die Dämonen reisefertig im Erdschatten aufhalten, mit dem abnehmenden Mond, genauer »wenn der Mond in seinem östlichen Teil sich zu verfinstern beginnt«. Für die Rückkehr muß eine Sonnenfinsternis abgewartet werden, wenn Erde, Mond und Sonne genau in Reihe stehen.

Obwohl die Mondreise selbst gar nicht erzählt wird, werden die Vorbereitungen peinlich genau beschrieben. »Da also die günstige Gelegenheit zur Abreise so plötzlich kommt, können wir auch nur wenige aus eurem Geschlecht mitnehmen, und zwar nur die, welche uns besonders ergeben sind. Scharenweise stürzen wir uns auf den Auserwählten, unterstützen ihn alle und heben ihn schnell empor.«

Während ein geozentrischer, mit andern Worten, ein aristotelischer Mondreisender des 17. Jahrhunderts nur die Wahl gehabt hätte, im Empyreum zu verglühen oder an der ersten Kristallsphäre zurückzuprallen und sich beim Absturz alle Knochen zu brechen, erwarten den Träumer bei Kepler nur leichte Kreislaufprobleme und Atemnot beim Verlassen der Erdatmosphäre, die ungemütliche

Kälte des Weltraums und technische Kalamitäten beim Abbremsvorgang über dem Mondboden.

Keplers Reisende sind im Grunde kleine runde Raumschiffe in Menschengestalt. Genauso hatte Timaios seine Dämonen beschrieben, galt doch die Kugel als vollkommenste Grundform jeder intelligiblen Gestalt; auch das platonische Weltlebewesen wird als um sich selbst rotierende Kugel (periodos) vorgestellt. Pars pro toto dienen sie dem physikalischen Beweis, daß kugelförmige Objekte, nachdem sie durch einen kräftigen Anschub die Erdanziehung überwunden haben, mittels ihrer eigenen Masse durch den Weltraum fliegen: das Prinzip des Raketentriebwerks. »Die Körper aber kugeln sich ein wie Spinnen, wir bewegen sie fast nur noch mit unserem Willen, so daß schließlich die Körpermasse selbst zu dem vorgesehenen Platz strebt.«

Auf Island, das zu Dänemark gehörte (und nicht, wie Kepler behauptete, zu Norwegen), war seit 1551 der Protestantismus Landesreligion. Darum gab es für den bekennenden Lutheraner Kepler keinen besseren Ort als Ausgangspunkt für seinen Traum einer Reise zum Mond. Das Erscheinen des Dämons im Kernschatten der Erde datiert er exakt auf den 11.–21. März 1559 und begründet dies mit der Konjunktion von Mond und Saturn im Sternbild Stier, bei gleichzeitigem Aufgang der Plejaden, »was die Astronomen als Gegenstand der geheimen Künste betrachten«. 1559 erschien aber auch erstmalig der päpstliche »Index Librorum Prohibitorum«, die schwarze Liste der Inquisition, auf der sich sämtliche Lutherbibeln, der hebräische Talmud, der muslimische Koran und mehr als hundert zeitgenössische und antike Autoren fanden, darunter so unterschiedliche Köpfe wie Pierre Abaelard, Machiavelli, Melanchthon, Kaspar Peucker, Georg Joachim Rheticus, Raimundus Lullus und Thomas Müntzer. Zufall? Einem hellsichtigen Denker wie Kepler dürfte diese Jahreszahl nicht einfach so unterlaufen sein, markierte sie doch, vierzehn Jahre nach Kopernikus' Tod, den schwersten Rückschlag in der europäischen Wissenschaftsgeschichte seit der Schließung der Platonischen Akademie.

5

Nun läßt aber Kepler nicht einen echten Menschen zum Mond fliegen, sondern einen Dämon. Warum einen Dämon? *Theos* bezeichnete in der platonischen Philosophie das Göttliche außerhalb der Sphäre des Menschen, *daimon* innerhalb derselben, also eine Art seelische Instanz im Menschen. In Platons Tradition bevölkert eine ganze Reihe »Luftgeister«, gewissermaßen personifizierte Leidenschaften und Affekte der menschlichen Seele, die philosophische Literatur des späten Mittelalters und der frühen Neuzeit. Aus einer ursprünglich philosophischen Denkfigur wurde eine literarische Tradition der Dämonologie, die bis in die moderne Fantasy-Literatur reicht. Für Kepler aber war dieser Dämon eine Art Alter ego, seine Wissenschaftlerseele. Das unterscheidet sein Mondmärchen von der uns heute geläufigen Science-fiction und Fantasy: Es ist ein philosophisches Gleichnis, durch das die menschliche Vernunft in die vernünftig geordnete Welt eingefügt wird – als Teil ihrer intelligiblen Struktur, die Bruno »intellectus universalis« nannte.

Der intelligible Teil in uns, unser Dämon oder die Seele, ist also das, was uns mit dem Gesamtorganismus oder Kosmos verbindet – als Mittler zwischen dem Unvorstellbaren, unseren Sinnen unzugänglichen Absoluten. Wie Giordano Bruno festgestellt hatte: »Nur dem Verstand kommt es zu, über nicht gegenwärtige und durch Zwischenräume der Zeit und des Raumes getrennte Dinge zu urteilen und Rechenschaft zu geben.«

In einer Zeit, in der Engel, Teufel, Hexen und Dämonen den volkstümlichen Aberglauben beherrschten, war ein kleiner Monddämon nichts Ungewöhnliches. Merkwürdig ist aber Keplers Bemerkung, der Dämon von Levania werde mit 21 »Ziffern« (numeri) angerufen. Das Wort »Anrufung« entstammt dem sakralen Bedeutungsraum und bezeichnet das magische Ritual einer Vergegenwärtigung. Aber warum 21 Buchstaben-Ziffern? War Kepler ein Denkfehler unterlaufen, indem er griechische Zahlbuchstaben und lateinisches Alphabet verwechselte?

Die Beschwörung des Dämons mit 21 »Ziffern«, so können wir nur mutmaßen, verweist auf den Schnittpunkt von pythagoreischer Mathematik, kabbalistischer Zahlenmystik und babylonischer Astrologie, dargestellt in der magischen Zahl 21. Heute lernen die Kinder in der fünften Klasse, daß 21 die sechste Dreiecks- oder Pyramidenzahl ist: die Summe aus den ersten sechs Zahlzeichen. 21 Töne bilden in der pythagoreischen Musiktheorie die drei Oktaven der himmlischen Lyra. Jeweils sechs Zahlen, als Dreieck oder Pyramide angeordnet, bilden eine harmonische Figur, nämlich ein gleichseitiges Dreieck, deren Spitze die Zahl 1 (für die sechs Planeten des Kopernikanischen Sonnensystems) oder, in umgekehrter Reihenfolge, die 21 bildet. Setzen wir für die sechs Zahlen die fünf damals bekannten Planeten mit dem Erdmond, so liegt in der Zahl 21 das Geheimnis der universalen Sphärenharmonie offen zutage, übertragen auf die heliozentrische Ordnung des Planetensystems, wie sie Kepler in seiner »Astronomia Nova« ursächlich begründet hat.

Keplers Erklärung für die »21 numeri« ist in Note 38 nachzulesen: »Auf die Frage, was mich auf diese Zahl brachte, habe ich keine bessere Antwort als die, daß ich ebenso viele Buchstaben oder Schriftzeichen in den Worten ASTRONOMIA COPERNICANA fand; und daß es ebenso viele Arten von Konjunktionen zwischen je zwei Planeten gibt, deren Zahl sieben ist. Erfreulicherweise kommt

hinzu, daß es ebenso viele Würfe von je zwei Würfeln gibt. Die 21 ist ja die trigonomische Zahl bei der Basis sechs.«
Mit genialer List hat Kepler also die Zahl der Buchstaben mit der trigonometrischen Zahl des heliozentrischen Planetensystems symbolisch komponiert. Das bedeutete: Nur im kopernikanisch-Keplerschen Modell ruht die Harmonie der Welt auf einem nach den Regeln der Schönheit errichteten Bauwerk der Vernunft.

6

Von Keplers Biograph Max Caspar wissen wir, daß dieser in seinen Prager Jahren oft mit Matthias Wacker von Wackenfels über die Schriften des Kirchenketzers Giordano Bruno debattiert hat. Mit dem Philosophen aus Nola teilte er die Freude am ironischen Sprachspiel und am Gedichteschreiben. Vor Spinoza war er der erste Philosoph, der sich mit den methodischen Verfahren des Wissens und Erkennens auseinandersetzte. Bruno arbeitete an einer praktischen Anleitung zur Gedächtniskunst oder Mnemotechnik, er beschäftigte sich ausgiebig mit kabbalistischen und kombinatorischen Verfahren, entwickelte eine Theorie der Affekte und Leidenschaften und behauptete nachdrücklich, daß vernünftiges Denken nach den Regeln der Logik nicht ohne den Einfluß der Leidenschaften und Affekte möglich sei.
Giordano Bruno entwickelte auch die Grundzüge einer ersten psychologischen Theorie des Bewußtseins, in der sinnliche Wahrnehmung, Vorstellungskraft und Erkenntnis zusammenwirken. In »De Magia« (Über Magie, um 1586) und »De vinculis in genere« (Über die fesselnden Kräfte im Allgemeinen, 1591) erörterte er, wie sich die Kategorien der aristotelischen Erkenntnistheorie – Quantität und Qualität, Natur und Geist, Physik und Metaphysik – von seiten des Erkenntnissubjekts darstellen. Die platonischen Dämonen erhebt Bruno in den Rang der höchsten Geisteskräfte. Als »Hüter und Bewohner der Gestirne« fließen die Dämonen »in die Elemente ein, die Elemente in das Vermischte, das Vermischte in die Vernunft, die Vernunft in den Geist und der Geist in alles Belebte«.
Ihr Herrscher ist der Magier; nach Aristoteles' »Topik« bezeichnet dies »einen weisen Menschen, der mit der Kraft zu handeln ausgestattet ist«. Bruno unterscheidet neun Arten von Magiern und drei Arten der Magie: die metaphysische, die physische und die mathematische. Zur physischen Magie zählt er den Magnetismus, die Anziehungskraft, die die »zweifache Bewegung der Dinge« verursacht (eine verbergende Umschreibung der kopernikanischen Astronomie), die Wuchskräfte in Pflanzen, die Formkräfte in Steinen; »es gibt absolut nichts, das ohne Geist oder Bewußtsein wäre«. Analog zur christlichen Himmelsleiter denkt

sich Bruno eine unendliche Reihe von denkenden »Substanzen« – Engel, Dämonen, Planeten- und Elementargeister – in feinsten Abstufungen von beseelten Körpern und verkörperten Wesenheiten, aktiver und passiver Substanz.
Brunos physische Magie ist also eine sinnlich erfahrbare Wechselwirkung zwischen Wahrnehmungen und deren physischen Ursachen, wie beispielsweise der Schall. Die metaphysische Magie ist dagegen reine Dämonologie. Die neun Musen der griechischen Mythologie – Schutzgöttinnen der Künste – ersetzt Bruno durch neun Magier, die als Herrscher über die Dämonen gesetzt sind. Diese Dämonen sind Bewohner des Schattens. Lichtscheu und körperlos, haben sie weder Ohren noch Stimme und dringen lautlos in unsere inneren Wahrnehmungen ein: »So senden sie nicht nur Träume und machen, daß Stimmen gehört und irgend etwas gesehen wird, sondern senden dem Aufmerksamen auch bestimmte Gedanken.« Um sie zu fesseln, bedienen die Magier sich der »Bannkräfte«, von denen Bruno zwanzig aufzählt. Man könnte sie in der heutigen Terminologie als logisch-begriffliche Kategorien des Bewußtseins bezeichnen. »Die Bannkraft ist die Fessel, die Ordnung, der große Dämon, durch den alles bezwungen wird.« Während die Sinne nur die passiven Türen und Fenster zur physischen Welt sind, werden Bannkräfte als aktive psychophysische Qualitäten verstanden, die ihre Wirkung auf den Betrachter oder Hörer über den ästhetischen Formsinn ausüben: »Bannkräfte sind eine harmonische Lebensart, die körperliche Gestalt, der Wohlklang der Stimme und anderes, das auch aus Gebäuden, Statuen, Liedern und Gebeten ausströmt. Dies war für Platon das Schöne, für Sokrates die Schönheit, die den Geist auszeichnet, für Timaios die Herrschaft des Geistes.«
Wie Eisen aufgrund seiner physikalischen Eigenschaften den Magneten »wahrnimmt«, so kann demnach der Mensch aufgrund seiner psychophysischen Ausstattung die Welt als spezifische Ordnung wahrnehmen, wobei die Bannkräfte die Formen vorgeben, die sowohl im Subjekt wie im Objekt vorhanden sein müssen. »Die Bannkraft folgt der Wahrnehmung wie der Schatten dem Körper.«
Die höchste, weil universelle geistige Bannkraft ist für Giordano Bruno die Phantasie. »Diese Vorstellungskraft oder Imagination ist der einzige Weg aller inneren Empfindungen und ist die Bannkraft der Bannkräfte.«
Kepler hat also keineswegs »vergessen«, wie er in Note 35 behauptet, warum er seinen Dämon als neunten Geist bezeichnet und diesem vollkommen unbegründet die Macht über die Rechenkunst, Arithmetik, zuweist; er will es nur nicht sagen und erfindet allerlei fehlleitende Erklärungen. Seiner Natur nach ist der Dämon, der »mit 21 Ziffern angerufen« wird, nicht der Geist der astronomischen Wissenschaft, sondern ein Dämon der menschlichen Vorstellungskraft, der im Schatten der Dinge wohnt, der geheimnisvolle Hilfsarbeiter des Logos und Vermittler zwischen schöpferischer Phantasie und logisch-rationalem Wissen.

Angerufen mit der Dreieckszahl 21, erscheint er genau am pythagoreischen Kreuzpunkt von Geometrie, Mathematik, Musik und Astronomie.
Nicht den platonischen Dämon der Idee (als Allegorie der kopernikanischen Astronomie), wie mit Edward Rosen alle früheren Interpreten des Mondtraums nahelegten, sondern den brunischen Dämon der Imagination aus »De magia« sehen wir also in »Somnium« am Werk – eine philosophische Fiktion, entsprungen dem diskursiven Denken eines kopernikanischen Astronomen und Mathematikers. Insofern wäre es mehr als unvorsichtig gewesen, den Namen des atheistischen Philosophen und verurteilten Kirchenketzers offen zu nennen. Aber auch so zieht sich durch Keplers Mondmärchen ein leuchtender häretischer Faden von dem antichristlichen Neuplatoniker Porphyrios (vgl. Note 37), dessen Biographie des Pythagoras und andere Schriften schon in frühchristlicher Zeit verboten wurden, über die Neupythagoreer Iamblichos, Proklus und Marsilio Ficino zu Giordano Bruno – sämtlich von der Inquisition verdammte Kirchenhäretiker. Da redet sich der Verfasser doch lieber mit der »Astronomica Copernicana« heraus, war doch gegen den Gottesleugner Bruno der polnische Domherr Kopernikus wahrhaftig das kleinere Übel.

7

»Die Dinge suchen ihren Dichter«, indem sie sich der Dämonen bedienen, um in die Gedanken der Sterblichen einzudringen. In diesem Sinne empfahl auch Ernst Bloch das »essayistische Denken« im Gegensatz zum rein logischen, einzelwissenschaftlichen Denken, das mit Descartes' »Discours de la méthode« zum Nonplusultra der abendländischen Wissensdiskurse wurde. Essayistisches Denken, das ist die diskursive Vernunft, die die einzelnen Wahrnehmungen vereinigt, verbunden mit dem logischen Kalkül der Erkenntnis, dem Intellekt, den Bruno ein »innerliches Lesen« nennt, die rationale Prüfung der wahrgenommenen Erscheinungen der Außenwelt nach »inneren«, logischen Prinzipien. In der neuplatonischen Theorie der Spätantike und des Mittelalters stellte man sich unter dem »spiritus phantasticus« oder »Pneuma« eine Art verleiblichte Seele vor, so etwas wie ein inneres Auge, gewissermaßen als Sinnesorgan für innerseelische Vorgänge. Mit ihm wurden Träume, innere Vorstellungsbilder, Halluzinationen im Bereich des Unbewußten erklärbar. Dieses moralisch-spekulative Element des Philosophierens, das von der Objektlogik weg und hin will zur Psycho-logik des denkenden Ich, bedarf zuallererst der Vorstellungskraft. Denn nur mithilfe der Phantasie kann sich dieses Ich in die Ordnung der Welt einbauen, sei es logisch-begrifflich als »Subjekt«, metaphysisch als »Seele«, transzendental-idealistisch als »Geist« oder literaturtheoretisch als lyrisches Ich.

Essayistisches Denken – wie die Verfasserin es hier selbst betreibt – ist in diesem spekulativen Sinn unfertiges Denken. Zwischen Logos und »spiritus phantasticus« schwebt es immer eine Handbreit über dem Boden der Wirklichkeit. Der schwebende Mensch als Allegorie der platonischen Seele ist der von allen irdischen, materiellen, schweren Elementen entbundene »aktive Intellekt«; im ptolemäischen Weltbild ist sein Aufenthaltsort die sublunare Sphäre des erdnahen Kosmos. Essayistisches oder unfertiges Denken reflektiert sich selbst als Mischung von Logos und Mythos, Ratio und Imaginatio. Es bedeutet die empathische Vereinigung des Schauenden mit dem Objekt des Schauens – Stein, Pflanze, Sternenhimmel –, des nach Wissen jagenden Menschen mit dem beseelten Weltlebewesen, als dessen Teil er sich begreift.

Philosophisch-naturwissenschaftliche Fiktionen sind also nichts anderes als Weltbeschreibungen mit Hilfe des Dämons der Phantasie. Johannes Kepler bediente sich ihrer nicht nur, wie ich hier zu zeigen versucht habe, um eine neue Mondastronomie vorzustellen, sondern zugleich, um das erkenntnistheoretische Modell des »actus intellectus«, der aktiv handelnden Vernunft also, wie sie bei Avicenna und Bruno auftritt, in den Bereich der Imagination auszudehnen, der schöpferischen Urkraft und Schwester des Logos. Dieser »actus intellectus« erscheint in Keplers Mondmärchen in Gestalt des Dämons, der unter den Erdenmenschen die fähigsten Reisenden aussucht und sie auf ihrer Reise begleitet und beschützt.

Fassen wir zusammen: Ohne die Bannkraft, diese magische Faszination, die unsere Welt auf denkende Gehirne ausübt, gäbe es keine Imagination, und ohne Imagination hätten wir Menschen vielleicht keine euklidische Geometrie und keine Keplerschen Planetengesetze, keine Quantenphysik und keine kosmologische Theorie der starken und schwachen Wechselwirkungen erfunden. Wir würden noch immer, wie Eulen und Wölfe, den Mond anstarren und mit Hölzchen rechnen. Mit anderen Worten: wir brauchen Fiktionen, um uns die Welt erklären zu können. Fiktionen können frei erfunden sein. Ihre Wahrheit erweist sich erst durch Prüfung mittels des logischen Verstandes. Auch philosophische Begriffe sind – nach Immanuel Kant – zunächst heuristische Fiktionen, Mutmaßungen. Sie behaupten einen Wahrheitsanspruch, der allein durch ihren Ursprung im Logos verbürgt ist. Philosophische Fiktionen, so schrieb Ernst Bloch, sind Ausdruck objektiver Phantasie. Sie zeigen uns die Gestalt einer Welt, die nach den Regeln der Vernunft erbaut ist, wie Keplers kleines Märchen von einer Mondreise, in dem nicht nur eine ganze Mondastronomie wie in einer Nußschale Platz hat, sondern dazu noch eine ganze Theorie der Unendlichkeit. Bloch nannte die Gedankenspiele der Philosophen und Naturforscher ein »bei der Sache (…) bleiben, indem man nicht bei ihr bleibt«. Als Geschichtsphilosoph praktizierte er

dieses Verfahren, das den ontologischen Mittelweg zwischen Literatur und Wissenschaften sucht, selbst mit großer Freude am Sprachspiel. Was wäre die Welt der Wissenschaften auch ohne den kleinen übermütigen Kerl, diesen Keplerschen Dämon, der von seinem Erfinder zum Boten zwischen Himmel und Erde, Astronomie und Poesie ernannt wurde?: »Phantasie ist düster oder frei«, hat schon Kant gewußt, »und unser guter Genius oder Dämon, welcher die Herrschaft unserer Willkür verachtet und sich, ob sie gleich diszipliniert sein möchte, doch oft in Freiheit setzt und mit dem Menschen davon rennt.« Oder sagen wir es mit Ernst Bloch: »Wir werden doch nicht nur geboren, um hinzunehmen oder aufzuschreiben, was war und wie es war, als wir noch nicht waren, sondern alles wartet auf uns, die Dinge suchen ihren Dichter und wollen auf uns bezogen sein.«
Heute, am Anfang der Zukunft, wartet das Multiversum vor unserer irdischen Haustür auf Antworten auf die ungeheuerlichen Entdeckungen der Raumsonde Kepler. Wie werden wir sie empfangen, die Bewohner der Exoplaneten, welche Dämonen sollen wir anrufen, damit sie uns antworten, oder bleibt das All für immer stumm?

ULRIKE DRAESNER

EMMY NOETHER'S TALE

Gedicht

könnte man mich
perfekt energetisch durchmessen
hätte ich kein alter mehr
                    denkt emmy noether
denkt: sonnenkaffee
denkt: kann ich 1 system
in der zeit verschieben ohne
veränderung nenne ich es »zeitimmun«
und energie bleibt erhalten. schiebe ich
es in der zeit meint das dass zeit vergeht
so weit so gut aber das universum
des herrn einstein ist
eine ganz andere
                        sache
denkt emmy noether
          in wachsender beschleunigung (in
                        in sich dynamischer eile)
zerscheint/zerschießt es was
bislang galt: auf der zeitachse dehnt
es sich aus also nicht verschiebungsimmun
(und aus und
          dehnt und beult das
»universum« als wäre es ein
                        ding
– in dieser weise zu sprechen
          sprich port-eusgestalt) was
heiss-heisst
dass energie
          really really denkt emmy noether (ich muss auswandern
          ich muss englisch)
im grosssystem (all)
verloren wird

was
ist es wieder so kalt
          in den gängen des mathematischen instituts
der universität göttingen der berühmtesten
                    badeanstalt preussens
was es ist doch erst 1915: frl. n.
vertreten sie mich in der vorlesung frl. n.
ihre eltern sind tot (eines natürlichen etc.) ihr
behinderter bruder behindert ihr zweiter bruder
gefallen (bald wird es so
               sein, wir verschmieren
               ein paar präpositionen unter und über
der erde) ihr dritter bruder längst habilitiert
frl. n. leider bezahlen wir ihre vorlesungen
nicht frl. n.
          lächeln lcheln lchen
sie doch mal frolln n. sie
haben sich suppe auf die bluse
sie haben wieder die ältesten lumpen also
eine kleine erbschaft ernährt sie eine
erbse von mansarde na sehn se doch
eine welt in der energie verschwindet oder aus
                    dem nichts auftaucht
wollen wir nicht eine welt in der eine kugel
um zehn uhr auf der rampe nach unten rollt
um zehn nach zehn nicht danke frolln n.
bald sehn se doch selbst so
aus

          ah sagt emmy noether diese suppe
dieser pudding dieses relativistische getümmel
– tümmler delphinium … glitterleib emmy
                         sagt emmy was ist es
wieder schön hier in göttingen im assistentenzimmer
(meine arbeit sein name) bin das unwahrscheinlichste
system (aus erlangen geholt)
                    gehirnchen noether es
rechnet so schön (mathematik ist gegen
die frauennatur … immun

posten für unsere feldgrauen
freihalten wenn sie von den mohnfeldern
kommen)
da mochte hilbert
schreien was er wollte eine fakultät
war eben doch eine badeanstalt
glitsch glatsch badeanstalt
göttingen total-invarianz führend in der welt (wir
wollen keine studenten die nicht saufen
können)
prost

emmy
steckt den löffel
in den pudding eine diffuse
abzählbare masse herrn einsteins
rechenproblem löst sich verknüpft
mit meiner mathematischen struktur
wie von selbst schreibt »der noether« (in schal
und handschuhen)
eine lösung auf
von großer
schönheit und eleganz

kauft emmy
sich einen neuen bleistift
und rührt mit ihm in dem kaffee
den sie angepustet hat bis
er als sonne durch abkühlung so heiss
geworden ist dass der bleistift
in ihrer hand brennt

*

oh sagt emmy noether
da hat sich wieder 1 wasserstoff einfach selbst entzündet
oh sagt immanuel kant das a priori zeit/raum ist nicht
einholbar oh sagt emmy noether da haben wir 1 HH
(hübsches helium) oh sagen die bademeister da
haben wir ein hübsches HH (heim und herd)

was steht in der mansarde
in göttingen der sonnenschein als
sie ihren haushalt auflöst sommer
1934 durch die sich leerenden
johlenden straßen
göttingens
deutschlands
der badeanstalt
emmy auf flachen schuhen
in ihrem rock mit dem stern den sternen
noch der sternenmind der mathematik bedruckt
schon entfernt aus der unwirtlichen »heimat«
(haus, halt)
settling in bryn mawr
dessen »mauer« hügel bedeutet
unter der sonne einer
philadelphischen
cremig delphinischen »lehrerlaubnis
auf zwei jahre« (wäre tomsk
nicht besser fritz hat man
sofort eine professur
übertragen) umsiedlung
total emmy noether
(nachkolorierter stich von 1910)
die ihr mathematisches gehirn
(den »noether«) nach der langeweile der
relativitätstheorie (ihre sicht) in die algebra
(noch zu erfinden) kippt
(s'échappe
l'étape)
(geh nicht verloren petite e. –
geh nicht …)

und kaffee trinkt in hilberts
23 ungelösten problemen blüten
treibt – emmy an
einem holztisch in
pennsylvania (den wäldern
des stiftes) der einem festen objekt nur
gleicht
im licht eines
sonnenunterganges der wie
jeden abend eine irre
führende
äußerung ist

*

im mathematical institute chicago
hängt seit jahren ihr bild
(an deck überfahrt
danzig – königsberg) versammelt
die größten mathematiker
aller zeiten
(sie hatte kein anderes)
(sie meinte leben) gehirn

keinen anderen körper »frau«

wer hätte das gedacht (dieses foto sei
das einzig brauchbare) was ist es nur
wieder so kalt in der stube (noether
fett achtet nicht »weiblich« auf
sich) man sieht sie nun ständig in
mathematischen schleiern gewändern
umhergehen amalie emmy bayerin jüdin
deutsche
deutschlands erste
professorin lebte von hyperunempfindlichkeit
hyperwappnung
(da auf dem flur: laut gebend)
denkend
im glanz
der abstraktion (sie war hier doch
das unwahrscheinlichste system) die begründerin

der abstrakten algebra sparsam in deutschland
bis zur hyperinflation von einer kleinen erbschaft
ernährt hungerte (durchhungerte) oberringe
ringideale vektorräume
                    durch erlangen auf flachen schuhen die brille
tief ins gesicht geschoben den weißen kragen des kleides
das zurückgekämmte weiche haar
          wie konnte sie fliehen
frl. noether sein und
schrumpfen und wieder –
brechen die ordnungen
emmy protea
wie blühen
          um zu explodieren

wurde 1918 (druck einsteins auf
die bademeister: »die wandert
euch ab«) »der noether« rasch rasch
habilitiert (was haben wir denn da
für 1 hübsches H) gesellschaft
turbo: räte autos alles jetzt
                    unkaiser
frauen dürfen wählen heimkehrmänner
nicht postenfähig zerschossen das ende
des kriegs so anders als »sieg« man
hätte ihr eine professur geben können sie
kam nicht 1-mal auf einen listenplatz das
versinterte so (wir zeigen dir den
          hintern) NBAO (nicht
beamteter außerordentlicher professor)
noether macht mathematik live
vorlesungen ohne skript entwickelt
beweise gefolgschaft (weltruhm)
wandert mit trabanten (»noetherjungs«)
durch göttingens ränder (wiese wald feld)
wo alles in gasen schwimmt
                              (stickstoff sauerstoff
kohlendioxid) und dem zerfallsprodukt
eines gases genannt licht

*

es gibt so viel puddingpulver
so viel gelbes pulver in
der wohnung
die angst wo steckt
sie
die demütigungen hin das
zurückgesetztsein nicht gesehen
werden diese steigerung nun: »jüdin«
(vater zum protestantismus konvertiert
bruder im weltkrieg verletzt) ohne quanteneffekte
fände in der sonne keine kernfusion statt
dafür ist sie zu kalt sprich: gebremst
läuft der prozess … läuft

ich weiss nicht mehr ich
weiss weniger denn je in
welcher weise die schönheit
der mathematik sich benutzen
lässt um körper in formation
in mengenbewegung zu erklären
ein krieg zugfahrten
geplant das netz wächst
fritz schreibt aus tomsk
»komm«
die eltern tot
(lange schon) (wenigstens das)
alle gedanken verkehrt
läuft
erinnerung den körper
hinab
hinauf sinkt
das herz
die dünngewordene seife
zwischen den händen gibt
immer noch schaum
fremdscham
spume
der wolken unter den flügeln
die lichtgrünen wipfel des frühlings

ein zartblauer himmel bryn mawr
die bären bitte
          ansingen wenn sie aus
ihren höhlen kriechen nach dem winter
noch verwirrt sehr hungrig mager
                                        laufen
aber vor der menschlichen stimme
davon laufe selbst vor
der deutschen stimme davon
wenn sie aus mir dringt
          erschrecke spreche
kein deutsch hier verstecke
mich … in zwei jahren
schicken sie mich
zurück

matschig der
weg am bach das eis getaut
ein erlenstamm quer staut
eine welle auf rote erde
          über den rand wild
der sphären eine erinnerung
sich beugt

Emmy Noether, geboren 1882 in Erlangen (Bayerin, Jüdin, Deutsche), galt bereits zu Lebzeiten weltweit, nur nicht in Deutschland, als die genialste Mathematikerin des 20. Jahrhunderts. Für Albert Einstein löste sie die mathematischen Probleme, die sich beim Rechnen der Allgemeinen Relativitätstheorie ergaben. In den Folgejahren wandte sie sich der komplexeren (abstrakteren) Algebra zu, die sie grundlegend erneuerte. Ihre Denkfiguren werden heute weltweit gelehrt und haben das Gesicht der Mathematik entscheidend verändert. Als Frau durfte Emmy Noether zunächst weder regulär studieren noch sich habilitieren; dies geschah erst nach einer Intervention Einsteins. Dennoch erhielt sie niemals eine Professur noch je ein Gehalt für ihre jahrelangen Vorlesungen und Arbeiten an der Universität Göttingen, damals einem der führenden Zentren mathematischer Forschung. Emmy Noether wurde im April 1933 die Lehrerlaubnis entzogen, ab September desselben Jahres durfte sie die Göttinger Universität nicht einmal mehr betreten. 1934 ging sie ins Exil in den USA, wo sie ein Jahr später an den Folgen einer Operation verstarb. Noch in der Begräbnisrede, die ein Mathematikerkollege hielt, wurde herablassend auf ihren Charakter (den »der Noether«) und ihre »Unweiblichkeit« abgestellt.

CHRISTIAN LEHNERT, PIERO SALABÈ

»WO ICH NOCH NICHTS SAGEN, ABER AUCH NICHT SCHWEIGEN KANN«

Ein Gespräch über Transzendenz und die religiöse und poetische Existenz

PIERO SALABÈ: Sie sind Dichter und Theologe. Wie bedingen sich in Ihrem Schreiben das religiöse und das poetische Fühlen?
CHRISTIAN LEHNERT: Der Religion ist eine Suchbewegung immanent, ein Suchen nach Sprache, und jeder Ausdruck, der dabei gefunden wird, zeigt so viel, wie er verbirgt. Das verbindet sie mit meiner Art poetischen Schreibens. Wie meine Religiosität zunehmend von der Mystik geprägt ist, von der Vorstellung, daß spirituelle Zugänge sich von Sprache emanzipieren, auf tiefere Dimensionen verweisen als solche, die artikulierbar und darstellbar sind, so suche ich im Schreiben das Fremde. Ich versuche, es zu ergründen, zu identifizieren, ohne es mir einzuverleiben oder es seiner Fremdheit zu berauben. Das geht nur, indem ich mich der Unverständlichkeit, der Offenheit, dem Hermetischen anheimgebe, damit das Fremde mich einholt. Und das ist in einem präzisen Sinne realistisch.
SALABÈ: Kann einem Dichter, der das Fremde erkundet, in der Auseinandersetzung mit gewissen Themen eine rechtgläubige Religiosität auch im Wege stehen? Der Heilige Antonius darf ja die Versuchungen nicht zulassen.
LEHNERT: Jede ideologische Vorbestimmung mindert die poetische Energie, mindert die Freiheit, in der ein Text gerinnt und er selbst wird. Auch im Falle der Religion ist das so, und zugleich anders: Denn die sogenannte Rechtgläubigkeit etwa im Christentum besteht ja eben gerade darin, nichts zu wissen, sondern sich dem Undenkbaren, dem Geheimnis der Gottheit zu öffnen. Sonst reden wir von ideologischen Häresien. »Rechtgläubige« Religion, wenn denn das Adjektiv einen Sinn hat, entfaltet sich in einem suchenden Sprechen, das noch nicht hat, was es sagt, sondern es ersehnt.
Deshalb hat die Theologie auch einen starken ganzheitlichen Zug. Sie blendet das Böse wie auch das Schöne, die Ambivalenzen menschlichen Fühlens wie auch die Erotik nicht aus: Diese werden nur in einem anderen symbolischen Raum betrachtet. In diesem werden sie sogar intensiviert, gesteigert in einem transzendenten Resonanzraum, in dem aber die eine Frage steht: Welche Beziehung zur Gottheit artikuliert sich? Und diese Gottheit wird biblisch als »Liebe«

bezeichnet. Die gesamten archaischen polytheistischen Energien der Antike konnte das Christentum aufnehmen und verwandeln.
SALABÈ: Hat das Christentum diesen Energien ihre Andersartigkeit belassen?
LEHNERT: Sie erscheinen auch hier als Chiffren für das vollkommen Unbekannte, für einen Abgrund. Der tiefste, der unheimlichste Grund, der »Ungrund«, wie es Jakob Böhme nannte, ist christlich gesehen die Gottheit selbst. Die Unterscheidung zwischen Monotheismus und Polytheismus greift hier übrigens zu kurz. Man darf nicht vergessen, daß auch die Griechen oder die Mesopotamier immer schon empfanden, daß sich hinter dem Pantheon der Götter eine unsagbare Einheit verbirgt. In den frühesten philosophischen Reflexionen findet sich die Frage, wie sich das göttliche Eine in der Vielfalt der Erscheinungen ausdrückt. Im Christentum genauso: Auch Christen stehen in einer Vielfalt von Ausdrucksformen und erfahren die Gottheit nicht in abstrakter Reduktion, sondern in unendlicher, widersprüchlicher Vielfalt.
SALABÈ: Wie betrachten Sie die Öffnung, die mit der Renaissance einherging?
LEHNERT: Das epochale Aufbrechen einer eng gewordenen mittelalterlichen Denkwelt in Europa, das vielleicht dem Rückzug eines rein naturwissenschaftlich-rationalen Weltgefühls heute ähnelt, führte dazu, die Nichtexistenz Gottes nicht nur denken, sondern auch leben zu können. Man kann das als die Entfaltung einer innerchristlichen Möglichkeit betrachten. Der Atheismus erhebt einen Moment in der christlichen Heilserzählung zum Schlüssel der ganzen Weltbetrachtung: die Kenosis, die Selbstentäußerung Gottes, er verläßt sich selbst und stirbt am Kreuz. Das durchkreuzt den Gottesgedanken, beinhaltet aber eine sowohl negative, zerstörerische wie auch eine positive Energie. Mythisch gesprochen ist der Tod am Kreuz die Voraussetzung der Auferstehung, Voraussetzung für das ganz Undenkbare. Anders gesagt: Der Atheismus und die Religionskritik befreiten das Christentum von seiner Selbstgewißheit, öffneten es seinen eigenen unergründlichen Lebensenergien.
Wieder ähneln die poetischen Bewegungen ins Fremde der Wirklichkeit den Verunsicherungen, die das Wort Religion beinhaltet. Religion ist ja keine Daseinserleichterung, sondern die Verschärfung von existentiellen Fragen vor einem mythischen Grund und Abgrund. Ihre Hoffnung liegt jenseits aller Hoffnung. In diesem Sinne ist die theologische Existenz sogar eine genuin poetische Existenz. Denn das Gedicht lebt an der Grenze des Sprachverlusts. Dort wird es für mich zur Kraft.
SALABÈ: Hugo von Hofmannsthal hatte sich zu Beginn des 20. Jahrhunderts im berühmten Brief des Lord Chandos von der Dichtung abgewandt hin zum Drama, weil er der Auffassung war, daß der Poesie eine ethische Dimension fehlte. Teilen Sie diese Ansicht?

LEHNERT: Das Gedicht als Augenblicksgestalt entfaltet zunächst nichts anders als sich selbst – also auch keine Ethik. Dennoch läßt es sich ethisch befragen. Meine Naturgedichte sind vom Staunen bewegt und erkunden, was sich ihnen zeigt, und sie geben Antwort. Es formt sich ein Gegenüber und eine Beziehung. Ethisch sind sie, indem sie einen veränderten Naturzugang zeigen, der nicht verwertend ist, der keine Umwelt meint, auch keine konstruierte Idylle. Sie lauschen vielmehr einem Atem, der sich mit dem eigenen Atem verbindet, sie erleben in den natürlichen Phänomenen ein Du.
Übrigens hat sich, denke ich, seit Hugo von Hofmannsthal etwas verändert: Heute stehen Prosa und Theater unter der größeren Gefahr, in industrielle und technische Muster zu geraten, als die Lyrik, weil sie merkantil bedeutsamer sind. Das Gedicht ist wohltuend nutzlos und entsprechend marginal. So gesehen ist es geradezu eine ethische Instanz geworden, die sich allen Verwertungsmechanismen zu entziehen versucht.
SALABÈ: Würden Sie sagen, daß die Poesie ihren Transzendenzbezug auch in der modernen Welt nicht verloren hat?
LEHNERT: Poesie gründet in kultischer Sprache. Diese ist mehr, als sie sagt, bildet nicht nur etwas ab und reflektiert, sondern bewirkt auch. Eine Sprache, die verwandelt, die die Wirklichkeit verändert. Sie ist Anrufung und besitzt eine magische Qualität. Es gibt auch eine Poesie, die kritisch reflexiv in ihrer eigenen Struktur ist, die collagiert, mehrstimmig ist und ironisch. Das sind wichtige Techniken, die vor metaphysischer Selbstverliebtheit schützen. Aber die Poesie bedarf doch letztlich eines Geheimnisses oder Rätsels, eines Enigmas, welches nicht in der Intention des Autors aufgeht. Etwas ist »herangeweht«. Woher? Wozu? Sofort entsteht ein Transzendenzbezug, sei es eine Grenzüberschreitung wider Willen.
SALABÈ: In Ihren Gedichten tauchen Menschen selten auf. Einem mystischen Dichter, wie Sie es in der Hauptsache sind, könnte man vorwerfen, er würde sich ins Individuelle zurückziehen. Beschäftigt Sie die Frage nach den zwischenmenschlichen Beziehungen nicht?
LEHNERT: Das Ich der Mystik ist ja kein individuelles, sondern eines, das durch eine Vertiefung der Individualität in eine Art Transpersonalität geführt wird. Ähnliches vollzieht sich im Gedicht. Das Gedicht lebt von einem mehr oder weniger starken, mehr oder weniger porösen Ich. Dieses ist aber vor allem eine Bewegungsform, ein Begegnungsraum. Das Ich in Gedichten ist permanent durchlässig für eine Stimme, die vor ihm liegt und ihm vorausgeht. Und es öffnet sich einem Leser, der lesend erfährt, wie seine eigene Stimme und die Stimme des Gedichts nicht mehr zu unterscheiden sind. Die Poesie und die Religion kennen beide jene merkwürdigen Momente, wo wir sprechend gesprochen werden, und dann hören wir aus der Fremde des Eigenen, wer wir sind oder sein könnten.

Wir leben in einer Zeit, die für die meisten Probleme, auch solche existentieller Art, eine soziale Antwort sucht. Ich glaube, daß die eigentlichen Erneuerungskräfte in der Gegenwart im im einzelnen suchenden Subjekt liegen, dort, wo alles offen ist.

SALABÈ: Kann denn eine solche Auffassung des Gedichts der Darstellung konkreter menschlicher Konflikte gerecht werden?

LEHNERT: Was sind meine poetischen Energien? Gedichte setzen für mich dort an, wo sprachliche Muster nicht mehr greifen. In dem Moment, in dem ich Konflikte psychologischer, gesellschaftlicher Art identifiziere, bin ich bereits auf einer sprachlichen Ebene, die weit oberhalb des Gedichtgrunds liegt. Das Gedicht reicht tiefer und dorthin, wo ich von einem Konflikt, auch von einer Gesellschaft noch nichts weiß. Natürlich steht ein Gedicht nicht im luftleeren Raum, es entfaltet sich notwendig in gesellschaftlichen Bezügen. Wir geraten da in zirkuläre Prozesse. Doch der eigentliche Ort des Gedichts ist dort, wo ein Ich erst entsteht, wo überhaupt erst Wahrnehmung und der andere und das andere entstehen. Gedichte sind für mich Augenblicksgestalten einer Fremde, sie sind im Kern nicht diskursiv, sie sind Anfänge, Momente der Frühe.

SALABÈ: Folge ich Ihrer Argumentation, frage ich mich, in welcher Weise sich unsere Zeit in Ihrer Lyrik niederschlägt. Könnte man Ihre mystischen Naturgedichte – etwa jene aus dem Band »opus 8« – nicht mit denen des frühen achtzehnten Jahrhunderts verwechseln?

LEHNERT: Jedes Gedicht steht mit einem Bein fest in der Zeit – und mit einem woanders. Beides gehört für mich zum Wesen der Poesie. Faßlich wird das in der merkwürdigen Zeitlosigkeit, die in Gedichten oftmals dort aufscheint, wo sie ganz augenblickshaft sind. Die Gedichte in »opus 8« leben vor dem Hintergrund eines völlig gebrochenen Verhältnisses des Menschen zur natürlichen Welt. Novalis hatte noch einen idealistischen Zugang zur Natur, konnte sich ihr magisch nähern und träumend denken, das Gedicht rühre an die Schöpfungsbedingungen der Natur. Diesen Zugang habe ich heute nicht mehr. Diese Gedichte sind unverwechselbar Zeugnisse des 21. Jahrhunderts und antworten eben auch auf einen zerstörerischen, mit dem Wort Anthropozän verbrämten Totalzugriff des Menschen auf seine Mitlebewesen.

SALABÈ: Würden Sie die Unbehaustheit als das Merkmal Ihrer Zeitgenossenschaft betrachten?

LEHNERT: Unheimlichkeit liegt an den Ursprüngen meines Schreibens. Gedichte stehen für Verstörungen. Sie entstehen dort, wo ich nicht mehr weiter weiß. Wo ich noch nichts sagen, aber auch nicht schweigen kann. Ich filtere konsequent alle Texte heraus, die in irgendeiner Weise eine Sicherheit im Sprechen zeigen.

Das widerspricht meiner Vorstellung von Gedichten. Ansonsten verstehe ich Unbehaustheit als eine anthropologische Grundgegebenheit.
SALABÈ: »Mit allen Augen sieht die Kreatur das Offene«, so beginnt Rilkes achte Elegie. Für das Fremde, Offene stehen in Ihren Texten oft Tiere. Ist die Nacktheit des menschlichen Antlitzes, dessen Anblick laut Lévinas zum Gebot »Du sollst nicht morden« führt, nicht auch auf das Tier übertragbar?
LEHNERT: Unsere Wahrnehmungen des Tieres haben sich verändert. Wir betrachten sie heutzutage eher als Individuen, während sie früheren Kulturen meist als Gattungswesen erschienen – mit der Konsequenz der Zeitentzogenheit. Man kann das etwa im Alten Testament beobachten: Die Gazelle in der Steppe blieb, so viele man auch jagte. Tiere gingen über in die Existenz von Geistern und Ahnen. Hinter der Individualisierung des Tieres verbirgt sich mehr als nur Projektion: Sie ist Ausdruck einer ethischen Reifung, eines veränderten Bezugs zum Tier. Es gehört zu den tiefsten Abgründen des modernen Menschen, wie diese Individualisierungstendenz mit einer maschinellen Massentötung in eins fällt. So gesehen stimme ich der Übertragung des Satzes von Lévinas zu: Er verweist auf eine fatale, beängstigende Doppelgesichtigkeit unserer Zeit.
Das Rilke-Zitat läßt mich noch etwas fragen: Was ist für uns grundsätzlich die Natur? Wie beseelt, wie personalisiert ist sie? Ist sie ein Raum des Schauens ins Offene? Den Wald, der zu unserem Haus gehört, empfinde ich als eine Wesenheit. Sie fühlt und agiert. Ist das ein Anthropomorphismus? Aber ist die Wirklichkeit nicht immer ein Anthropomorphismus? Auch wenn ich alles naturwissenschaftlich betrachte? So verstehe ich auch mein poetisches Verfahren: Ich nähere mich dem Fremden in Bildern, die zwangsläufig meine eigenen sind, aber in Bewegung geraten.
SALABÈ: Wenn Sie das Durchlässige der Sprache interessiert, wie würden Sie »logos« im Anfangssatz des Johannesevangeliums übersetzen? Goethes Faust rätselt, ob »Kraft« oder »Tat« die besseren Optionen wären. Also »Am Anfang war …«?
LEHNERT: »… das Wort«. Ich bin zutiefst davon überzeugt, daß der Wirklichkeit Sprache immanent ist. Nicht in einem engen Sinn, nicht in Gestalt übersetzbarer Signaturen. Doch die Welt und ihre Phänomene bedeuten etwas, sie zeigen sich mir, also meinen sie mich. Ja, sie formen mich, fordern mich, warten auf Antwort. Die Wirklichkeit ist für mich nicht einfach eine Gegebenheit, sondern der erste Anfang eines Gesprächs.
SALABÈ: Sie meinten vorhin, Poesie entstehe in dem Moment, in dem die Sprache transzendiert wird.
LEHNERT: Diese Transzendierung entsteht in der Sprache. Transzendenz heißt ursprünglich: ein Hinübergehen, eine Bewegung über die Grenze hinaus; aber

die »andere Seite« ist noch gar nicht bestimmt. In der Sprache der Poesie wird die Sprache ihrer selbst gewahr, und damit auch ihrer begrenzten, aber agilen Gestalt. Deshalb durchzieht Gedichte oftmals ein seltsames Schweigen, als seien die Worte nur wie feine Membranen über die Stille gezogen. Sie vibrieren. Das Gedicht ist deshalb immer auch »logos« vom Anfang, ist ein Sprachwerden, ist eine ursprüngliche Schöpfungskraft, die sich in den Versen verwirklicht und verliert, beides, in einem Puls.

UMSCHAU

SEBASTIAN KLEINSCHMIDT: DIE BIBEL ALS QUELLE KÜNSTLERISCHER INSPIRATION

Joseph Roths Roman »Hiob«

Die Bibel als Quelle künstlerischer Inspiration – was für ein Thema! So verlockend wie uferlos. Man möchte Ach und Oh zugleich rufen, ein Ach des Seufzens, ein Oh des Jubelns. Oh ja, die Welt des hohen Geistes, die sich hier auftut, sie beglückt und ergreift. Denken wir an Michelangelos Sixtinische Kapelle, an Bachs Matthäus-Passion, an Mozarts Requiem, denken wir an Grünewalds Isenheimer Altar, denken wir an Dantes Göttliche Komödie.

Wo also anfangen und wo enden? Am besten mit dem Nächstliegenden, mit Luther. Vor fünfhundert Jahren begann er mit der Übersetzung der Bibel, der größten, dauerhaftesten und wirksamsten Arbeit seines Lebens. In der stillen Studierstube der Wartburg befand er sich wie der auf Dürers Kupferstich dargestellte Hieronymus im Gehäuse und nahm sich einer Aufgabe an, nicht unähnlich der, vor die mehr als tausend Jahre zuvor der berühmte Kirchenvater gestellt war. Der eine übertrug die Heilige Schrift ins Lateinische, der andere ins Deutsche. Im Dezember 1521 machte er mit dem Neuen Testament den Anfang. Als Grundlage dienten ihm die von Erasmus edierte und ins Lateinische übersetzte griechische Bibel sowie die Vulgata des Hieronymus. In weniger als drei Monaten hatte der von Kurfürst Friedrich dem Weisen in Schutzhaft genommene Reformator den gesamten Korpus der Schriften des Neuen Bundes bewältigt.

An das Alte Testament wagte er sich auf der Eisenacher Veste nicht, er wußte, daß seine Kenntnis des Hebräischen nicht ausreichte. Zurück in Wittenberg begann er 1523 unter Mitwirkung von Gräzisten und Hebraisten mit den fünf Büchern Moses und endete nach elf Jahren mit den Propheten. 1534 lag das Wort Gottes vollständig auf deutsch vor. Wie knifflig die Arbeit war, bezeugte Luther selbst: »Im Hiob taten wir uns so schwer, Magister Philipp, Aurogallus und ich, daß wir in vier Tagen zuweilen kaum drei Zeilen konnten fertigstellen.«

Heinrich Heine schrieb über die Lutherbibel: »In der Tat, der göttliche Verfasser dieses Buches scheint es ebenso gut wie wir andere gewußt zu haben, daß es gar nicht gleichgültig ist, durch wen man übersetzt wird, und er wählte selber seinen Übersetzer und verlieh ihm die wundersame Kraft, aus einer toten Sprache, die gleichsam schon begraben war, in eine andere Sprache zu übersetzen, die noch gar nicht lebte.« Seitdem sei die Bibel »eine ewige Quelle der Verjüngung für unsere Sprache«.

Der Gedanke der göttlichen Erwählung des Übersetzers hat hundertfünfzig Jahre später eine Ergänzung gefunden. Sie kommt von dem Schweizer Pfarrer Kurt Marti und lautet: »Vielleicht hält Gott sich einige Dichter, damit das Reden von ihm jene heilige Unberechenbarkeit bewahre, die den Priestern und Theologen abhanden gekommen ist.«

Lebendige religiöse Rede ist eben nur dem möglich, der von der Unruhe der Gottesfrage bewegt ist. Dazu muß er die Bibel lesen. All die Dichter, die sich von ihr inspirieren ließen, waren, buchstäblich verstanden, auch Übersetzer. Sie trugen, wie ein Fährmann, Geschichten, Szenen und Gestalten von der heiligen Quelle hinüber ans Ufer ihrer Welt, verwandelten sie in Kräfte der Gegenwart. Inspirieren kommt vom lateinischen inspiratio und heißt Einhauchen, Einatmen.

Ehe ich nun von einem Dichter spreche, dem die Bibel Atem gab, möchte ich einen Dichter erwähnen, der ihr Atem verlieh. Ich meine den unbekannten Verfasser des Hiob, jenes Buches, auf dessen Übersetzung Luther so viel Sorgfalt verwendete. Es wurde um etwa 400 v. Chr. niedergeschrieben und gilt als eines der tiefsinnigsten, sprachgewaltigsten Werke der Weltliteratur. Das Dasein Hiobs, eines frommen, von Gott gesegneten Mannes, wird von einem Tag zum andern in sein Gegenteil verkehrt. Unbekannte rauben seine Rinderherden, eine Feuersbrunst verbrennt seine Schafe, Wüstensturm zerstört sein Haus. Die Söhne und Töchter und alles Gesinde finden den Tod. Ein unfaßbares Unglück nimmt seinen Lauf.

Hiob ist keine historisch verbürgte Person, er ist eine Erfindung, eine literarische Gestalt. Das geschilderte Geschehen, die auftretenden Personen, die geführten Dialoge, all das ist fiktionaler Natur.

Es ist nicht leicht, einen Begriff vom Buch Hiob und seinem theologischen Gehalt zu gewinnen. Ich folge einer Beschreibung, wie sie Margarete Susman 1929 in ihrem Essay »Das Hiob-Problem bei Kafka« gegeben hat.

Der Hader mit Gott, er habe im Judentum in frühester Zeit begonnen und niemals aufgehört. Es sei die Kehrseite des Lebens unter dem Gesetz, welches die unbedingte Gerechtigkeit Gottes zur Voraussetzung hat. Je reiner die göttliche Forderung an den Menschen erfaßt und gelebt werde, um so unbedingter müsse der Mensch auf seiner Forderung der unbedingten Gerechtigkeit Gottes bestehen. Und an der unerreichbaren Ferne und Überlegenheit Gottes, an der Machtlosigkeit des Menschen ihm gegenüber lodert die menschliche Forderung um so heftiger und leidvoller auf.

Auch für Hiob ist Gott der unendlich Ferne, der Übermächtige, dessen Gedanken nicht unsere Gedanken, dessen Wege nicht unsere Wege sind. Aber er ist, anders als der Prophet Jeremia, mit diesem Gott allein. Nicht sein Volk trage ihn, und nicht er sein Volk; er stehe einzig für sich selbst. Seine Rechnung geht allein zwischen ihm und Gott. Er, dieses fliegende Blatt, dieser dürre Halm, dieses winzige, vergängliche, sterbliche Wesen, steht zugleich als dieser unverwechselbare Eine von aller Welt verlassen dem unendlich Fernen gegenüber und wagt es, seine Stimme, diesen Hauch eines Augenblicks, verzweifelnd und anklagend wider den Ewigen zu erheben.

Hiobs Freunde können sein drangvolles Gespräch mit Gott gar nicht verstehen; sie sehen und hören es nur von außen. Sie reden von einer allgemeinen Gerechtigkeit Gottes, von einem allgemeinen Zusammenhang von Schuld und Leid. Unter Hiob aber ist der Grund des allgemeinen Daseins eingebrochen; er ist hinabgestürzt in den Abgrund des radikalen Alleinseins. Denn Leid ist in alle Ewigkeit nur *mein* Leid. Es gebe kein Leiden eines Er; es sei als solches einfach nicht erlebbar. Mitleid ist so lange leer und nichtig, als ich das Leid des anderen nicht auf mich genommen und zu meinem eigenen gemacht habe. Das hätten Hiobs Freunde nicht getan; darum haben sie weder vom wirklichen Leid noch vom wirklichen Gott gesprochen; darum sagt Gott am Ende des Buches: »Sie haben nicht recht von mir geredet wie mein Knecht Hiob.«

Hiob aber redete aus *seinem* Leid zu *seinem* Gott, doch erreicht er diesen ganz nahen, diesen seinen eigenen Gott nicht. Das Urentsetzen des Buches Hiob sei das jähe Erkennen, daß die Stimme Gottes auf die

Stimme des einzelnen Menschen überhaupt nicht antworte, daß weder die Stimme des Menschen Gott, noch die Stimme Gottes den Menschen zu erreichen vermöge; daß der einzelne mit seinem Schicksal hilflos vor Gott im Lebensganzen ertrinke.

Was Hiob von Gott verlangt, ist weder Trost noch Aufhebung seines Leides; es ist einzig Gottes Gerechtigkeit. Er beschwört ihn immer aufs neue, ihm die Rechenschaft nicht zu verweigern, obwohl seine Wege dem Menschen unauffindbar verborgen sind. Denn derselbe Gott, dem er vertraut, steht ja wider ihn im Bund mit dem Bösen, hat ihn, seinen Knecht, im Leiden dem Versucher preisgegeben.

Hiob weiß sich schuldlos. Er wiederholt es immer wieder. Er findet in seinem persönlichen Leben keine Schuld. Er findet in sich keine Antwort auf das Warum der göttlichen Züchtigung. Und Gott antwortet ihm nicht. Und doch zweifelt Hiob keinen Augenblick daran, daß sein Leid eine Züchtigung Gottes ist. Darum kann er, indem er Gottes Gerechtigkeit sucht, nicht ablassen, seine eigene Schuld zu suchen. Und als endlich Gottes Antwort an ihn geschieht, da geschieht sie nicht dadurch, daß Gott von ihm abläßt, und auch nicht dadurch, daß er sich ihm als der Nahe entgegenneigt, noch dadurch, daß er ihm eine begreifliche Antwort gibt; sie geschieht überhaupt nicht als Antwort, sondern als Gegenfrage Gottes an Hiob. Sie geschieht dadurch, daß Gott ihm die ganze Größe und Gewalt der Schöpfung enthüllt: »Wo warest du, als ich die Erde gründete?« »Haben sich dir des Todes Tore je aufgetan? Oder hast du gesehen die Tore der Finsternis?« »Kannst du die Bande der sieben Sterne zusammenbinden oder das Band des Orion auflösen?«

Und wunderbar, gerade da, wie er ihm die ganze unermeßliche Entfernung des Schöpfers vom Geschaffenen, der Macht von der Ohnmacht, des Ewigen von dem nichtigen, vergänglichen Menschenwesen enthüllt, ihm von Gott aus enthüllt, was er bis dahin vom Menschen aus gesehen hatte, gerade da erkennt Hiob *seinen* Gott wieder. Und er ruft zu ihm: »Ich habe dich mit den Ohren gehöret, und mein Auge siehet dich auch nun.« So, im Anschauen des Schöpfers sei das fliegende Blatt, der dürre Halm zu etwas anderem geworden. Die Urerlösung vom Urentsetzen des Buches Hiob ruhe darin, daß der Mensch im Augenblick, wo er Gott als Schöpfer erblickt hat, nicht mehr rechtlos vor ihm im Lebensganzen ertrinke, sondern in seine Schöpfung aufgenommen sei.

Margarete Susman, die Schülerin des Philosophen Georg Simmel – und damit verlassen wir das alttestamentliche Buch –, schreibt abschließend: »Im Schicksal Hiobs, den Gott im Leiden dem Versucher preisgegeben hat, ist das ganze Leidschicksal des Judentums im Exil vorgezeichnet.«

Hiobs Geschichte hat viele Künstler inspiriert. Nicht nur Maler wie Marc Chagall, Bildhauer wie Gerhard Marcks, Komponisten wie Carl Ditters von Dittersdorf. Das konnte sie nur, weil die Sprache, in der sie Gestalt gewann, von einem Dichter war, der Leid und Schmerz, Gotteslob und Gottesklage selber kannte.

Das gilt auch für einen Schriftsteller, über den ich nun sprechen will, einen österreichischen Juden, dem der Hiob-Stoff zum Anstoß für einen Roman wurde. Ich meine Joseph Roth, einen der größten Erzähler des 20. Jahrhunderts. Das Buch heißt »Hiob. Roman eines einfachen Mannes«. Es erschien im Oktober 1930 in Berlin, nur wenige Jahre vor den schlimmsten Verbrechen, die jemals an Juden begangen wurden.

Ich gebe kurz den Inhalt wieder: Zu Beginn des vorigen Jahrhunderts lebte im Schtetl von Zuchnow im russischen Teil Galiziens der Lehrer Mendel Singer mit seiner Frau Deborah und den Kindern Mirjam,

Schemarjah und Jonas, ein armer, gottesfürchtiger Mann. Er vermittelte den Knaben der kleinen jüdischen Gemeinde die Kenntnis der Bibel. Da wurde ihm ein viertes Kind geboren, Menuchim, aber er ist krank, gedeiht nicht und wächst kaum. Er erlernt das Sprechen nicht und nicht das Gehen. Seine Mutter erfleht Heilung und Hilfe von einem Wunderrabbi, jedoch vergeblich. Die Jahre vergehen, die Kinder wachsen heran, Menuchim bleibt ein Krüppel. Die beiden großen Söhne müssen zu den Soldaten. Und während es dem einen, Jonas, nichts ausmacht, beim russischen Militär zu dienen, wird der andere, Schemarjah, von einem Schmuggler über die Grenze nach Österreich gebracht, was die gesamten Ersparnisse der Familie aufzehrt. Nach einem langen Jahr des Wartens kommt endlich die erste Botschaft des Sohnes, aus Amerika. Er hat dort Fuß gefaßt und schickt seinen Freund Mac, um der Familie mitzuteilen, daß in Kürze die Schiffskarten für die Eltern und für Mirjam eintreffen werden. Er will sie alle nach Amerika holen. Jonas kann nicht mit, da er beim Militär ist und dort auch bleiben will. Menuchim aber darf nicht mit, denn er ist krank, und so ist ihm die Einreise in die Vereinigten Staaten verwehrt.

Mendel fällt es schwer, sich in New York einzugewöhnen. Er sehnt sich nach Hause, nach Rußland. Dabei bemüht sich sein Sohn Sam, wie Schemarjah nun heißt, es ihnen in der neuen Heimat so erträglich wie möglich zu machen. Mendel gewinnt Freunde in dem Viertel, wo sie jetzt wohnen. Der geschäftliche Aufstieg seines Sohnes bringt ihm zum ersten Mal ein wenig Geld. Da aus Rußland gute Nachrichten von Jonas und vor allem von Menuchim kommen, der durch den Schock eines Feuers das Laufen erlernt haben soll und nun in ärztlicher Obhut ist, scheint einem bescheidenen Glück nichts mehr im Wege zu stehen. Mac, der Partner Sams in New York und Verlobte Mirjams, will Menuchim sogar demnächst nach Amerika herüberholen.

Da bricht der Weltkrieg aus. Die Verbindung mit Europa reißt ab. Schließlich tritt auch Amerika in den Krieg ein, und Mac und Sam müssen zu den Soldaten. Eines Tages bringt Mac die Uhr und die Brieftasche Sams, er ist in Frankreich gefallen. Diese Nachricht tötet Deborah, seine Mutter, und Mendel Singer bleibt alt und einsam in New York zurück. Damit nicht genug: Seine Tochter Mirjam verfällt dem Wahnsinn. Sie muß in einer Anstalt untergebracht werden.

Der Punkt ist erreicht, an dem in Mendel Singer, dem frommen, gesetzestreuen Juden, etwas zerbricht. Er geht in die Küche und macht auf der offenen Herdplatte Feuer. Aus dem Schrank holt er den Gebetsmantel, die Gebetsbücher und das rotsamtene Säckchen mit den Gebetsriemen. Er stellt sich vor, wie sie brennen würden. Mit den Stiefeln den Takt stampfend, ruft er ihnen ein schreckliches Lied nach: »Aus, aus, aus ist es mit Mendel Singer. Er hat keinen Sohn, er hat keine Tochter, er hat kein Weib, er hat keine Heimat, er hat kein Geld. Gott sagt: Ich habe Mendel Singer gestraft; wofür straft er, Gott? Warum nicht Lemmel, den Fleischer? Warum straft er nicht Skowronnek? Warum straft er nicht Menkes? Nur Mendel straft er! Mendel hat den Tod, Mendel hat den Wahnsinn, Mendel hat den Hunger, alle Gaben Gottes hat Mendel. Aus, aus, aus ist es mit Mendel Singer.«

Die Nachbarn, die den Zorngesang hören, alarmieren seine Freunde. Verstört von dem, was sie sehen und hören, fragen sie ihn, was er denn verbrennen will. Mendel antwortet: »Gott will ich verbrennen.« Von diesem Tage an betete Mendel Singer nicht mehr.

Bald kommt aus Rußland die Nachricht, daß kein Zar mehr regiert und der Krieg zu Ende ist. Skowronnek, ein Musikalienhändler, bei dem Mendel seit seinem Gottesfrevel in einer Hinterstube wohnt, hat von einem heimkehrenden Soldaten ein paar Schallplatten

gekauft, neue Lieder aus Europa. Mendel, im Laden allein, packt die oberste aus, legt sie auf das Grammophon und setzt behutsam die Nadel auf. Dann erklingt das Lied. Es berührt ihn so sehr, daß er zum ersten Mal seit langer Zeit zu weinen beginnt. Er hört es ein zweites, ein drittes Mal. Der eintretende Skowronnek fragt, was mit ihm sei. Mendel bittet ihn nachzusehen, wie das Liedchen heißt. Skowronnek hält die Platte unter die Lupe und sagt: »Das Lied heißt: Menuchims Lied.«
Tage später erzählt ein Bekannter aus der Nachbarschaft von einem Konzert. Drei Dutzend Musiker aus der Gegend um Zuchnow spielten jüdische Lieder, zum Schluß Menuchims Lied. Der Kapellmeister ist ein Komponist. Von ihm stammt das Lied. Er heißt Alexej Kossak. Auch er ist aus Zuchnow. Kossak, erinnert sich Mendel, war der Mädchenname seiner Frau Deborah.
Am Abend des jüdischen Osterfestes erscheint überraschend ein Fremder bei Familie Skowronnek. Es ist Kossak. Er überbringt eine Nachricht von Mendels Sohn Jonas: der Verschollene lebe, er kämpfe bei den Weißgardisten. Mendel hat nicht den Mut, sich nach Menuchim zu erkundigen, zu schwach ist die Hoffnung, daß er noch am Leben ist. Skowronnek übernimmt es, den Gast zu fragen. Der antwortet: »Menuchim lebt, er ist gesund, es geht ihm sogar gut.« Und wo ist er jetzt? fragt Skowronnek. Der Kapellmeister sagt: »Ich selbst bin Menuchim.«
Damit endet die Geschichte. Menuchim, der verloren geglaubte, zum Vater zurückgekehrte Sohn, besucht die Schwester in der Klinik. Er ist voller Hoffnung, daß die Ärzte Mirjam helfen können. Mendel bleibt in seinem Hotelzimmer. Er legt sich aufs Sofa. Die letzten Sätze des Buches lauten: »Mendel schlief ein. Und er ruhte aus von der Schwere des Glücks und der Größe der Wunder.«

Das Erstaunlichste an dem Roman ist, daß der von Anfang an gefesselte Leser diesem Wunder förmlich entgegenfiebert. Während er nach und nach gewahr wird, welche Richtung die schicksalsschwangere Fabel nimmt, ruft er dem Erzähler im stillen immerfort zu: Weiter, weiter! So erging es auch mir. Lange hat mich nichts mehr so gepackt, so erschüttert, so erhoben wie dieses Buch und der in ihm angeschlagene Ton. Erst waren es die Kaskaden des Unglücks, dann die Kaskaden des Glücks. Ich fühlte mich in einem Maße beschenkt, wie es sonst nur Musik vermag. Joseph Roth hat mit seiner Treue zum Wunder, die ihm von vielen als Naivität angekreidet wurde, nicht nur der Kunst ein großes Geschenk gemacht. Auch der Religion.

KARL TETZLAFF: DIE EIGENE STIMME UND DAS UNSAGBARE

Lutz Seilers poetische Annäherungen an das Göttliche

Er habe »als Romancier und als Dichter zu seiner eigenen, unverwechselbaren Stimme gefunden«, schreibt die Jury des Georg-Büchner-Preises über den 2023 ausgezeichneten Lutz Seiler. Was zunächst wie eine Allerweltsaussage klingt, hat im Falle Seilers eine besondere Bewandtnis. Denn die eigene, unverwechselbare Stimme zu finden und sie gegen das von außen drohende Überstimmtwerden zu bewahren, stellte für den aus der DDR stammenden Schriftsteller und Dichter eine frühe Herausforderung dar.
In einem 2001 erschienenen autobiographischen Text erinnert sich Seiler an das verpflichtende Singen von Arbeiter- und Kampfliedern im schulischen Musikunterricht.

Der Zwang zum »kollektiven Gesang« versinnbildlicht für ihn rückblickend »die Dynamik unserer Grundsituation« im real existierenden Sozialismus: »das Eingeschlossensein des einzelnen, seiner einzelnen Stimme und ihre Aufhebung in einem erzwungenen kollektiven Zusammenhang, Gleichschaltung und Isolationsgefühl«. Angesichts der staatlich betriebenen »Abwertung des einzelnen, seiner Individualität als das Mindere, nötigenfalls Verzichtbare«, sei man genötigt gewesen, »eine grundsätzlich andersgeartete Welt des Ichs« zu kultivieren »als unter den Bedingungen einer pluralistischen Gesellschaft«.

Seiler fand in der Poesie einen Ort, wo er an dieser Ich-Welt trotz widriger sozialer Umstände festhalten konnte. Es sind aus seiner Sicht aber nicht die gesellschaftlichen Bedingungen allein, die den Antrieb zum Dichten freisetzen. Dem Gedicht, so heißt es in seinen Heidelberger Poetikvorlesungen, liege vielmehr der »Glaube an einen absoluten Klang, der der Klang des Eigenen ist«, zugrunde. »Jahrelang abgelauschte Melodien« gingen in ihn ein und doch müsse er sich zum individuellen Eigenklang bilden, um Poesie zu werden. Daß Seiler diesen absolut genannten Klang des Eigenen zum Gegenstand eines Glaubens erklärt, enthebt ihn zugleich dem Bereich des Machens und Verfügens. »Gedichte«, so schreibt er deshalb, »arbeiten präzise am Nichtverbalisieren«, sie machen »eine Bewegung auf das Unsagbare hin, eine Bewegung ohne Endpunkt«. So sehr das poetische Schreiben gerade nach Seilers Auffassung auch ein Handwerk ist, so wenig bekommt es vollends zu fassen, was ihm zugrunde liegt.

Daß Seiler hier die um 1800 prominent gewordene Rede vom Unsagbaren oder Unaussprechlichen bemüht, führt den religiösen Glutkern seiner Dichtkunst vor Augen. Denn diese erstmals in der Goethezeit für den unfaßlichen (»ineffablen«) Charakter menschlicher Individualität gebrauchte Formel geht auf ein klassisches Gottesprädikat (»deus est ineffabile« / Gott ist unaussprechlich) zurück. Ebenso wenig sagbar ist es demnach, was einen Menschen einzigartig macht, wie Gott in seinen Benennungen aufgeht. In der immer nur annäherungsweise zu fassenden Individualität des Menschen schlägt sich demnach die ihm selbst eignende und zugleich über sich hinausweisende Göttlichkeit nieder. Ihr gilt Seilers poetische »Bewegung ohne Endpunkt«, die durch den »Glauben an den Klang des Eigenen« in Gang gesetzt wird.

Seine autobiographisch gefärbte Erzählung »Die Anrufung« (2005) kann als Versuch gelesen werden, das plötzliche Aufkommen eines solchen Glaubens zu schildern. Der Ich-Erzähler, ein Student der Literaturwissenschaften, erinnert sich während einer mündlichen Prüfung über den Begriff des Schönen an einen selbst erlebten »Moment von Schönheit«. Anlaß dafür ist seine von den Wänden des Prüfungsraums widerhallende Stimme, die ihm ein Gefühl der Geborgenheit und des Zu-sich-Kommens vermittelt. Dies läßt ihn an eine frühe Kindheitserfahrung zurückdenken. Damals hatte er die Angewohnheit, am Eingangstor des elterlichen Bauernhofs zu verweilen und die Namen seiner Spielgefährtinnen lauthals auszurufen. Daß sie ihn hörten und zum gemeinsamen Spiel herüberkämen, war sein Wunsch, der aber ob der Entfernung ihres Elternhauses niemals in Erfüllung gehen konnte. So wurde sein Rufen mehr und mehr zu einem bloßen Selbstzweck.

Dabei überkam ihn einmal »die erstaunliche Empfindung«, sich »selbst plötzlich nah zu sein« und sich »dabei klar umrissen zu fühlen«: »Ich hatte ein erstes Selbst-Gefühl, und die Sensation war, mit einem eigenen Körper in der Welt zu sein, ein einzelner eigener Körper, den man knarren lassen konnte.« Mithin schien sein einsames, resonanzloses Rufen, das die »beiden konkreten Adressatinnen (…) überstieg«, auch die Welt um ihn herum zu verändern: »Die Anrufung errichtete ihren eigenen Echoraum, sie bewässerte die Wüste, sie baute Fachwerkhäuser mit Leuten darin, die an ihrem Tisch saßen und im Rhythmus der Anrufung wippten und lebten, ich war es, der dieser Steppe Leben gab.« So wurde die »ganze schöne Dorfwelt« zu einem »Selbstbildnis – nicht meiner Person, aber meines Sprechens, ein Spiegelbild meines Rufens, eine Antwort ohne Antwort«.

Das »Erlebnis der eigenen Stimme«, dem Seilers Ich-Erzähler hier nachgeht, ist die gelungene Umschreibung einer poetischen Annäherung ans Unaussprechliche. Für einen Augenblick stimmen Ich und Welt, wie es ausdrücklich heißt, »vollkommen überein«, gibt es keinen Unterschied mehr zwischen innerem »Selbst-Gefühl« und äußerer Realität. Beides kommt vielmehr im schöpferischen Rufen des Ich-Erzählers zusammen und verbindet sich zu jenem »außerordentlichen Moment von Schönheit«, den das Gedicht festzuhalten versucht.

Daß solch ein poetisches Sprechen mit eigener Stimme für Seiler aus einem Glauben entspringt, aus einer Haltung also, die auf etwas aus ist, das man nicht (nur) selbst ins Werk zu setzen vermag, bringt schon der Titel seiner Erzählung zum Ausdruck. Denn eine Anrufung, man kann hier durchaus an die Epiklese aus der traditionellen Abendmahlsliturgie denken, ist ein Sprechakt, der um den unkontrollierbaren Eigensinn des Adressierten weiß. So kommt es für den Ich-Erzähler auch ganz unwillkürlich zu jener Erfahrung einer absoluten Stimmigkeit im Selbst- und Weltverhältnis. »Aus meinem Rufen (...) war eine Anrufung geworden«, stellt er am Ende der Geschichte verblüfft fest. Ohne es direkt zu intendieren, aber auch ohne sich am vordergründig aussichtslosen Charakter seines Rufens zu stören, hat er sich darin aufs Unsagbare zubewegt, das nach Seiler das ewig unerreichte Ziel jedes Poetisierens darstellt.

Während in »Die Anrufung« ungenannt bleibt, worauf sich diese eigentlich bezieht, wird Seilers Ende der neunziger Jahre verfaßtes Gedicht »sonntags dachte ich an gott« expliziter. Dessen lyrisches Ich kommt angesichts eines Trafohauses auf religiöse Gedanken: »dort / im trafo an der strasse wohnte gott. ich sah / wie er in seinem nest aus kabelenden / hockte zwischen seinen ziegelwänden / ohne fenster dort am grund / im dunkel an der strasse hinter / einer tür aus stahl / sass der liebe gott; er war / unendlich klein & lachte / oder schlief«. In einem Essay, der dieses Gedicht kommentiert, verweist Seiler auf darin eingegangene Kindheitserfahrungen. Von Trafohäusern sei er früh fasziniert gewesen, was vor allem daran lag, daß sie zu betreten unter Verweis auf Lebensgefahr und Strafandrohung streng verboten war. Er habe oft wie »gelähmt von der Lust auf Übertretung« vor ihnen gestanden, »durchströmt von den Aussichten«, die ein Schritt durch die Tür dieses »magischen« Orts verhieß. Was das Trafohäuschen für Seiler so magisch machte, waren das aus ihm zu vernehmende »Tönen der Elektrizität« und die vielen von außen »aus der Luft in dieses / haus aus hart gebrannten ziegelsteinen« hineinführenden Stromkabel. »Durch jedes dieser Kabel«, so erinnert Seiler seine kindlich-phantastische Vorstellung, »konnte eine Geschichte kommen« und alle dort hindurchströmenden Geschichten schienen im wundersamen Surrgeräusch hinter der verbotenen Tür ihren gemeinsamen Quellgrund zu haben.

Was die Rede von Gott hier für ihn nahelegt, ist somit das Phänomen des verborgen bleibenden Ursprungs allen Dichtens und Erzählens. Das auch in Seilers Poetikvorlesungen thematisierte Hervorgehen der Poesie aus dem »Nicht-Verbalisierbaren« findet im Bild des Trafohäuschens einen passenden Ausdruck. Man kann sich dem, was darinnen ist, annähern, »vielleicht das

Ohr an den Stahl der Tür legen«, wie es sich das Kind manchmal angstvoll traute. Weiter vorzudringen aber wäre zerstörerisch, denn es vernichtete den Zauber, den die Phantasie gerade aus dem bleibend Geheimnisvollen und Unsichtbaren zieht.

Angeregt vom eigenen Gedicht erzählt Seiler noch von einer Sonntagserfahrung. Über mehrere Jahre hinweg sei er mit seinem Vater, begleitet vom Klang der zum Gottesdienst rufenden Kirchenglocken, in die Garage gezogen, um dort an den familieneigenen Fahrzeugen herumzuwerkeln. Keine wirklich nützliche Arbeit hätten sie dabei verrichtet, sondern eher ein festes Ritual gepflegt. Es war die »Zeit«, schreibt er, »in der die Garage eine Art Kirche war«. Nicht selten habe er nämlich bei dem in kniender Haltung verrichteten Tun ein »Stadium der Andacht« erreicht: »zwischen Zylinderkopf und Tank« sei dann »der Blick hinaus ins Leere« gegangen, »und heute würde ich sagen«, so fügt er hinzu, »ich spürte in diesem Moment meine Existenz und zugleich die von etwas anderem, Jenseitigem, das für die Augen unsichtbar bleibt«.

Seilers sonntägliche Transzendenzerfahrung in der Garage, die zugleich das Aufkommen eines klaren Selbstgefühls beinhaltet, vollzieht sich bezeichnenderweise im Rahmen einer als nutzlos geschilderten Tätigkeit. Der ritualisierte Ausbruch aus den Zweckzusammenhängen des Alltags, den Vater und Sohn vollziehen, schafft erst die Bedingungen für das Nahekommen des ungreifbaren Göttlichen, von dem auch »Die Anrufung« handelt. Passend dazu ist »gerade die fehlende kommerzielle Verwertbarkeit«, wie es in Seilers Dankrede zur Verleihung des Literaturpreises der Konrad-Adenauer-Stiftung heißt, »Voraussetzung für die absolute Ausnahmestellung des Gedichts, für die absolute Freiheit dieses Genres, letztlich für sein, wenn man so will, utopisches Potential«. Die Romane »Kruso« (2014) und »Stern 111« (2020) lesen sich wie Erzählungen über den Versuch, dieses utopische Potential der Poesie in gemeinsame Lebensformen zu überführen.

In »Kruso« findet am Ende der DDR-Zeit eine verschworene Gemeinschaft von Aussteigern auf der vorpommerschen Ostseeinsel Hiddensee im Gasthaus »Klausner« zusammen, wo Seiler auch einmal gearbeitet hat. Unter geistiger Leitung des messiasähnlichen Kruso besorgen sie den Saisonbetrieb, wobei ihre Arbeit in Küche und Restaurant ebenfalls im Modus der Andacht ausgeführt wird. Dort, wo die dänische Insel Møn wie ein »Urbild der Sehnsucht« bei gutem Wetter am Horizont aufscheint, also die Verheißungen des Westens greifbar werden – dort am Rande des DDR-Staates entsteht so eine Art Gegenkultur der Freiheit. Ed, die Hauptfigur des Romans, gerät eher zufällig in diese Gemeinschaft. Kruso, dessen »Stimme (…) die Welt in ein anderes Licht« zu tauchen schien, lehrt ihn, »die eigene Stimme«, den »eigenen Ton« zu finden. »Die Insel ist der Ort«, sagt er, wo man »zu sich kommen« kann, »wo man zurückkehrt in sich selbst, das heißt zur Natur, zur Stimme des Herzens, wie Rousseau es sagt. Niemand muß fliehen, niemand muß ertrinken. Die Insel ist die Erfahrung (…), die es ermöglicht, das Leben weiterzuleben, bis zu dem Tag, (…) an dem das Maß der Freiheit in den Herzen die Unfreiheit der Verhältnisse mit einem Schlag übersteigt.« Die innere Freiheit in unfreier Gesellschaft aufrechterhalten und kultivieren zu können – Krusos Versprechen soll sich über eine poetische Haltung zur Welt erfüllen. »Überall verbarg sich« aus dieser Haltung heraus »die Möglichkeit einer Zeile, eines Worts, das stimmte. Selbst die Arbeit im Abwasch (…) konnte teilnehmen am Gedicht. Die eigene Stimme, der eigene Ton – ein Licht war das, ein Leuchtturm, an dem Ed von nun an seine Position bestimmte.«

Nach diesem in der Poesie steckenden Potential einer individuellen Selbstpositionierung sucht auch Carl, der Protagonist von »Stern 111«. Kurz nach dem Mauerfall von den gen Westen aufgebrochenen Eltern im thüringischen Heimatort zurückgelassen, bricht er nach Berlin auf. Dort schließt er sich einer anarchischen Gemeinschaft von Hausbesetzern an, die in den verwaisten Wohnungen der Entflohenen hausen. Er beginnt, auch hier gibt es Parallelen zu Seilers eigener Lebensgeschichte, in einer Kneipe namens »Assel« zu arbeiten.

»Ich gehörte dazu und konnte trotzdem allein sein – ein idealer Zustand«, sagt Carl, »wie ich ihn seit meiner Kindheit immer wieder herzustellen versuchte.« In einer verlassenen Wohnung findet er eine Werkbank, an der er, der sich schon länger an Poesie versucht, nun dem »absoluten Gedicht« nahezukommen strebt. Es war, heißt es, »wie etwas, das er unbedingt machen mußte. (...) Eine nicht näher definierbare Macht hatte ein Kind in die Tiefe des Brunnes gestürzt, aber nun stieg es langsam wieder empor, kam näher, wurde größer, übermächtig. (...) Er mußte in den Brunnen sprechen, als wären die Worte und ihr Klang für immer verloren, wenn er nicht an ihnen festhielt, so lange bis er es geschafft haben würde: das absolute Gedicht.«

Unverkennbar ist dieses Carl wie von selbst in Besitz nehmende, unbedingte Streben zugleich eine Suche nach dem eigenen Ort in der Welt, und zwar in einer nach dem Fall der Mauer deutlich komplexer gewordenen Welt. »›Was willst du werden?‹ die alte Lehrerfrage wurde plötzlich neu gestellt«, erinnert sich Carl am Ende des Romans im Rückblick auf die Zeit um 1989. Mit der sich damals öffnenden Vielfalt von Optionen, auf diese Frage zu antworten, wuchs der Raum individueller Freiheit, zugleich wurde das Potential der Verunsicherung größer. Auch in einer pluralistischen Gesellschaft ist es herausfordernd, das je eigene individuelle Anderssein, den »Klang des Eigenen«, zu kultivieren und zu wahren.

Daß Poesie und Literatur in ihrem unbedingten Bestreben, sich auf jenes Unsagbare, Göttliche *in uns* zuzubewegen, dabei immer noch und immer wieder hilfreich sein können, läßt sich von Lutz Seiler lernen. Darin liegt nicht zuletzt die bleibende Aktualität einer für sein Werk prägenden Lebenserfahrung: inmitten widrigster Gesellschaftsverhältnisse, die zum Glück nicht mehr die unseren sind, »in sich« eine »andersgeartete Welt des Ichs« aufrechterhalten zu haben.

VOLKER BRAUN: DER MOMENT DES MÖGLICHWERDENS

Núria Quevedo

Vor der Vereinigung der beiden Berliner Akademien der Künste hörte ich an einem Stehtisch in der Akademie West zwei ältere Mitglieder sagen: In der Ostakademie gibt es ja niemand, der für unsere Sektion in Frage kommt. – Kennen Sie Stötzer? Kennen Sie die Quevedo? Die zwei Namen schossen mir von der Zunge. Sie schauten sich verständnisinnig an: Na, das sind doch Gegenständliche.

Am letzten Tag der Ausstellung »Der Weg entsteht beim Gehen« in Frankfurt an der Oder im Februar 2023 stand eine katalanische Schülergruppe lange vor Núria Quevedos Bildern. Eine große ruhige Freude sprach aus ihren Blicken. Eine Schülerin rief: Sie hat den Akzent auf dem u nicht vergessen! Sie ist eine Katalanin. – Und eine spanische, eine deutsche, eine irdische Künstlerin.

1987 malte Núria Quevedo wieder einen »Geher auf dem Meer«. Das zwei Meter hohe Bild war fast fertig, »der Geher steckt bis zu den Knien im Wasser und hebt die Arme mit einer Geste, die ich mir nicht eindeutig wünschte«. Ein brasilianischer Kommunist kam in ihr Atelier, er hatte eine ehrliche Geschichte der KP Brasiliens geschrieben und gab an, daß, obwohl sie oft *cagamos* gemacht hätten, ihre Hoffnungen gültig wären. »Kannst du das mit deinen Farben ausdrücken?« Núria hielt fest: »Dario C. kam an einem Nachmittag zum ersten und letzten Mal in mein Atelier und hatte schon vor, sein Leben zu beenden. Ich habe es nicht bemerkt. Aber der Wunsch ist immer stärker geworden, meinen Bildern einen spürbaren Hauch Irreales aus der Realität zu geben, etwas Widersprüchliches, Unergründliches.« Der unterdessen Tote hatte ihr eine Karte in sein Manuskript gelegt, »weiß auf blau die Gestalt eines Mannes mit Hut, der seltsam davonfliegt«.
Davonfliegen, das hatte sie nicht gekonnt, die aus Franco-Spanien Vertriebene, als Mädchen nicht in dem dunklen Zimmer der Leihbücherei »in einem sehr traurigen Berlin«, und als Frau nicht, »weil es so schwer gewesen ist, mein Leben in diesem Land zu akzeptieren«. Aber das Motiv des Gehens/Verharrens beschäftigte sie fortwährend. Schon auf dem Neujahrsgruß für 1981 die Gestalt, die Arme eindeutig erhoben, mit verschattetem Gesicht: »Jeder, der seinen Weg geht, wandelt wie Jesus auf dem Meer« (Antonio Machado). 1983 ist es ein Suchender, den Kopf schräg nach unten geneigt, knietief in seinem Problem. 1987 in der Kassette »Brot und Frieden« anläßlich des Jahrestags des Oktobers: die Brust zwei Panzerplatten, das Gesicht eine Maske, er steht (so sah ich's) im Blut.
Der Gehende auf dem Meer, der stehende Geher hatte was Provozierendes, so wie die stehende Zeit uns enervierte. »Das war ganz bewußt gemalt Ende der achtziger Jahre, als für mich klar war, daß diese Utopie nicht mehr realisierbar ist. Das habe ich stark so empfunden.« In dieser Zeit begann sie mit Tempera-Arbeiten auf Papier und auch mit Kohle, die Kopf-Hand-Folgen. Ein Versuch mit ganz reduzierten Mitteln, »so daß die kleinste Veränderung starke Bedeutung erlangt«. So wie in der Gesellschaft, wo wir auf die geringsten Bewegungen lauern! Ich hatte 1985/86 ein Stück geschrieben, jetzt sollte es aufgeführt werden, ohne daß, wie in Karl-Marx-Stadt geschehn, zuvor die Bühne ausbrennt. Das Stück hieß »Transit Europa. Der Ausflug der Toten«, nach Anna Seghers, die in ihrem Exil von der »Mannschaft des Kontinents« sprach. Die Mannschaft der Mann auf der Zinkplatte, der hofft *hinüberzukommen*. Ich bat Núria, wie der camarada Dario, wir gaben uns fast die Klinke in die Hand, ein Blatt ab, auf dem der Moment des Möglichwerdens erscheint. Wir ahnten nicht, wir wußten es nur, daß wir ihn erleben werden. Das war die wilde, ernste Gewißheit der Kunst. »Frühjahre der Völker. Seltenzeit / Wenn sie ausgehn, aus ihrem Schlummer / Ins Freie. Das Eis / Der Strukturen bricht, und es hebt den Nacken neugierig / Der Unterdrückte. // Durchsichtig die Geschichte / In der sie sich sehen / Läßt sich ein auf das Neue. / Es ist das Andere. Sie sind die Anderen / Sie kommen aus ihrer Haut.«
Seltenzeit, Kaltnadel, Zink. Die Quevedo hat es gemacht und René Rehfeld gedruckt, der Neujahrsgruß für 1988. Am 31. Dezember 1987 notierte ich: »nun geht der mann über das wasser, auf den hellen horizont zu aus dem schreckenden himmel, er hebt den kopf, breitet die arme energisch, um die balance zu halten, aber die beine sind geschlossen – ja, er steht noch auf der welle, schon der nächste, der erste schritt würde in die eisige brühe tauchen und den schwerelosen versinken machen, und die arme würden nach oben schlagen, die eines sich ergebenden, ersaufenden. die

bewegung, zu der alles an ihm gespannt ist, die ihm schon flügel leiht – sie müßte die illusion zerstören. aber jetzt erlebt er es, jetzt kommt er voran über die schwarze gleißende weite, sie trägt ihn. wie den toten im TRANSIT über das meer der möglichkeiten, die die lebenden verfehlten. und das gestirn droben ist schwarz wie das härteste licht, wie die finsternis der hoffnung. die seltenzeit, der augenblick der arbeit, der noch auf die folgen sinnt.« – Ein Jahr drauf, und eine Arbeit war aufgegangen. Köpfe und Hände, Quevedos unentwegte Metapher, hatten hingearbeitet auf ein Ziel. »Da war es plötzlich, das vielgenannte Volk, und hatte eine Stimme … unsere Herzen bebten.« Wir haben die eigene Bewegung erlebt, und Núria, die Katalanin, mit uns. »In dieser ganzen Zeit«, sagt sie, »habe ich Nähe am stärksten empfunden.«

Die Geschichte hat das Bild übermalt. *Die Geschichte / gut für Überraschungen* und, wie die Künste, für Irreales im Realen. Die Volksenteignung! Wir alle waren in einer gewissen Fremde, ohne die Straße zu wechseln, wir waren nicht exiliert, wir sind hinausgegangen aus dem erschöpften Land, das unter Wasser war. Und sie mit uns, sie war zum andermal vertrieben (wie die Maler des Prenzlauer Bergs aus den Ateliers). Eine Weltordnung war untergegangen. Aber wir gingen nicht unter, wir hatten auf der Woge gestanden. Wir laufen nicht auf dem Meeresgrund. Grund und Boden ist uns entzogen, der Geher geht *in vulkanischer Landschaft*.

In ihrer Ausstellung in Sant Feliu zitierte sie den Vers Miqel Martí i Pols: »Schaut mich an, ich bin der Andere«. Und sie sagte: »Mag sein, mein Schicksal hat mich zur Fremden gemacht überall.« Aber »selbst der Schmerz der Trennung und des Verlusts ist unverzichtbar, um zu wissen, daß wir lebendig sind. Der Verlust jener Dinge, die uns so selbstverständlich angehörten, daß wir sie kaum zu schätzen wußten, läßt uns ihren Wert erkennen. Es lehrt uns auch, andere Werte zu schätzen, andere Landschaften, andere Kulturen.« Eine *andere Welt*, wenn wir hinüberkommen.

Die Malerei, die Grafik Núria Quevedos begegnet mir immer wie der plötzliche Lodossturm. So war's auf der VII. Kunstausstellung in Dresden vor ihrem Gruppenbild »Dreißig Jahre Exil«. Es hing, das Werk einer Unbekannten, im wichtigsten Saal, bei Heisig, Mattheuer, Tübke. Sie hatte ein eigenstes und umgreifendes Thema gesetzt. Es hat seine umgreifende Aktualität behalten. Die Menschheit ist auf der Flucht vor der verwüsteten Erde, und die Erde selbst ist auf der Flucht vor der Menschheit. Das war der Transit, an dem ich saß im Radierhäuschen Klingers, die Zeichnung »Die Zukunft« vor Augen, ein Tiger hochaufgerichtet in der Felsenschlucht.

Ihr Arbeitsraum in einem Altneubau hat die schmalen Maße, worin einst nahebei die Seghers »Die Kraft der Schwachen« schrieb. Ein helles Gemälde steht auf dem Boden, die Farben des Empordà; eine Menschenfigur ausschreitend am Meeresstrand. Quer zum Fenster gestellt, glimmt der Sand im indirekten Licht. Núria legt die Hand an den Rahmen. Ist es das Mädchen, die Frau? Schwer von Leben, im Kopf das Klingen und Tosen, die Gerüche, Geräusche der Kindheit, das Schlagen der Gabeln auf den Tellern beim Bereiten der Tortilla, der langsame Schritt der Sardanes im Kreis … Auf der Staffelei das *Große Felsenstück*, so möchte ich es nennen, und nicht zarte Rasenhalme, ein wuchtiger Stein zieht uns in den Bann. Er hat etwas Surreales: aus der Realität, Widersprüchliches, Unergründliches. 2008. »Daran will ich noch arbeiten«, sagt sie lächelnd. An dem Brocken! Mit nachlassender Kraft; dem Sediment aus dem Massiv ihrer Motive, das sie leben macht mit ihrer Kunst.

RALPH SCHOCK: VOM WACHHALTEN DER ERINNERUNG

Laudatio auf Katja Petrowskaja

Als der Name der diesjährigen Gustav-Regler-Preisträgerin bekanntgegeben wurde, habe ich mich sehr gefreut, paßt jener Preis doch ausgezeichnet zu dieser Autorin – wegen ihres Werks, aber auch wegen dem des Namensgebers und seiner Biographie. Dennoch habe ich gezögert, als ich gefragt wurde, ob ich die Laudatio auf Katja Petrowskaja halten wolle. Warum?

Sie hat bislang zwei Bücher herausgebracht, den Epochenroman »Vielleicht Esther« und in dem Band »Das Foto schaute mich an« eine Auswahl ihrer in der Frankfurter Allgemeinen Sonntagszeitung erschienenen Foto-Feuilletons. Darüber hinaus einige Veröffentlichungen in Zeitschriften und Anthologien, etwa die schöne Erzählung »Weihnachten auf sowjetisch« oder das hochpoetische Reisefeuilleton über Georgien mit dem Titel »Unter den zerrissenen Wolken«.

Ein eher überschaubares Werk also. Und deshalb eine vergleichsweise leichte Aufgabe für einen Laudator, wie man meinen könnte. Doch weit gefehlt! Denn es steckt voller Herausforderungen und Überraschungen. Zunächst zu »Vielleicht Esther«, ihrem 2014 erschienenen und in rund dreißig Sprachen übersetzten Buch. Petrowskaja verknüpft darin europäische Zeitgeschichte des 19. und 20. Jahrhunderts mit ihrer eigenen Biographie und der Geschichte ihrer Familie. Wir entdecken darin eine so eigenwillige wie poetische Mischung aus familiarer und historiographischer Recherche, wie ich sie selten in so überzeugender Form gelesen habe.

Was ist das für eine ungewöhnliche Familie! Und was sind das für grausame Ereignisse, die sie heimgesucht haben und gegenwärtig wieder heimsuchen! Aber auf welche Weise, und das heißt: mit welchen literarischen Mitteln schildert uns die Autorin das? »Ich wollte viel zu viele Tote ins Leben zurückrufen und hatte dafür keine durchdachte Strategie«, schreibt sie. Und weiter: »Aber, vielleicht – das ist nur eine kühne Vermutung – habe ich mit all den Bewegungen die Geister der Vergangenheit aufgestört, irgendwo eine zarte Membran berührt.«

»Sowjetisch, russisch, jüdisch«, so benennt sie selbst ihre zentralen biographischen Einflüsse. 1970 wurde Petrowskaja in Kiew in eine Familie hineingeboren, die das Jüdische nicht mehr lebte. Der einzige in ihrer Familie gebräuchliche jüdische Ausdruck sei das Wort »meschugge« gewesen, verrückt. Und der davon abgeleitete Begriff »Meschuggener« für einen Verrückten. »Ist die Verrücktheit meine letzte Verbindung mit dem Judentum?« fragt sie. Und an anderer Stelle: »Mit dem jüdischen Volk verbindet mich als Nachfahrin nur noch die Suche nach fehlenden Grabsteinen.«

Katja Petrowskajas Muttersprache ist Russisch. Von 1987 bis 1992, also in Zeiten von Glasnost und Perestroika, studierte sie Literaturwissenschaft und Slawistik an der Universität von Tartu in Estland. 1994/95 bekam sie ein Stipendium des American Council of Teachers of Russian für die Universitäten Stanford und New York. In Moskau wurde sie mit einer Arbeit über die Poetik des russischen Lyrikers Wladislaw Chodassewitsch promoviert. Ende 1996 zog sie mit ihrem deutschen Mann nach Berlin. Damals erst begann sie Deutsch zu lernen.

»Der eigentliche Held meines Buches«, schrieb sie im September 2014 in der Frankfurter Allgemeinen Sonntagszeitung, »ist die deutsche Sprache, die ich erst als Erwachsene zu lernen begonnen habe. Durch den Sprachwechsel entkomme ich der Identität, die mir die russische Sprache zuschreibt. Auf deutsch bin ich nicht mehr von vornherein im Recht, hier spreche ich weder in der Rolle des Siegers noch des Opfers (wozu mich meine osteuropäisch-jüdische Geschichte ohnehin zwingt).« »Ich kann nur *fast* Deutsch«, räumt sie ein, »die Worte sitzen oft nicht ganz bequem an ihrem Platz, sie zittern leicht.« Und der Spiegel zitierte sie im gleichen Jahr mit den Worten: »Ich begehrte Deutsch so sehr, weil ich damit nicht verschmelzen konnte. Mein Deutsch blieb in der Spannung der Unerreichbarkeit und bewahrte mich vor Routine.«

Dieses vermeintliche Manko, das allerdings in ästhetischer Hinsicht keines ist, erzeugt eine Fülle unerwarteter poetischer Wendungen, die manchmal nur ein wenig neben der »richtigen«, also der gewohnten Sprachverwendung liegen. Etwa wenn sie statt von einer Nachricht aus »heiterem Himmel« von einer solchen aus »blauem Himmel« spricht.

Die deutsche Sprache wurde ihr zur »Wünschelrute auf der Suche nach den Meinigen«. Ihren Vorfahren also, die »jahrhundertelang taubstummen Kindern das Sprechen beigebracht hatten, als müßte ich das stumme Deutsch lernen, um sprechen zu können«. Denn Deutsch, auf Russisch »nemeckij«, ist die Sprache der Stummen, der Deutsche könne »doch gar nicht sprechen«. Immer wieder, denn es ist nicht zu trennen, mündet die familiäre Recherche in den Bereich des Politischen. »Historisch freigesprochen«, so begründet sie diesen Schritt, »kann ich mich der Frage zuwenden, wo wir heute als Menschen stehen – unabhängig davon, wer unser Großvater war.«

Einer ihrer Großväter, Schimon Stern, war ein kommunistischer Untergrundkämpfer, der den Decknamen Semjon Petrowskij annahm. Von diesem *Nom de guerre* leitet sich ihr Name ab. Schimons Bruder, Jeguda Stern, verübte am 5. März 1932 ein Pistolenattentat auf den deutschen Botschaftsrat in Moskau. Im Politischen Archiv des Auswärtigen Amtes in Berlin fand sie umfangreiche Akten darüber.

Daß Katja Petrowskaja heute unter uns sein kann, ist einem glücklichen Geschick im September 1941 geschuldet. Denn ihr Vater hat nur überlebt, weil bei der Flucht vor den Deutschen aus Kiew im letzten Augenblick ein Kübel mit einer großen Fikus-Pflanze von der Ladefläche eines Lastwagens geräumt wurde. An dessen Stelle konnte der Neunjährige mitfahren: »So blieb der Fikus am Straßenrand der abschüssigen Luteranskaja stehen«, schreibt sie. »Diesem Fikus verdanke ich mein Leben.«

Ihre Recherchen führten sie in ehemalige Lager, in stalinistische wie nationalsozialistische. »Hitler hat die Leser getötet und Stalin die Schriftsteller«, zitiert sie eine Äußerung ihres Vaters. Sie recherchierte in Berlin, Wien, Moskau, Kiew und Warschau. Sie hätte auch in Archiven in Lodz, Krakau oder Paris Familiendokumente finden können, denn auch dort lebten früher Verwandte von ihr. Würde man in Warschau, schreibt sie einmal, »wie in Berlin für jeden [ermordeten] Menschen einen Stolperstein der Erinnerung in den Bürgersteig einlassen, wären die Gassen und Straßen von Warschau mit goldenen Steinen gepflastert.«

Bei allen biographischen und literarischen Unterschieden sehe ich doch manche Übereinstimmungen zwischen der diesjährigen Preisträgerin und dem Namensgeber des Preises. Für beide ist das außerliterarische Engagement bestimmend. Bei Gustav Regler war es unter anderem der Kampf gegen den Faschismus, besonders während des spanischen Bürgerkriegs, in dem er lebensgefährlich verwundet wurde. Bei Katja Petrowskaja ist es das unermüdliche Engagement nach dem verbrecherischen Überfall Rußlands auf ihre Heimat, die Ukraine, am 24. Februar 2022. Jetzt ist noch ein Alptraum hinzugekommen: das Gemetzel der Hamas bei ihrem Überfall auf Israel am

7. Oktober 2023. »Ein richtiger sowjetischer Mensch zu sein«, schrieb sie 2014 in »Vielleicht Esther«, »bedeutet, sich jede Empfindungsfähigkeit abzugewöhnen.« Dieser Satz, scheint mir, enthielt eine furchtbare Ahnung in bezug auf die Zukunft.

Es lassen sich aber noch weitere, ich will nicht sagen Parallelen, aber doch Berührungspunkte zwischen beiden – übrigens jeweils mehrere Sprachen beherrschenden – Autoren finden. Beide beginnen ihre autobiographischen Bücher, Regler »Das Ohr des Malchus« und Petrowskaja »Vielleicht Esther«, mit ausführlichen Passagen über ihre Familien. Beide erwähnen den vermeintlichen Brandstifter des Berliner Reichstagsgebäudes, den Holländer Marinus van der Lubbe. Und beide halten die Erinnerung an die Opfer des NS-Terrors wach.

Petrowskaja schreibt über die mehr als 33 000 Männer, Frauen und Kinder, die von der Wehrmacht in der Schlucht von Babi Jar erschossen wurden, und über die im KZ Mauthausen mit Gas Vergifteten – mir fallen dazu Passagen aus Reglers offenem Brief an Hans Globke ein, der 1938 die nationalsozialistischen Rassengesetze kommentiert hatte. Trotzdem wurde er von Adenauer zum Leiter des Kanzleramts ernannt. Der Brief erschien 1956 in dem in Alfred Anderschs Zeitschrift »Texte und Zeichen« abgedruckten »Journal d'Europe«. Darin schreibt Regler an Globke: »Für mich geht ein gerader Weg von Ihrem Kommentar über die Gasöfen von Chelmno zu den Waggons, die da im Namen Großdeutschlands Kinder durch Ihr Land fuhren, um sie langsam zu morden. (...) Aus dem Nürnberger Papier (...) mußte Ihnen der Geruch der Gasöfen entgegenschlagen. Warum haben Sie nur eine Nase für neue Kanzler?«

Man hat Regler zu Recht vorgeworfen, daß einige Details in seiner Autobiographie »Das Ohr des Malchus« nicht korrekt dargestellt seien. Dennoch finde ich Petrowskajas Überlegung zu autobiographischen Aufzeichnungen zutreffend, wenn sie schreibt: »Fehlleistungen sagen manchmal mehr aus als eine penibel geführte Bestandsaufnahme. Manchmal ist es gerade die Prise Dichtung, welche die Erinnerung wahrheitsgetreu macht.«

Zum Schluß noch kurz zu ihrem Fotobuch, das sie »eine Art Tagebuch des Nachdenkens« nennt. Jede dieser seit sieben Jahren alle drei Wochen in der Frankfurter Allgemeinen Sonntagszeitung erscheinenden Aufnahmen ist von einem kleinen Essay umrahmt. Das erste von ihr kommentierte Foto stammt vom 14. Juni 2015, das letzte in dem Buch abgedruckte vom 3. Oktober 2021. All diese Texte bieten der Autorin Anlaß zu umfassenden Reflexionen, über Persönliches oder Familiengeschichtliches, über aktuelle politische Ereignisse oder die Um- und Neudeutung europäischer Mythen.

Wie klug, ja wie gelehrt die Autorin ist, will ich an zwei Beispielen verdeutlichen, an ihrem Text über Eisblumen auf einem Fenster in Davos und einem anderen mit dem Titel »Kant und Soldaten«. Im ersteren fallen ihr nicht nur die einschlägigen Äußerungen von Adrian Leverkühn in Thomas Manns Roman »Doktor Faustus« ein. Präsent hat sie auch Walter Benjamins Moskauer »Denkbilder«. Sie schreibt: »Eiskristalle, in einer dichten spitzenartigen Schleife, die den Blick nach draußen versperrt, lassen die Wärme und Geborgenheit des Hauses stärker spüren. Die phantastischen Frostblumen verkapseln unsere Innenwelt, machen aus ihr eine prachtvolle Schatulle.«

Der zweite Text handelt von einem Eisbären im Zoo, der von einer Schar junger russischer Soldaten betrachtet wird. Sie schreibt: »In dem Königsberger Zoo (...) waren von siebenhundert Tieren nur vier am Leben geblieben: ein Damhirsch, ein Dachs, ein Esel und das schwerverletzte

Nilpferd ›Hans‹. Es war das einzige aus seiner Familie, das den Krieg überlebt hat. Seine Geschwister kamen im Februar 1945 im Dresdener Zoo und im Breslauer Zoo bei Bombenangriffen ums Leben.
Das Nilpferd ›Hans‹ wurde vom sowjetischen Arzt Polonski geheilt. (…) ›Nilpferd‹ heißt auf Russisch ›Begemot‹ – ein Wort, das aus dem Hebräischen stammt und zuerst im Buch Hiob erwähnt wird, als ›Riese‹ oder ›Tier der Tiere‹. Damit wurde die Rettung von Hans zu einer Rettung der Tiere, nicht aller Tiere, sondern des Tiers an sich – und damit auch des Menschen, in einem verzweifelten Versuch, die zerbrochene Welt zu heilen. Und hier erhebt sich der Eisbär aus Kaliningrad auf seine weichen Pfoten gegen die Gewalt und für das moralische Gesetz in uns und den bestirnten Himmel über uns.«
Über die amerikanische Fotokünstlerin Francesca Woodman schreibt Petrowskaja: »Alles ist durch den Fleischwolf ihres Körpers und ihrer Wahrnehmung gedreht.« Ich bin geneigt (und die Autorin möge mir verzeihen), diesen etwas drastischen Kommentar als eine vielleicht unbewußte, gewiß auch unbeabsichtigte, meines Erachtens aber durchaus zutreffende Selbstbeschreibung der Autorin und ihrer Arbeit zu lesen.
Obwohl ihr Fotobuch mit der Aufnahme eines Bergmanns aus dem ukrainischen Donbaß beginnt, thematisiert es in den meisten Fällen nicht direkt den Krieg Rußlands gegen die Ukraine. Aber es wird, wie sie in ihrem Nachwort schreibt, »vom Krieg umklammert«. Ich zitiere aus dem Nachwort: »In diesen Wochen führt Rußland einen brutalen Krieg gegen die Ukraine. Es ist ein Angriff auf alles, was wir sinnvoll finden. Er erscheint uns absurd und unbegreiflich und zugleich hat er eine fatale Logik, denn es gab die russischen Verbrechen in Tschetschenien, den Krieg in Georgien, den Krieg in Syrien. Krieg tötet, negiert Sinn, Normalität und Vielfalt, alles, was wir lieben. Krieg möchte unsere leisen Worte löschen. Ich möchte diese Miniaturen, diese kleinen Fragmente, dem Krieg entgegenstellen, auf der Suche nach Stimme.«
Im Oktober 1979 durfte ich im Rahmen eines Austauschprogramms zwischen saarländischen und georgischen Autoren vier Wochen in Tbilissi verbringen. Die georgischen Gastgeber luden zu einer Vielzahl kultureller Veranstaltungen ein, nicht nur zu Lesungen, auch zu Opern- und Schauspielinszenierungen, zu Kunstausstellungen und Konzerten. Darunter der Auftritt eines Kinderchors aus Kiew, der ukrainische und russische Volkslieder darbot. Eine der Sängerinnen war, wie wir inzwischen herausgefunden haben, die neunjährige Katja Petrowskaja. Damals also sang Katja in Tbilissi für mich. Heute, 44 Jahre später, singe ich hier in Merzig für sie. So hat sich, denke ich, ein Kreis geschlossen. Ein Kreis, der Kiew und die Ukraine, aber auch Tbilissi und Georgien und schließlich Merzig und das Saarland umschließt.

GUNNAR MÜLLER-WALDECK: VON FRIDOLIN UND ANDEREM GETIER

Hans Falladas letztes Kinderbuch

Eine der interessantesten Kinder-Tier-Geschichten von Hans Fallada – »Fridolin der freche Dachs. Eine zwei- und vierbeinige Geschichte« – entstand 1944 an einem der trübsten Orte von Mecklenburg-Strelitz, nämlich in der geschlossenen Abteilung der Landesheilanstalt Neustrelitz. Rudolf Ditzen (1893–1947), so der bürgerliche Name des Schriftstellers, hatte sich eine dreimonatige »Ruhigstellung« hinter festen Mauern eingehandelt, weil daheim im Dorf Carwitz (bei Feldberg) ein Streit mit seiner geschiedenen Ehefrau Anna eskaliert war: Der alkoholisierte Autor hatte im Zorn in ihre Richtung geschossen und war nach einem Polizeibericht – ohne Annas Zutun – verhaftet und angeklagt worden. In der Anstalt konnte er mit Mühe den § 51 (Unzurechnungsfähigkeit) umschiffen und einer andauernden geschlossenen Unterbringung entgehen. Als er am 13. Dezember freikam und mit Billigung seiner Exfrau auf das Anwesen zurückkehren durfte, führte er legale und illegale Manuskripte bei sich: Papier war ihm während der Haft zugestanden worden, um eine bereits begonnene antisemitische Auftragsarbeit für das Propagandaministerium weiterschreiben zu können, den sogenannten »Kutisker«-Roman, eine Art Schutzschild gegen die Einberufung und eine Art Alibi-Arbeit während der Haft: Papier wurde ihm zugestanden, auch das Schreiben unverfänglicher Kurzgeschichten war erlaubt. Das Wachpersonal wußte um diesen Auftrag »von oben« und fühlte sich jeder Kontrollpflicht enthoben. Wurde das Buch um einen »jüdischen« Bankskandal der zwanziger Jahre überhaupt fertig? Fallada sprach wenig darüber. Belegt sind seine früheren Studien im Gerichtsarchiv. Er erwähnte zwar immer wieder, wie viele Seiten er bereits geschrieben habe, und meldete Ende November 1944 sogar den Abschluß des Manuskripts. Er ließ fertige Teile abtippen, glaubte das Kunststück bewältigen zu können, »einen nichtantisemitischen antisemitischen Roman« zu schreiben, und hatte mit dem Dresdner Heyne-Verlag die Abgabe des Textes für das Jahresende 1945 vereinbart. An der merkwürdig langen Zeitspanne zwischen Manuskriptabschluß und Abgabetermin kann man ersehen, daß für Fallada, wie für jeden aufmerksamen Zeitgenossen, nach den verlorenen Schlachten von Stalingrad (1942/43) und bei Kursk (1943) die deutsche Niederlage absehbar war. Das bezeugt auch sein ältester Sohn Ulrich, der – wenn er von der Napola-Schule Templin zu Besuch ins heimische Carwitz kam – nächtlich am Familienradio »Feindsender« abhörte und sich mit dem Vater austauschte. Das Bombardement Dresdens am 13. Februar 1945, bei dem auch der Verlag vernichtet wurde, enthob den Verfasser jedenfalls der Notwendigkeit, sich weiter um das Projekt zu bemühen. In der jüngsten Fallada-Biographie meint Peter Walther: »Es ist nie eine Zeile davon aufgetaucht, Fallada wird sich selbst von dem fragwürdigen Projekt befreit haben.« Hatte der Schriftsteller von vornherein auf Zeit gespielt und in der Haft nur eine vorzeigbare Seitenzahl verfertigt und separat abgelegt?

Daneben schrieb er eine gewagte Abrechnung mit der Nazizeit (»Gefängnistagebuch 1944«, erstmals veröffentlicht 2009), und zwar in einer Miniaturschrift, fast Geheimschrift, die Gestapo-Spezialisten aber wohl kaum Probleme bereitet hätte und zahlreiche todeswürdige Delikte enthielt. Ditzen/Fallada dreht die fertigen

Manuskriptseiten auf den Kopf, schreibt in die Zwischenräume und resümiert darin: »Und dann kam es über mich, daß ich hier, ausgerechnet in diesem Haus, bewacht und belauert, mit diesen Aufzeichnungen beginnen mußte. So lange schon trug ich sie mit mir herum. Ich muß einfach. Und weiß, daß ich wahnsinnig bin. Ich gefährde nicht nur mein Leben, ich gefährde, wie ich immer mehr beim Weiterschreiben merke, das Leben vieler Menschen, von denen ich berichte. (...) Ist es nur Leichtfertigkeit? Oder handle ich unter einem unwiderstehlichen Zwang?« Entstanden ist die wohl schonungsloseste Bilanz des »Tausendjährigen Reiches«, die in Nazi-Deutschland zu Papier gebracht wurde.

Dazu entstanden, neben einigen Kurzgeschichten, der »Trinker«-Roman sowie besagtes Kinderbuch für die Tochter »Mücke« (Lore, 1933–1951). Sie war nach dem Besuch der Carwitzer Dorfschule zur höheren Schulbildung 1942 an die Internatsschule in Potsdam-Hermannswerder geschickt worden, wo sie unter schlimmem Heimweh litt. Als 1944 die Bombenangriffe auf Berlin und Umgebung zunahmen, wurde Lore nach Carwitz zurückgeholt und im August ins Lyzeum Neustrelitz umgeschult. Zeitgenossen beschreiben sie als ein »zauberhaftes« und »ganz besonderes Kind«.

Der »Fridolin« nimmt unter den Kindergeschichten des Autors eine besondere Stellung ein, weil es darin um die reale Familie Ditzen auf ihrem realen Anwesen in Carwitz geht und die drei Kinder unter ihren wirklichen Namen vorkommen. Das Ganze geht wohl auf gemeinsame »Inspektionsgänge« von Vater und Tochter über die Maisfelder zurück, die zunehmend Dachsschäden aufwiesen. Fallada hatte sich in »Brehms Tierleben« über das kleine Raubtier kundig gemacht, um für die »Abwehrkämpfe« gerüstet zu sein. Offenbar im Gefängnis kam dann der Entschluß, darüber eine Geschichte zu schreiben, die nicht zur Veröffentlichung bestimmt war, sondern ein Weihnachtsgeschenk für die Tochter sein sollte. Nach der Entlassung am 13. Dezember 1944 tippte er sie ab und legte sie als Erzeugnis des (fiktiven) »Grüne Gurken Verlags« unter den Weihnachtsbaum.

Der Text breitet den Lebenslauf des »Tunichtguts« Fridolin aus und wird lebendig und dialogreich in munterem Wechsel aus der Sicht des kleinen Raubtiers und jener der Ditzens erzählt, die als »Zweibeiner« einen – vergeblichen – Zermürbungskrieg gegen den Maisräuber und Verwüster der Felder des kleinen Anwesens führen (Rudolf Ditzen war mit dem Maisanbau übrigens Vorreiter in Carwitz). Von der bewaldeten Halbinsel Hullerbusch mit ihren für die empfindliche Dachsnase widerlich riechenden Fuchsbauen siedelt der Protagonist auf den »Baumwerder« um, ein Inselchen unweit des Carwitzer Hauses, das eigentlich Bohnenwerder heißt. Die Geschichte hat wenig Beschauliches, sondern betont gleichnishaft die Härte des Daseins: Fridolins drei Geschwister gehen als Jungtiere grausam zugrunde. Eines ertrinkt beim ersten Frühlingsausflug im Teich, eines wird vom Uhu als Beute entführt, eines vom Hund blutig zerrissen. Der übriggebliebene Fridolin vertreibt ohne viel Federlesen die eigene Mutter aus dem Bau, obwohl sie gerade ihn als letzten Sprößling mit Umsicht und Liebe durch Kindheit und Jugend geleitet hatte. Kratzen, Wegbeißen, Sich-Wehren, Rücksichtslosigkeit, Einzelgängertum, Grämlichkeit sind dem Text als Grundregeln des Lebens eingeschrieben. »Das Recht des Stärkeren gilt in der ganzen Tierwelt und ist überhaupt das höchste Gesetz allen Lebens«, so steht es da, wird nicht ironisiert, relativiert oder etwa nur der Figurenrede zugewiesen. Ein sozialdarwinistischer Zungenschlag? Oder heißt das: So die Tiere! Und ihr, Menschen? Hat der Autor dabei vielleicht auch an die Rücksichtslosigkeit eigener Eskapaden gedacht? Oder scheinen hier die düsteren Entstehungsumstände auf, die keine konfliktfrei-gefühlvollen Tiermärchen zuließen, sondern alle Härten des Überlebenskampfs verrieten?

Doch gilt es, auch nach literarischen Anregungen zu fragen: Wer damals Tiergeschichten für Kinder verfertigte und noch dazu ein besessener Leser war, kam an einem literarischen Magnetberg nicht vorbei, dem Werk des britischen Nobelpreisträgers Rudyard Kipling, dessen »Dschungelbuch« (1894/95, erste deutsche Übersetzung 1898) zum Weltbestseller avancierte. Die Fallada-Biographen erwähnen unter seinen Jugendlektüren gelegentlich Defoes »Robinson Crusoe«, Coopers »Lederstrumpf«-Romane und Karl Mays »Winnetou«, nicht aber Kipling. So erfahren wir erst durch die von seinem Sohn Ulrich Ditzen edierte Briefausgabe »Mein Vater und sein Sohn« (2004) von Falladas Begeisterung für Kipling. Am 15. November 1941 schreibt er: »Es hat mich übrigens sehr gefreut, daß Du nun doch die Dschungelbücher gerne gelesen hast. Noch heute sind mir Mowgli und Rikki-Tikki-Tavi unvergeßliche Gestalten, auch die weiße Robbe. Und dann all die herrlichen Elefantengeschichten. Später wirst Du noch von Kipling ›Kim‹ kennen lernen, auch einen Roman aus Indien, das ist ja wohl das schönste Buch von Kipling. Fischerjungens von ihm kennst Du wohl schon. Kipling ist zwar ein echter Engländer, und die Deutschen kann er ganz und garnicht ausstehen, aber ein paar sehr schöne Bücher hat er darum doch geschrieben.«

Und auch er hat, so fügen wir hinzu, solche Vorstellungen vom Lebenskampf vertreten. So lesen wir im »Neuen Dschungelbuch«: »Dies sind die Gesetze des Dschungel, / so alt und klar wie das Licht; / Der Wolf, der sie hält, wird gedeihen, / und sterben der Wolf, der sie bricht!« In diesem Sinne ist es sicher nicht übertrieben, Kipling zu den Paten jener Tiergeschichte zu zählen: Fridolin, der unbesiegbare Held des bescheidenen Dschungels um Carwitz. Dabei ist die leise Ironie, auch Selbstironie des Vaters Ditzen, etwa angesichts der fortwährenden Niederlagen im Kampf gegen den Maisverderber, nicht zu überhören. Und gegenüber den stolzen Dschungelgeschöpfen, wie Elefant, Wolf, Bär, etc., von denen Kipling mit einem gewissen Pathos spricht, ist Fridolin so etwas wie ein Antiheld: krummbeinig, kurzsichtig, mürrisch, gaunerhaft – und ein Genießer, der sich vollgefressen mit seinem »Trommelbauch« in der Sonne räkelt.

Auch die damals elfjährige Tochter Lore wird vom Vater in warmherzigem Ton geneckt: »Das Mädchen Mücke war ein furchtbar braves Kind, wie es sie sonst eigentlich nur in den Märchenbüchern, in denen alles gelogen ist, gibt. Es war immer überglücklich, wenn es für seine Mutter einen Gang tun oder etwas arbeiten konnte, und so sagte es auch diesmal: ›Liebe Mummi, das ist ja großartig, daß ich etwas für dich tun kann! Am liebsten würde ich ja bis Neustrelitz barfuß über spitze Steine laufen, um den Achim zu suchen. Ich werde ihn aber wohl leider schon im Unterdorfe finden‹.« Sie war es übrigens, die dem Tier den Namen Fridolin verpaßt hatte, und der belesene Erzähler-Vater spielt auf den »treuen Knecht Fridolin« aus Schillers Ballade »Der Gang nach dem Eisenhammer« an. Das mußte er, der Nicht-Abiturient, ein wenig bildungsstolz wohl tun.

In der Erzählung ist Mücke mit dem älteren Bruder Uli zunächst Verbündete im Kampf gegen den maisfressenden Unhold, bis sie das friedliche Tier (sie hatte Fridolin gern mit »ie« geschrieben!) eines Tages beim Sonnenbaden vor dem Bau beobachtet. Ob ihrer Weichherzigkeit im Familienkreis ohnehin öfter gehänselt, erklärt sie dann fast feierlich, im Krieg gegen den »putzigen kleinen Kerl« nicht weiter mitzutun.

Ein Jahr später, 1944, sind die Maisverluste so erheblich, daß Mücke sich wieder

solidarisch erklärt und »der Jagdaufseher Friesicke« (wie andere Dörfler erscheint er unter seinem wirklichen Namen) dem Spuk per Flinte ein Ende bereiten soll. Fridolin entwischt, und das freute insgeheim wohl alle Ditzens – wie wohl später auch die Leser, denn der Tod des Dachses hätte doch keinen schönen Schluß ergeben.
Eine makabre Episode vom Ende der Geschichte soll nicht unerwähnt bleiben: Nachdem der Jagdaufseher die Szene wieder verlassen hat, greift Vater Ditzen noch einmal selbst ein, weil Tellereisen und andere Raffinessen nicht fruchteten. Er lädt sein altes Terzerol (»das ist so eine Art einschüssige Pistole mit langem Lauf, in den man eine Schrotpatrone schiebt«) und feuert mitten ins Maisfeld, dorthin, wo es gerade raschelt. Auch das vergebens: »der Krieg gegen Fridolin, den frechen Dachs, war auch in diesem Jahre wieder erfolglos verlaufen«, resümiert der Erzähler und flunkert im nächsten Satz über den biographischen Tiefpunkt hinweg: »Und dann wurde der Vater auch noch krank; er ging von Carwitz fort in ein Krankenhaus und kam erst im Winter wieder heim.« Daß dies eine regelrechte Haftzeit war, teilt er der Tochter verständlicherweise nicht mit. Und auch nicht, daß das Corpus delicti eben jenes Terzerol war, das die Wendung im Dachs-Krieg nicht hatte erzwingen können. Er soll beim Ehestreit am 28. August 1944 damit hantiert haben. Anna Ditzen entwand ihm die Waffe und beförderte sie in hohem Bogen in den See, wo sie noch heute vor sich hin rotten dürfte. Was mochte Fallada veranlaßt haben, dem inzwischen »entsorgten« heiklen Requisit im Fridolin-Text noch einen literarischen Auftritt zu verschaffen? War es wieder eine Art Zwangshandlung wie beim »Gefängnistagebuch 1944«? Wie Tochter Mücke die Tiergeschichte aufnahm, wird man nie erfahren: Sie verstarb am 5. Juli 1951 siebzehnjährig mangels Antibiotika an einer verschleppten Sepsis.

Das Weihnachtsfest nach Ditzens Haft verlief zunächst harmonisch und führte zu einer Versöhnung der ehemaligen Ehepartner. Am zweiten Feiertag brach er mit der Zusicherung nach Feldberg auf, seiner Geliebten, der jungen Unternehmerwitwe Ursula Losch, den Laufpaß zu geben, und – blieb auf Nimmerwiedersehen weg, ja, verlobte sich bald darauf mit ihr. Bei der geschiedenen Ehefrau in Carwitz bleiben seine drei Kinder und seine pflegebedürftige Mutter Elisabeth zurück, die Witwe des Reichsgerichtsrats Ditzen.
Wie eine nachgeschobene Rechtfertigung klingt es, daß er sich in einem Brief »beschwert«, Anna akzeptiere seine zahlreichen »Frauengeschichten« nicht mehr. »Plötzlich war ihr unerträglich, was durch 15 Jahre ertragen worden war.« Daß er seine Kinder nicht verlieren wollte, steht auf einem anderen Blatt. »Kinder, das ist man selbst, multipliziert mit einer unbekannten Größe, eine rätselhafte Spiegelung, die bleibt!«
Die Geschichte für Lore ergänzt er mit einem kurzen Nachwort: »Ich habe dir ein Buch vom Leben ›unseres‹ Dachses versprochen, und hier hast du es nun. (…) Aber ich gebe zu, daß dieses Buch nicht ganz befriedigen kann; dafür schweigt es sich über Weiterleben und Tod des Dachses Fridolin viel zu sehr aus. Aber was sollte ich tun, liebe Mücke? Ich durfte doch in einem solchen Buch, wo jedes Wort buchstäblich wahr und richtig ist, nicht schwindeln?! Und die Wahrheit ist nun leider, daß unser Dachs noch immer lebt.«
Die Wahrheit ist aber auch, daß Fallada die Geschichte nicht nur unter Rückgriff auf Carwitzer Dachs-Erlebnisse und Kiplings »Dschungelbuch« zu Papier brachte, sondern noch eine weitere Lektüreanregung nutzte. Über diese »Initialzündung« sind wir durch Ulrich Ditzen unterrichtet. Er stellte eine Publikation zur Verfügung, die nach dem frühen Tod der Schwester Lore,

der eigentlichen Besitzerin, aus dem Erbe der Mutter Anna an ihn gefallen war. Der Schriftsteller hatte seiner Tochter anläßlich ihrer Umschulung einen Band mit Widmung geschenkt: »Der Mücke, der Lyzeistin, zum Tage ihres Einzugs in Neustrelitz, den 2. August 1944. Der Vater Ditzen, Carwitz d. 2.8.44«. Das Buch »Ingo – Die Geschichte meines Fischotters« von Walter von Sanden ist eine Foto-Text-Reportage (erschienen 1939 im Tübinger R. Wunderlich-Verlag) über kuriose Erlebnisse seiner Familie mit einem zahmen Fischotter. Von Sanden (1888 – 1972) war bis 1945 ostpreußischer Gutsherr, emsiger Naturforscher, Fotograf und Schriftsteller. Aufschlußreich ist, welche Anregungen Fallada übernimmt. Bereits der Verfasser von »Ingo« verleiht dem Fischotter eine menschliche Stimme, beschreibt Beobachtungen und Reflexionen des Tieres, das sich hier allerdings zum geliebten Hausgenossen des Ehepaars entwickelt, um eines Tages wieder in die freie Natur zurückzukehren. Der Band hat keine schicksalhaft-düsteren Seiten, sondern strahlt Harmonie und Freude aus, die Dialoge zwischen Tier und Mensch sind gegenseitige Vertrauensbekundungen. Ingo gibt seinen menschlichen Freunden zu verstehen: »wenn ich doch einmal fortbleibe, dann hat das seine Gründe, und ich komme wieder, sobald es eben geht«. Die Naturfreunde achten darauf, daß das Tier sich nicht zu sehr an sie gewöhnt und später wieder wild leben kann. Falladas Fridolin hingegen ist eine literarische Gestalt mit einem eigenen Charakter, sein härteres Schicksal ist mit einer spannenden Handlung verbunden. Seine rabiaten Aktionen empfindet der Dachs als sein gutes Recht. Versöhnung zwischen Mensch und Tier ist nicht vorgesehen, zwei feindliche Welten stehen sich gegenüber.

»Alles in meinem Leben wird zu Literatur«, so umschrieb Fallada immer wieder sein Schaffensprinzip. Dazu gehörten natürlich nicht nur Kontakte und Begegnungen, sondern auch literarische Anregungen. Er war ein guter Futterverwerter, auch von Lesefrüchten! Am 5. Februar 1947 ist Hans Fallada in Berlin verstorben. »Fridolin« blieb sein letzter Text für Kinder. Er wurde auf Anregung der Familie erstmals 1954 im Ostberliner Aufbau-Verlag veröffentlicht und seither immer wieder aufgelegt.

ANMERKUNGEN

Elisabeth Plessen, geb. 1944 in Neustadt in Holstein, Schriftstellerin und Übersetzerin, lebt in Berlin. Zuletzt erschienen die Romane »Die Unerwünschte« (2019) und »Die Frau in den Bäumen« (2023).

Avrina Prabala-Joslin, geb. 1992 in Viluppuram (Tamil Nadu), Stipendiatin nichtdeutschsprachige Literatur für Berliner Autorinnen und Autoren, lebt in Berlin. 2010 erschien ihr Roman »The Apple Elusionist«. Siehe auch Sinn und Form 2/2022 und 3/2023.

Günter de Bruyn (1926–2020), Schriftsteller, Mitglied der Akademie der Künste. Zahlreiche Romane sowie Essays u.a. zur Landschaft und Kulturgeschichte Brandenburg-Preußens. Günter-de-Bruyn-Archiv Beeskow. Mit freundlicher Genehmigung von Wolfgang de Bruyn. Siehe auch Sinn und Form 1/2001 und 6/2006.

Michael Opitz, geb. 1953 in Berlin, Literaturwissenschaftler und Kritiker, lebt in Berlin. 2019 erschien »Wolfgang Hilbig. Eine Biographie«. Siehe auch Sinn und Form 1/2019 und 4/2023.

Eugenio Montale (1896–1981), italienischer Dichter, 1975 Nobelpreis für Literatur. Erster von zwei Zyklen für Drusilla Tanzi (1885–1963), Montales verstorbene Frau, von Freunden Mosca genannt. Aus: Tutte le poesie di Eugenio Montale (1984). Sein Werk erscheint bei Mondadori Libri. Siehe auch Sinn und Form 4/2023.

Kurt Darsow, geb. 1944 in Belgard (heute Białogard)/Westpommern, lebt als Rundfunkautor, Literaturkritiker und Essayist in Berlin. Zahlreiche Radiofeatures und Hörspiele sowie literarische Porträts, Essays und Rezensionen. Siehe auch Sinn und Form 3/2022 und 2/2023.

Stephan Wackwitz, geb. 1952 in Stuttgart, Romanautor und Essayist, leitete u.a. die Goethe-Institute in Tiflis, Neu-Delhi, Tokio, Krakau, Bratislava und New York. Zuletzt erschienen »Eure Freiheit, unsere Freiheit. Was wir von Osteuropa lernen können« (2019) und »Geheimnis der Rückkehr. Sieben Weltreisen« (2024). Siehe auch Sinn und Form 1/2021 und 6/2021.
Erläuterung: S. 337 *And nothing could be …* »›Und nichts könnte menschlicher, zärtlicher sein als solch eine Vision, in der die Erbarmungslosen von den Bemitleidenswerten kurzerhand hingerichtet werden.‹ Das steht da wirklich, zusammen mit Phantasien über ›rächende Helden‹, die von unterdrückten Massen ›erträumt und erwartet‹ werden.«

Detlev Schöttker, geb. 1954 in Vienenburg/Harzvorland, Senior Fellow am Leibniz-Zentrum für Literatur- und Kulturforschung in Berlin; lehrt als Professor für Neuere deutsche Literatur an der Humboldt-Universität zu Berlin. Zuletzt erschien »Planen, Wohnen, Schreiben. Architekturtexte der Wiener Moderne« (Mithg. 2021). Mit Dank an Kristin Schulz (Heiner Müller Archiv/Transitraum, Humboldt-Universität zu Berlin) für Informationen und die Genehmigung zur Veröffentlichung des Faksimiles. Siehe auch Sinn und Form 4/2022 und 6/2023.

Ilse van Staden, geb. 1972 in Pretoria, südafrikanische Tierärztin, Künstlerin und Schriftstellerin, schreibt Gedichte, Kurzgeschichten und Romane, lebt in Lake Munmorah, Australien. Im Sommer erscheint ihr Gedichtband »quastenflosser« im Freigeist Verlag, Berlin.

Hans Christoph Buch, geb. 1944 in Wetzlar, Romane, Reportagen, Essays, Übersetzungen, lebt in Berlin. Zuletzt erschienen »Vom Bärenkult zum Stalinkult« und »Der Flug um die Lampe« (beide 2024). Siehe auch Sinn und Form 1/2020 und 6/2021.

Christiane Schulz, geb. 1955 in Wildau/Brandenburg, Lyrikerin, lebt in Potsdam. Zuletzt erschienen »Zündblättchen« (2015) und »Die beschriftete Zeit« (2016). Siehe auch Sinn und Form 2/2018 und 2/2020.

Alissa Ganijewa, geb. 1985 in Moskau, wuchs in Machatschkala/Dagestan auf, Schriftstellerin und Literaturkritikerin, lebt seit 2022 im Exil. Auf deutsch erschienen »Die russische Mauer« (2014), »Eine Liebe im Kaukasus« (2016) und »Verletzte Gefühle« (2021).
Erläuterungen: S. 367 *FSB* Inlandsgeheimdienst der russischen Föderation; S. 368 *Doe dir wasasul …* »Willst du so enden wie mein Sohn? Ja?« (awarisch); S. 374 *Wababaj* Gefühlsverstärkender Partikel (awarisch); *Astauperullah* Herrgott, vergib (arabisch); *inschallah* Wenn Gott will (arabisch).

Raoul Schrott, geb. 1964 in São Paulo, Lyrik, Prosa, Essays, Übersetzungen, lebt in Westcork/Irland. Zuletzt erschienen der Gedichtband »Sieben Arten von Weiß« (2022) und »Inventur des Sommers. Über das Abwesende« (2023). Siehe auch Sinn und Form 2/1997 und 6/2002.

Beatrix Katharina Langner, geb. 1950 in Berlin, wo sie auch lebt, Literaturwissenschaftlerin und Schriftstellerin. Zuletzt erschienen »Kröten. Ein Porträt« (2018) und »Der Vorhang. Roman« (2021).

Ulrike Draesner, geb. 1962 in München, Lyrikerin, Erzählerin, Mitglied der Akademie der Künste, lebt in Berlin. Zuletzt erschienen das Langgedicht »Doggerland« (2021) und der Roman »Die Verwandelten« (2023). Auszug aus dem Langgedicht »song of repair(ing)«, der am 22. November 2023 bei den Literaturtagen »Was uns antreibt: Energie und energeia zwischen Politik und Poetik« in der Akademie der Künste vorgetragen wurde. Siehe auch Sinn und Form 4/2005 und 1/2007.

Christian Lehnert, geb. 1969 in Dresden, Lyriker und Theologe, lebt in Rötha/Sachsen. Zuletzt erschienen »Das Haus und das Lamm. Fliegende Blätter zur Apokalypse des Johannes« (2023) und der Gedichtband »Windzüge« (2024). Siehe auch Sinn und Form 4/2020 und 4/2021.

Piero Salabè, geb. 1970 in München, wo er als Übersetzer und als Lektor des Carl Hanser Verlags arbeitet und lebt. Das Gespräch wurde am 28. März 2023 in Leipzig geführt.

Sebastian Kleinschmidt, geb. 1948 in Schwerin, 1991–2013 Chefredakteur von Sinn und Form, lebt in Mittenwalde/Brandenburg. Zuletzt erschienen »Lob der Autorität« und »Kleine Theologie des Als ob« (beide 2023). Festrede zur Verleihung der Lutherrose am 11. November 2023 im Alten Rathaus in Wittenberg. Siehe auch Sinn und Form 6/2019 und 1/2022.

Karl Tetzlaff, geb. 1987 in Pasewalk, evangelischer Theologe, Geschäftsführer der Stiftung Leucorea in Lutherstadt Wittenberg, lebt in Berlin. 2022 erschien »Selbstsein und Anerkennung: Theologisch-philosophische Erkundungsgänge im Spannungsfeld von Ich, Wir und Gott«.

Volker Braun, geb. 1939 in Dresden, Mitglied der Akademie der Künste, lebt in Berlin. Zuletzt erschienen »Große Fuge« (2021) und »Fortwährender Versuch, mit Gewalten zu leben« (2024). Rede zur Verleihung des Kunstpreises zu Ehren von Karl Schmidt-Rottluff an Núria Quevedo am 14. Oktober 2023 in Chemnitz. Siehe auch Sinn und Form 4/2013 und 1/2022.

Ralph Schock, geb. 1952 in Ottweiler/Saarland, langjähriger Literaturredakteur beim Saarländischen Rundfunk. 2017 erschien »Kaffeeschmuggler und Steckdosenmäuse«, 2021 »Nach Kolchis. Faszination Georgien – Reiseimpressionen« (Hg.). Laudatio zur Verleihung des Gustav-Regler-Preises am 15. Oktober 2023 in Schloß Fellenberg in Merzig, Saarland. Siehe auch Sinn und Form 4/2020 und 2/2023.

Gunnar Müller-Waldeck, geb. 1942 in Bernburg an der Saale, bis zu seiner Emeritierung 2007 Professor für Literaturwissenschaft an der Universität Greifswald, wo er auch lebt. 2018 erschien »Die Torte in der Landschaft. Unterhaltsame kulturgeschichtliche Streifzüge um Dichter, literarische Orte und Landschaften in Mecklenburg und Vorpommern«, 2023 »Wolfgang Koeppen – ein Zielloser auf dem Wege«. Siehe auch Sinn und Form 3/2018 und 6/2022.

Alle Beiträge sind, soweit nicht anders angegeben,
Erstveröffentlichungen oder Erstübersetzungen.

EINGESANDTE BÜCHER

Marion Poschmann, Chor der Erinnyen. Roman. Suhrkamp Verlag, Berlin

Regina Scheer, Bittere Brunnen. Hertha Gordon-Walcher und der Traum von der Revolution. Penguin Verlag, München

Maylis de Kerangal, Kanus. Erzählungen. Aus dem Französischen von Andrea Spingler. Suhrkamp Verlag, Berlin

Barbara von Bechtolsheim, Hannah Arendt und Heinrich Blücher. Biografie eines Paares. Insel Verlag, Berlin

Anne Weber, Ahnen. Ein Zeitreisetagebuch. Verlag Matthes & Seitz Berlin

Rainer Wedler, was sind wir mehr als Buchstaben. Gedichte. Pop Verlag, Ludwigsburg

Nico Bleutge, Schlafbaum-Variationen. Gedichte. Verlag C. H. Beck, München

Simurgh. Junge Lyrik aus Kasachstan, Kirgistan, Tadschikistan, Turkmenistan und Usbekistan. Nachdichtungen von Norbert Hummelt. Herausgegeben vom Goethe-Institut. Verlag Das Wunderhorn, Heidelberg

Heribert Tommek, Flecken. Walter Höllerer und die Epiphanien der Moderne. Edition Text + Kritik im Richard Boorberg Verlag, München

Tauchen und Auftauchen. Hans Dieter Schäfer, Gedichte. Gert Wiedmaier, Wachsbilder. Thomas Reche Verlag

Alexander Bätz, Nero. Wahnsinn und Wirklichkeit. Rowohlt Verlag, Hamburg

Roberto Calasso, Das Buch aller Bücher. Aus dem Italienischen von Marianne Schneider. Suhrkamp Verlag, Berlin

Jürgen Serke, Die verbrannten Dichter. Lebensgeschichten und Dokumente. Wallstein Verlag, Göttingen

Michael Lahr (Hg.), Erwin Piscators Erbe lebt weiter. Gespräche über Theater, Musik und Politik. The Lahr von Leïtis Academy & Archive, München

Edmond und Jules de Goncourt, Blitzlichter. Aus den Tagebüchern der Brüder Goncourt. Ausgewählt und aus dem Französischen übertragen von Anita Albus. Galiani Verlag, Berlin

Clemens J. Setz, Monde vor der Landung. Roman. Suhrkamp Verlag, Berlin

Fabrice Humbert, Der Ursprung der Gewalt. Roman. Aus dem Französischen von Claudia Marquardt. Verlag Elster & Salis, Zürich

Chaim Noll, „Höre auf ihre Stimme“. Die Bibel als Buch der Frauen. Evangelische Verlagsanstalt, Leipzig

Michael Frank, Einhundert Samstage. Stella Levi und die Suche nach einer verlorenen Welt. Aus dem Englischen von Brigitte Jakobeit. Rowohlt Berlin Verlag

Nicolas Nova & Disnovation.org, Ein Bestiarium des Anthropozäns. Über hybride Mineralien, Tiere, Pflanzen, Pilze. Aus dem Englischen von Dieter Fuchs. Verlag Matthes & Seitz Berlin

Dana Ranga, Stop. Die Pausen des Sisyphos. Aus dem Rumänischen von Ernest Wichner. Verlag Matthes & Seitz Berlin

Lutz Rathenow, Maskierungszärtlichkeit. Dresdner Gedichte. Verlag SchumacherGebler, Dresden

Lutz Rathenow, Trotzig lächeln und das Weltall streicheln. Mein Leben in Geschichten. Herausgegeben und mit einem Nachwort von Marko Martin. Kanon Verlag, Berlin

Wisława Szymborska, Sie sollten dringend den Kugelschreiber wechseln. Anregungen für angehende Literaten. Aus dem Polnischen von Renate Schmidgall. Suhrkamp Verlag, Berlin

Klaus Ferentschik, Ebenbild. Agententhriller mit tiefenpsychologischer Bedeutung. PalmArtPress, Berlin

Felix Heidenreich, Der Diener des Philosophen. Roman. Wallstein Verlag, Göttingen

Edith Aron, Auf Wegen und Pfaden. Ein Lesebuch von Ralph Schock. Conte Verlag, St. Ingbert

Christine Lavant, Seit heute, aber für immer. Gedichte. Ausgewählt und mit einem Nachwort von Jenny Erpenbeck. Wallstein Verlag, Göttingen

Mátyás Dunajcsik, Verlorene Gedichte. Mit Zeichnungen von Krizbo. Parasitenpresse, Köln

William Shakespeare, Aus dem Tinten-Schwarz strahlt meine Liebe. William Shakespeares Sonette ins Deutsche übertragen von Michael Mertes. Erweiterte Neuausgabe. Edition SignaThur, Dozwil (Schweiz)

Louis-Ferdinand Céline, Krieg. Roman. Herausgegeben von Pascal Fouché. Aus dem Französischen von Hinrich Schmidt-Henkel. Mit einem Vorwort von Niklas Bender. Rowohlt Berlin Verlag

Andreas van Hooven, Wir werden erwachsen. Roman. Books on Demand

Ingeborg Bachmann / Marie Luise Kachnitz / Hilde Domin / Nelly Sachs, „über Grenzen sprechend“. Der Briefwechsel. Herausgegeben von Barbara Agnese. Mit einem Vorwort von Hans Höller. (Ingeborg Bachmann, Werke und Briefe.) Piper Verlag, München; Suhrkamp Verlag, Berlin

Martin Rodan, Wer schuf den europäischen Geist? Eine kulturgeschichtliche Spurensuche. Aus dem Französischen von Robert Zimmer. Verlag Königshausen & Neumann, Würzburg

Jules Verne, In achtzig Tagen um die Welt. Aus dem Französischen von Manfred Kottmann. Coppenrath Verlag, Münster

Peter Bakowski, Our Ways on Earth. Recent Work Press, Canberra (Australien)

Hans Magnus Enzensberger, Leichte Gedichte. In Bilder gesetzt von Jan Peter Tripp. Suhrkamp Verlag, Berlin

Marianne Fritz, Die Schwerkraft der Verhältnisse. Mit einem Nachwort von Daniela Strigl. Suhrkamp Verlag, Berlin

Ander Ski, Gestern – ist ein neuer Tag. Gedichte und Gedachtes. Mit einem Nachwort von Martin Walser. Klaus Isele Editor, Eggingen

Ander Ski, Wie quer die Wolken doch liegen. Brücken bauen in Haikus. Klaus Isele Editor, Eggingen

Germain Nouveau, Sonette vom Libanon und andere Gedichte. Aus dem Französischen von Frank Stückemann. Rimbaud Verlag, Aachen

Matthias Gatza, Der Himmel über Berlin. Eine historisch-fiktive Spurensuche. Steidl Verlag, Göttingen

Andrea Gerk, Moni Port, Pause! Das kleine Glück dazwischen. Verlag Kein & Aber, Zürich und Berlin

Michael Maar, Leoparden im Tempel. Portraits großer Schriftsteller. Rowohlt Verlag, Hamburg

Natascha Wodin, Der Fluß und das Meer. Erzählungen. Rowohlt Verlag, Hamburg